François Lelord
Hector und das Wunder der Freundschaft

Zu diesem Buch

Als Psychiater hört Hector oft zu, wenn seine Patienten sich Fragen zu ihren Freundschaften stellen. Ist ein Freund einfach nur jemand, mit dem man gerne zusammen ist? Oder jemand, der einem auch dann noch hilft, wenn es für ihn selbst brenzlig wird? Als Hector erfährt, dass sein Schulfreund Édouard unvorstellbar viel Geld gestohlen haben soll und polizeilich gesucht wird, gewinnen diese Fragen eine unerwartete Aktualität. Und weil Hector nicht nur ein guter Psychiater, sondern auch ein erstklassiger Freund ist, steckt er schon kurz darauf mittendrin in einem großen Abenteuer. Das führt ihn durch zahlreiche Städte Südostasiens und sogar auf dem Elefantenrücken in die verbotenen Dschungel des Goldenen Dreiecks. Er trifft alte Freunde wieder und findet neue. Er lernt etwas über die Freundschaft zwischen Männern und Frauen – und nicht zuletzt dank Aristoteles und dem heiligen Thomas von Aquin erfahren wir gemeinsam mit Hector, was die Freundschaft zum vielleicht höchsten Gut der Menschheit macht.

François Lelord, geboren 1953 in Paris, studierte Medizin und Psychologie und wurde Psychiater, schloss 1996 jedoch seine Praxis, um sich und seinen Lesern die wirklich großen Fragen des Lebens zu beantworten. Er ist viel auf Reisen, besonders gerne in Asien, und lebt nach einem Jahr in Kalifornien heute in Paris und Hanoi, wo er seit 2004 Psychiater an der französischen Klinik ist. Seine Bücher wurden internationale Erfolge. Zuletzt erschien von ihm auf Deutsch »Das Geheimnis der Cellistin«.

François Lelord

Hector und das Wunder der Freundschaft

Aus dem Französischen von
Ralf Pannowitsch

Piper München Zürich

Mehr über unsere Autoren und Bücher:
www.piper.de

Von François Lelord liegen bei Piper vor:
Hectors Reise oder die Suche nach dem Glück
Hector und die Geheimnisse der Liebe
Hector und die Entdeckung der Zeit
Die Macht der Emotionen (mit Christophe André)
Im Durcheinanderland der Liebe
Hector & Hector und die Geheimnisse des Lebens
Hector und das Wunder der Freundschaft
Das Geheimnis der Cellistin

Ungekürzte Taschenbuchausgabe
Oktober 2011
© der deutschsprachigen Ausgabe:
2010 Piper Verlag GmbH, München
Umschlagkonzept: semper smile, München
Umschlaggestaltung: Cornelia Niere, München
Umschlagmotiv: Simone Petrauskaite, Huglfing
Satz: Satz für Satz. Barbara Reischmann, Leutkirch
Gesetzt aus der Palatino
Papier: Munken Print von Arctic Paper Munkedals AB, Schweden
Druck und Bindung: CPI – Clausen & Bosse, Leck
Printed in Germany   ISBN 978-3-492-27340-4

*Der Oberkörper des Leibdieners war in einen weißen Spencer ge-
zwängt, seine Beine jedoch umhüllte ein traditionelles Seidenge-
wand. Er gab ihr ein Zeichen, und die junge Frau trat in das Halbdunkel.*

*Am anderen Ende des Saales konnte sie die Umrisse einer Per-
son erkennen, die unter einem Baldachin saß. Der Raum war fast
leer, ganz nach den alten Gebräuchen, denn selbst bei den Königen
hatten zum Sitzen, Essen und Schlafen stets Matten ausgereicht –
bis die britischen Invasoren den Geschmack an Möbeln mitgebracht
hatten.*

*Nachdem sie einige Schritte getan hatte, kniete sie auf dem Rosen-
holzboden nieder, denn sie wusste, dass es sich nicht schickte, wenn
sie auf ihren Gastgeber herabschauen konnte. Er war zwar kein
König, verfügte aber über genügend Macht, um diese Geste der Un-
terordnung einfordern zu können, und außerdem war er zu alt, um
noch zu merken, dass die Welt sich wandelte.*

Er machte ihr kein Zeichen, dass sie sich erheben durfte.

Sie grüßte ihn, indem sie die Hände faltete und den Kopf senkte.

»Und?«, fragte er.

*Sein Gesicht konnte sie nicht erkennen, nur seine goldgerahmte
Brille blitzte im Schein der einzigen, bei der Tür aufgehängten Lampe
schwach auf. Es hieß, dass seine kranken Augen das Licht nicht mehr
vertrugen.*

*»Wir arbeiten daran, mein Gebieter. Wir folgen der Spur des
Geldes.«*

*Sie vernahm einen verächtlichen Seufzer. Dann fuhr sie fort: »Wir
haben einen Informatiker von der Harvard University eingestellt,
der auch für die amerikanische Regierung arbeitet.«*

»Was soll das nützen? Dafür ist er zu clever.«

Die junge Frau verspürte Genugtuung. Auch sie hielt das für unnütz. Wer imstande war, einer Bank solche Summen zu stehlen, wusste auch, wie man die Spuren hinter sich verwischt.

»Ich verfolge aber noch einen anderen Weg, mein Gebieter.«

Er schwieg. Schließlich sprach sie weiter.

»Dieser Mann hat Freunde. Ich werde der Spur der Freunde folgen.«

Diesmal konnte sie sein Lächeln ausmachen, das ebenfalls golden aufblitzte.

»Freunde«, sagte er, »Freunde sind eine Schwäche.«

Sie dachte daran, wie viele seiner alten Freunde der General ins Gefängnis hatte werfen lassen, und sagte sich, dass ihm bestimmt kaum noch Schwächen blieben.

Außer seinem Alter natürlich und dem unbändigen Gefallen, den er an Gold fand.

Hector hat keine Zeit für seine Freunde

Ohne Freunde möchte niemand leben,
auch wenn er alle übrigen Güter besäße.
Aristoteles

Es war einmal ein junger Psychiater namens Hector, der keine Zeit mehr hatte, seine Freunde zu sehen.

Dass Hector keine Zeit für seine Freunde hatte, lag zunächst mal daran, dass er viel arbeitete und abends oft zu müde zum Ausgehen war. Außerdem war er inzwischen verheiratet und Vater eines kleinen Jungen, und da hat man nur noch selten die Gelegenheit, jemanden einfach so anzurufen und zu fragen: »Wollen wir nicht einen trinken gehen?« Ganz davon abgesehen, dass unglücklicherweise auch die meisten seiner Freunde verheiratet waren – und manchmal waren ihre Frauen bezüglich Männerabenden, die bis tief in die Nacht gingen, nicht so verständnisvoll wie seine wunderbare Clara.

Und außerdem war Hector noch eines aufgefallen: Je weiter man im Leben vorankommt, desto häufiger muss man zu Abendeinladungen mit Leuten gehen, die man nicht unbedingt zu seinen Freunden zählt. Solange man jung ist, kann man es so einrichten, dass man nur seine besten Freunde trifft und jede Menge Zeit mit ihnen verbringt – ein Glück, über das man sich übrigens genauso wenig im Klaren ist wie über das Glück, jung zu sein!

Hector hatte auch festgestellt, dass das Thema Freundschaft, das für ihn eine Quelle des Glücks war, vielen seiner Patienten Kummer bereitete.

So beispielsweise auch Julie. Julie war eine sympathische und aufgeschlossene junge Frau, die Freunde und vor allem Freundinnen hatte. Weshalb kam sie also zu Hector in die

Sprechstunde? Julie war einfach ein bisschen zu sensibel. Sie war groß gewachsen und hatte einen rosigen Teint und kastanienbraunes Haar, auf ihrer Nase saßen ein paar Sommersprossen, ihre Augen hatten denselben Farbton wie die Haare, und sie sah immer melancholisch aus. Wie Hector fand, hätte Julie durchaus attraktiv sein können, aber sie wusste es nicht. Nicht nur, dass sie es vermied, sich zur Geltung zu bringen, sie versuchte sogar, den Blicken auszuweichen. (Es fing schon damit an, dass sie Komplexe wegen ihrer Sommersprossen hatte, obwohl Hector dachte, dass viele Männer die bestimmt reizend fanden.)

Bei der Arbeit bekleidete Julie eine Position, für die sie eigentlich zu kompetent war, denn sie hatte schon mehrere Gelegenheiten verpasst, sich im rechten Moment ins Spiel zu bringen, und überhaupt hätte es ihr schlaflose Nächte bereitet, anderen Menschen Anweisungen erteilen zu müssen. Weil sie aber so nett und oft auch witzig war, weil sie immer ein offenes Ohr hatte und stets bereit war zu helfen, hatte Julie Freunde und Freundinnen. Aber ganz so einfach war das für sie nicht.

»Ich stelle mir dauernd Fragen«, sagte sie zu Hector.

»Was für Fragen?«

»Das kommt auf die Freundin an. Bei manchen frage ich mich, ob die Freundschaft für sie genauso wichtig ist wie für mich.«

»Wie kommen Sie darauf?«

»Wenn zum Beispiel meistens ich anrufe, um etwas auszumachen, und nicht umgekehrt.«

»Haben Sie das überprüft? Und wenn es wirklich stimmen sollte: Könnte das nicht noch andere Gründe haben?«

»Einmal«, fuhr Julie fort, ohne Hectors Einwand zu beachten, »hatte ich den Eindruck, dass ich einer Freundin ziemlich nahestand, aber dann hat sie sich mit einer anderen Frau angefreundet, und die mag mich, glaube ich, nicht besonders. Und seitdem habe ich den Eindruck, dass wir uns nicht mehr so nahestehen.«

»Und das macht Ihnen Kummer?«

»Ja«, sagte Julie, und Hector sah, wie ihr die Tränen in die dunklen Augen stiegen.

Warum wurden manche Menschen mit einem Herzen geboren, das so zerbrechlich war wie ein Schmetterlingsflügel? Hector spürte, dass er Julie helfen musste, eine unbewusste Denkweise freizulegen, so etwas in der Art von »Wenn man mich nicht liebt, dann bin ich nichts wert«, aber wie Sie schon ahnen werden, lassen sich solche unbewussten, tief sitzenden Gedanken und die Emotionen, die mit ihnen verbunden sind, nicht einfach mit dem Finger wegschnipsen.

Andere Leute, die in Hectors Sprechstunde kamen, hatten keine Freunde, weil sie ganz einfach unausstehlich waren – eine Persönlichkeitsstörung hatten, wie die Psychiater das nennen, denn sie wollen sich höflich ausdrücken. Diese Leute gingen sogar Hector auf die Nerven, der es doch schon mit ganz anderen Kalibern zu tun gehabt hatte. Das Amüsante daran war (oder das Traurige, wenn Sie so wollen), dass diese Leute, die ihre Mitmenschen oft ziemlich schlecht behandelten, trotzdem Freunde haben wollten, und zwar echte Freunde.

Ein Gegenpol zu Julie war beispielsweise die Lady. Hector war ihr zum ersten Mal begegnet, nachdem sie schon etliche seiner Psychiaterkollegen an verschiedenen Enden der Welt zur Erschöpfung gebracht hatte. Die Lady reiste viel umher, sie sang in allen großen Hauptstädten der Welt in Fußballstadien voller zu Tränen gerührter Fans und war auf allen Musiksendern zu sehen – mal im Lederkorsett, mal im Ballkleid für Debütantinnen. Die Lady war mal blond, mal braun; sie war Jungfrau gewesen, dann verruchter Vamp, dann von Neuem Jungfrau, die Lady trank zu viel. Sie hatte Drogen genommen und nahm wahrscheinlich immer noch Drogen (was sie Hector verschwieg), sie schluckte zu viel Schlafmittel (womit sie vor Hector angab), sie verließ ihre Liebhaber, wenn sie sie schlugen – und irgendwann taten sie es alle –, die Lady machte eine Entziehungskur, sie sagte ihre Konzerte ab, sie ließ ihrem Agenten und dem Chef der Plattenfirma graue

Haare wachsen, heimste aber weiter reichlich Preise und Goldene Schallplatten ein. Vergangenes Jahr hatte sie ihre erste Filmrolle gehabt, und als Schauspielerin hatte man sie noch berührender gefunden; in letzter Zeit aber kam sie häufiger zu Hector in die Sprechstunde, denn die Aussicht auf die in Asien bevorstehenden Dreharbeiten machte ihr Angst. Der erste Film war für die Produzenten ein Albtraum gewesen, da es der Lady so unglaublich schwerfiel, zu einer festen Uhrzeit aufzuwachen. Die Lady war wirklich sehr anstrengend, am meisten wohl für sich selbst.

Aber an jenem Tag in Hectors Sprechzimmer war sie ganz ruhig, mit einem blassen, hinter einer schwarzen Sonnenbrille verborgenen Gesicht, und ihr zierlicher und unverwüstlicher Körper war in einen großen Regenmantel gehüllt, den sie nicht ausgezogen hatte. Durchs Fenster konnte Hector ihren imposanten schwarzen Schlitten warten sehen: Der Fahrer saß hinterm Lenkrad, und der Leibwächter rauchte auf dem Gehweg eine Zigarette.

»Wie geht es Ihnen?«, fragte Hector.

»Ach wissen Sie, das kommt ganz auf den Moment an …«

Hector wusste das und warf der Lady seinen mitfühlenden Blick Nr. 2 zu – den, der *Ich weiß sehr gut, was Sie empfinden und wie sehr Sie leiden; Sie können mir alles erzählen* ausdrücken sollte.

»Ich fühle mich immer gut, wenn ich zu Ihnen komme.«

»Das freut mich«, sagte Hector, »und wir werden versuchen zu erreichen, dass das gute Gefühl länger anhält.«

Dabei musste er an seine erste Begegnung mit der Lady denken. Sie war nach einem Selbstmordversuch in eine Klinik für reiche Leute eingeliefert worden, und man hatte Hector nur herbeigerufen, weil der Kollege, der sich gewöhnlich um die Lady kümmerte, gerade nicht erreichbar gewesen war. Sie war außerordentlich aufgewühlt gewesen, und als Hector das Zimmer betrat, um sich ihr vorzustellen, hatte sie ihm ihr Frühstückstablett ins Gesicht geschleudert.

»Gute Beziehungen beginnen häufig mit einem Konflikt«, hatte er gedacht, als er die Lady dann mithilfe eines Pflegers aufs Bett drückte und eine Krankenschwester ihr ein Beruhigungsmittel spritzte. Und tatsächlich konnten sie danach miteinander reden, und anschließend hatte die Lady den Wunsch geäußert, weiterhin zu Hector zu gehen.

Das hatte Hector ein gewisses Gefühl der Befriedigung verschafft, aber zur gleichen Zeit hatte er sich vor diesem Gefühl in Acht genommen, denn wenn man sich von der Berühmtheit seiner Patienten beeindrucken lässt, ist man schon auf dem besten Wege, kein guter Arzt mehr für sie zu sein, und falls sie sich irgendwann umbringen, wird man schlimme Schuldgefühle haben. So war es bei dem Psychiater von Marilyn Monroe gewesen, und von der Persönlichkeit her erinnerte die Lady Hector manchmal tatsächlich an Marilyn.

»Mein Leben kommt mir so leer vor«, sagte die Lady.

»Was möchten Sie damit sagen?«

»Nichts … ich meine, diese Konzerte, dieses Umherreisen, diese Aufnahmen … das ist doch immer dasselbe.«

»Auch in dem Augenblick, in dem Sie singen?«

»Nein, natürlich nicht, da spüre ich etwas.«

»Also ist Ihr Leben nicht ganz und gar leer.«

»Nein, nicht das ganze. Aber ich habe das Gefühl, dass niemand mich liebt … Es gibt in meinem Leben keine Liebe!«, resümierte sie und runzelte dabei die Stirn, als wäre ihr das eben erst klar geworden.

Hector musste nun gleich zwei Dinge verhindern: dass die Lady in Zorn geriet und dass sie ihre selbstzerstörerischen Phrasen ewig wiederholte.»Gibt es denn niemanden, der Sie mag?«

»Meine Fans, meinen Sie?«

»Ja, aber nicht nur die.«

»Freunde, meinen Sie«, sagte die Lady und stieß ein leises verächtliches Lachen aus.

Hector sagte sich, dass er sich gerade auf heikles Terrain manövriert hatte: Für die Lady war es sehr schwer herauszufinden, ob sie Freunde hatte. Sie war dermaßen reich und berühmt, dass es um sie herum immer eine Schar von Leuten gab, die sich Freunde nannten. Und was die betraf, die wirklich ihre Freunde hätten sein können – wie sollten die mit jemandem befreundet bleiben, dessen Stimmungen so schnell umschlugen wie das Wetter im April?

»Im Grunde benutze ich die anderen«, sagte die Lady, »und die anderen benutzen mich. C'est la vie.«

Die Lady hatte als Kind nicht viel Liebe bekommen, und so fiel es ihr im Erwachsenenleben schwer, Liebe zu finden, denn wie Sie wissen, lernt man das Lieben zunächst einmal bei seiner Mama oder seinem Papa oder besser noch bei beiden. Die Lady benutzte die anderen tatsächlich, aber gleichzeitig hätte sie gern die wahre Liebe kennengelernt und nicht bloß dieses kurze Aufblitzen von Liebe für die Menschenmenge ihrer Fans oder für Liebhaber, die am Ende zuschlugen, wie es auch manche ihrer vielen Stiefväter getan hatten. Ihre Geschichte war sehr stimmig, aber deswegen noch längst nicht leicht zu entwirren. Hector fühlte sich von der Lady häufig überfordert, beruhigte sich allerdings wieder, wenn er an all seine Kollegen dachte, die sie hatte fallen lassen – manche von ihnen waren älter und erfahrener gewesen als er. Wenn sie es alle nicht eben toll hinbekommen hatten, brauchte auch er sich nicht dauernd vorzuwerfen, dass er sich seiner Aufgabe nicht gewachsen fühlte.

Und dann sagte die Lady genau das, was er befürchtet hatte: »Und im Übrigen – auch Sie benutzen mich nur!«

Hector sagte sich, dass er das mit seinem mitfühlenden Blick Nr. 2 provoziert hatte und dass so etwas in ihrem Leben immer wieder vorkam – sobald jemand zeigte, dass er sich ihr nahe fühlte (was sie sich ja auch wünschte), konnte sie nicht anders, als ihn zu verabscheuen. Das war schönes Material für die Sitzung, sofern die Lady nicht mittendrin in die Luft gehen würde.

»Gerade eben haben Sie noch anders darüber gedacht«, sagte er. »Sie haben mir gesagt, dass Sie sich gut fühlen, wenn Sie in meine Sprechstunde kommen. Wie kommt es, dass Sie Ihre Meinung geändert haben?«

Als die Lady entschwunden war, hatte Hector das Bedürfnis, sich ein wenig zu entspannen, und er ging in die Küche der Praxis, um einen Kaffee zu trinken.

Keine Freunde zu haben, war ganz sicher ein Fluch und ein Anzeichen dafür, dass etwas nicht richtig lief. Deshalb träumten alle Menschen davon, Freunde zu haben – zunächst einmal, weil sie sich geliebt fühlen wollten, aber auch, um zu spüren, dass sie normal waren. Schon die Kinder malen sich imaginäre Freunde aus, um diesen Hunger nach Freundschaft zu stillen, der in jedem von uns steckt.

Die Lady würde auf jeden Fall erst einmal für ein paar Wochen bei ihren Dreharbeiten in Südostasien sein, wo sie die Rolle einer Missionsschwester spielen sollte, die im vergangenen Jahrhundert bei einer ethnischen Minderheit in den Bergen tätig gewesen war. Hector fragte sich, ob der Rollenwechsel, zu dem die Lady durch ihren Beruf gezwungen wurde, ihre Persönlichkeit letztendlich ganz und gar durcheinanderbringen würde oder sie im Gegenteil stabilisieren könnte.

Hector schwor sich, niemals den Fehler des Psychiaters von Marilyn Monroe zu machen – der hatte seiner illustren Patientin auch Ratschläge fürs Berufsleben erteilen wollen. Wenn die Lady doch nur ein paar richtige Freunde hätte, dachte er; es hätte ihm bei seiner Arbeit mit ihr helfen können.

Schon seit geraumer Zeit bat er seine Patienten stets, ihm ihre Freunde zu beschreiben, und wenn sie kaum welche hatten, machte er sich darauf gefasst, dass seine Arbeit ganz besonders schwierig werden würde. Für Leute, die gerade mitten im Leiden steckten, waren Freunde so etwas wie ein Sicherheitsnetz, ein Rettungskommando, ein Obdach im Orkan, und als Psychiater war man froh zu wissen, dass sie da waren, wenn der Patient das Sprechzimmer verließ.

Freundschaften bedeuten Gesundheit, dachte er bei seinem Kaffee nach dem Abgang der Lady. Aber, Moment mal, konnte das nicht der Beginn einer kleinen Reflexion über die Freundschaft sein? Er schlug ein neues Notizbüchlein auf und schrieb auf die erste Seite:

Beobachtung Nr. 1: Deine Freundschaften sind deine Gesundheit.

Das funktionierte in beide Richtungen: Freunde helfen uns, bei guter Gesundheit zu bleiben – das hatten viele höchst seriöse Studien nachgewiesen –, aber umgekehrt zeugt die Fähigkeit, Freunde zu gewinnen und zu behalten, auch von einer guten Gesundheit. (Wenn Hector von Gesundheit spricht, meint er vor allem die geistige Gesundheit, schließlich ist er ja Psychiater, vergessen wir das nicht.)

Hector hört zu

Allerdings wohnte der Wunsch, Freunde zu haben, vielleicht nicht in jedem von uns, dachte Hector, als er Karine zuhörte, der nächsten Patientin: Sie schien ziemlich froh darüber zu sein, im Leben allein dazustehen.

Karine war eine Forscherin auf dem Gebiet der Mathematik, und sie forschte zu einem Thema, bei dem Hector nicht einmal verstand, worum es eigentlich ging. Am Ende hatte er aber so halbwegs mitbekommen, dass es mit Zahlen und mit Gesetzen zu tun hatte und mit solchen Fragen wie »Kann man jede gerade Zahl, die größer ist als 2, als Summe zweier Primzahlen schreiben?«. Karine hatte ihr Mathematikstudium mit den bestmöglichen Noten abgeschlossen, und danach hatte sie ein paar Forschungsaufenthalte an den besten Universitäten gemacht. Jetzt hatte sie eine Stelle als Forscherin und musste hin und wieder zu anderen Forschern sprechen, aber nicht so oft. Ihre Chefs hatten sie von allen Sitzungen befreit, und Hector konnte gut verstehen, warum, wenn er Karine zuhörte, wie sie mit monotoner Stimme jeden Gesprächsgegenstand bis zum letzten Zipfel durchkaute.

Hector hatte begriffen, dass Karine ein sehr schlichtes Leben führte, das sich zwischen ihrer kleinen Wohnung und ihrem Büro an der Universität abspielte. Als er sie gebeten hatte, über ihre Freunde zu sprechen, hatte er erfahren, dass sie eigentlich nur eine einzige Freundin besaß – eine Treppenhausnachbarin, die Ordensschwester war und mit der sie von Zeit zu Zeit eine Tasse Tee trank und über Aristoteles und den heiligen Thomas von Aquin sprach, denn das waren Themen, die Karine über die Mathematik hinaus auch noch interessierten. Hector erinnerte sich, dass Aristoteles etwas über die Freundschaft geschrieben hatte, aber die beiden Freundinnen diskutierten nicht nur über diesen Teil seines Werkes, sondern auch, wie Karine ihm erklärt hatte, über den Versuch des heiligen Thomas von Aquin, die christliche Doktrin mit der aristotelischen Philosophie zu versöhnen. Die Ordensschwester stand eher aufseiten des heiligen Thomas von Aquin, was ja auch nicht weiter erstaunlich war, während Karine Aristoteles den Rücken stärkte, was zu Gesprächen führte, die äußerst interessant waren, zumindest für die beiden Frauen. Karine hatte gesagt, dass sie noch andere Freunde hatte, aber Hector hatte schnell begriffen, dass es sich nur um Personen handelte, die sie noch nie zu Gesicht bekommen hatte, denn sie stellten sich im Internet gegenseitig mathematische Rätsel.

Übrigens war Karine auch nicht in seine Sprechstunde gekommen, weil es ihr an Freunden mangelte oder an Liebe, sondern weil sich ein Forscherkollege für sie zu interessieren begonnen hatte. Er schlug ihr vor, zusammen Kaffee zu trinken oder ins Kino zu gehen, und das stresste sie beträchtlich.

»Aber würde es Ihnen Freude machen, ihn näher kennenzulernen?«, fragte Hector.

»Ich fühle mich auch ohne das sehr gut«, antwortete Karine mit ihrer leicht roboterhaften Stimme.

Man muss dazu sagen, dass Karine trotz ihres verunglückten Haarschnitts (den die fromme Schwester ihr verpasst hatte) und trotz ihrer Jungskleidung einen gewissen Charme hatte; mit ihrem schönen blauen Blick, der ein wenig leer, aber schrecklich intelligent war, hätte sie eine ziemlich reizende Androidin abgeben können. Aber wie auch immer – Karine ging es gut, wenn sie allein war oder wenn sie über abstrakte Dinge diskutieren konnte.

Eines Tages hatte Hector sie gefragt, wie sie sich fühlte, wenn sie gelegentlich doch zu der einen oder anderen Zusammenkunft gehen musste, zu einem kleinen Empfang im Institut beispielsweise oder zum Abendessen auf einen Mathematikerkongress.

»Wie fühlen Sie sich dann, so inmitten der anderen?«

Karine hatte einen Moment überlegt und dann gesagt: »Ich habe eher den Eindruck, dass die anderen mitten in mir sind.«

Und Hector hatte sich gesagt, dass sie beide noch einen weiten Weg würden zurücklegen müssen, damit Karine besser verstand, was sie auszuprobieren bereit war und was nicht. Dass Karine in Hectors Sprechstunde gekommen war, statt ihrem Kollegen einfach die Tür vor der Nase zuzuschlagen (wie sie es sonst zu tun pflegte), mochte vielleicht schon etwas heißen, aber Hector dachte, dass es auch für Karines Kollegen ein weiter Weg sein würde und dass er nicht unbedingt zu dem Ziel führen musste, das er sich erhoffte.

Dann empfing Hector in seiner Sprechstunde mit Roger noch einen Patienten, der nicht eben viele Freunde hatte. Aber in gewisser Weise brauchte Roger die auch nicht wirklich, denn er hatte eine direkte Leitung zum lieben Gott, und welch besseren Freund hätte man sich schon wünschen können? Roger hatte gute Gründe für seine Annahme, zwischen Gott und ihm gebe es ein besonderes Verhältnis: Er hörte, wie Gott zu ihm sprach, und also antwortete er ihm auch, und Gott wiederum hatte darauf immer etwas extrem Intelligentes zu entgegnen, und das war ja wohl ein guter Beweis dafür, dass es sich tatsächlich um Gott handelte.

Roger kam schon seit Jahren zu ihm, und Hector freute sich jedes Mal, ihn zu sehen: Er mochte Rogers Holzfällerstatur, seine buschigen Augenbrauen, die stets ein wenig gerunzelte Stirn und seine Art, die Augen zuzukneifen, wenn er über Gott sprach. Rogers Hauptproblem war, dass er mit den anderen Leuten ein bisschen zu viel über Gott sprach und vor allem, dass er schnell ärgerlich wurde, wenn sie nicht an seine persönliche Beziehung zu unserem Herrn glaubten – oder schlimmer noch, wenn sie ihm sagten, dass es Gott sowieso nicht gebe, oder wenn sie sich über Roger lustig zu machen begannen. Das kam zwangsläufig schlecht bei ihm an, und schon mehrmals hatten sich alle Beteiligten hinterher im Krankenhaus wiedergefunden. Wer Roger widersprochen hatte, landete im normalen Krankenhaus und Roger selbst in der Psychiatrie, wo man ihm solche Massen an Medikamenten verabreichte, dass es ihm immer weniger gelang, Gottes Wort zu vernehmen, noch nicht einmal dann, wenn er seine

Ohren ganz doll spitzte, und dabei hatte er wirklich große und auch ein bisschen haarige Ohren.

Nach und nach hatte Hector ihm klarmachen können, dass er von diesen kleinen Gesprächen mit Gott nicht aller Welt zu erzählen brauchte, dass die Sache vielmehr unter Gott, Roger und Hector bleiben konnte und vielleicht noch unter ein paar wohlwollenden Leuten, die bereitwillig mit ihm darüber redeten. Zu denen zählte beispielsweise Rogers Gemeindepfarrer, der Hector bisweilen anrief, wenn er fand, dass Roger gerade wieder ein bisschen zu sehr in Wallung geriet.

»Roger«, hatte ihm Hector oft gesagt, »im Leben gibt es Kämpfe, die man besser nicht ausficht.« Im Laufe der Jahre hatte Roger auch eingesehen, dass man sich nicht vor aller Welt mit Gott schmücken sollte, und irgendwann hatte er zu Hector gesagt: »Sie beraten mich wie ein wahrer Freund, Doktor.«

An diesem Tag war Roger ausgeglichen, und Hector fragte ihn, ob im Moment alles glatt laufe in seinem Leben.

»Ja, es läuft alles gut. Der Herr ist mein Hirte.«

»Haben Sie in letzter Zeit gute Gespräche geführt?«

»Ja, mit dem Pfarrer. Und auch mit anderen Leuten aus der Gemeinde. Sie spenden mir Licht in diesem Jammertal …« Und bei diesen Worten verfiel Roger in einen leichten Singsang.

»Haben Sie in der Pfarrgemeinde Freunde gefunden?«

Roger musste ein paar Augenblicke lang nachdenken. »Wissen Sie, Doktor, ich glaube, ich habe keine Freunde. Leute, die nett zu mir sind – das ja, aber Freunde … nein.«

»Wie kommen Sie darauf?«

»Ich empfange mehr, als ich gebe.«

»Ähm … Vielleicht geben Sie ja mehr, als Sie denken«, meinte Hector und dachte dabei, dass er selbst schon ein Beweis dafür war – Roger verschaffte ihm das Gefühl, nützlich zu sein, und half ihm damit, in diesem ziemlich schweren Beruf durchzuhalten.

»Mag sein«, sagte Roger. »Auf jeden Fall stehe ich voll und ganz in der Freundschaft Gottes, und die ist ohne alle Grenzen. In der Freundschaft Gottes, der die Niedrigen erhöht und den Betrübten emporhilft ...«

Und dann begann Roger *Der Herr ist mein Hirte* zu summen, und die Konsultation war zu Ende. Hector fragte sich, ob er ihn vielleicht dazu ermuntern sollte, sich einem Chor anzuschließen. Dann dachte er an die vier Personen, die er heute in seinem Sprechzimmer empfangen hatte, an Julie, die Lady, Karine und Roger. Er sagte sich, dass er selbst wirklich von Glück reden konnte, Freunde zu haben. Schade nur, dass er sie nicht häufiger sah.

Weil ein Patient seinen Termin abgesagt hatte, schickte sich Hector an, in der Küche noch einen Kaffee zu trinken und dabei die Zeitung zu lesen. Aber da klingelte das Telefon, und die Sprechstundenhilfe teilte ihm mit, dass sie den frei gewordenen Termin einer anderen Patientin gegeben hatte: »Sie hat erst gestern angerufen, aber sie meinte, es sei sehr dringend, und da habe ich sie vorgezogen.« Und schon war es um das Kaffeetrinken und Zeitunglesen geschehen! Hector hatte das gleiche Gefühl wie damals in der Schule, wenn ein Lehrer nicht kam und alle sich schon sagten: »Ah, prima, er ist krank, die Stunde fällt aus!« – aber Mist hoch drei, plötzlich tauchte er doch noch auf!

Hector bekommt Besuch

»Eigentlich bin ich nicht als Patientin zu Ihnen gekommen«, sagte Leutnant Ardanarinja in perfektem Englisch und mit strahlendem Lächeln, »das muss ein Missverständnis mit Ihrer Sprechstundenhilfe gewesen sein.«

Während sie sprach, passte Hector gut auf, dass er nicht in das idiotische Grinsen verfiel, das man oft bei Männern sieht, die sich einer sehr verführerischen Frau gegenüberfinden. Leutnant Ardanarinja trug ein strenges marineblaues Kostüm, das ihre Kurven diskret zur Geltung brachte und den Blick auf die langen und schlanken Beine einer Frau freigab, die wahrscheinlich regelmäßig lief – manchmal vielleicht in jenen eleganten Ballerinas mit flachem Absatz, die sich auch für einen Polizeieinsatz eignen mussten. Sie war unbestreitbar eine Asiatin und hatte jenen karamellfarbenen Teint, den man in den Ländern südlich von China so oft antrifft. Ihre Haare waren zu einem schlichten Pferdeschwanz zusammengebunden, und auf ihrem Gesicht war kein Make-up auszumachen.

Leutnant Ardanarinja hatte Hector einen Plastikausweis von Interpol gezeigt, und auf dem Ausweisfoto lächelte sie nicht. Sie wollte mit Hector über Édouard reden, der sein Freund und sogar sein allerbester Kumpel war. »Haben Sie ihn in letzter Zeit gesehen?«

»Ist das eine offizielle Befragung?«

Leutnant Ardanarinja lächelte: »Im Grunde ja. Wir haben gedacht, dass es schneller und praktischer wäre, zu Ihnen in die Praxis zu kommen, als Sie in unsere Büros zu bestellen. Wir haben gedacht, es wäre vielleicht nicht notwendig …«

Hector begriff, dass es notwendig werden könnte, falls er sich nicht kooperativ verhielt. Wie weit musste man gehen, um einem Freund zu helfen? War man verpflichtet, Termine abzusagen oder sich gar in Polizeigewahrsam nehmen zu lassen? Allerdings wusste Hector über Édouard sowieso nichts, was versteckt zu werden verdiente.

»Hören Sie, das letzte Mal habe ich Édouard in einem Kloster nicht weit von Tibet gesehen. Damals wollte er sich dorthin zurückziehen.«

»Darüber sind wir auf dem Laufenden.«

»Später hat er das Kloster verlassen und wieder für eine Bank zu arbeiten begonnen. Aber wir haben uns seither nicht gesehen, sondern nur ein paar E-Mails ausgetauscht.«

»Könnten Sie diese E-Mails an mich weiterleiten?«

»Ich weiß nicht ... Verstehen Sie, es sind persönliche Nachrichten. Es geht darin viel um sein Lieblingsthema, die Frauen ...« Und bei diesen Worten lächelte Hector Leutnant Ardanarinja zum ersten Mal an.

»Ich glaube nicht, dass mich das erschrecken kann«, entgegnete sie und lächelte ihrerseits.

»Vielleicht sagen Sie mir erst einmal, weshalb Sie sich überhaupt für meinen Freund Édouard interessieren?«

Leutnant Ardanarinja setzte mit einer anmutigen Bewegung die Füße wieder unter den Stuhl. Ihr perfektes Englisch hatte sie wahrscheinlich an einer guten britischen Universität gelernt, an der sie vielleicht gleichzeitig auch Benimmkurse besucht hatte.

»Eigentlich sollte ich Ihnen das nicht sagen«, meinte sie.

»Ach so? Und ich, sollte ich ohne meinen Anwalt mit Ihnen sprechen?«

Leutnant Ardanarinja lächelte, als hätte Hector etwas ganz besonders Witziges gesagt.

»Wenn wir Sie vorladen würden, könnten Sie natürlich die Anwesenheit eines Rechtsanwalts verlangen ... jedenfalls nach vierundzwanzig Stunden ...«

Schöner hätte man es nicht sagen können, dachte Hector.

»... aber im Geiste des gegenseitigen Einvernehmens und vor allem, um die Prozedur abzukürzen, werde ich es Ihnen trotzdem sagen.«

Währenddessen hatte Hector sich die ganze Zeit gefragt,

weshalb sich Interpol für seinen alten Freund interessieren könnte. Ja, Édouard war immer ein bisschen extrem gewesen, er hatte so seine Schwächen – er trank gerne guten Wein, liebte es, die Frauen zum Lachen zu bringen, er hatte einen unstillbaren Hunger auf Neues in allen Bereichen, und seine Intelligenz war ebenso beeindruckend wie seine Sprachbegabung, die er vor allem nach Einbruch der Dunkelheit einsetzte. Aber in alledem sah Hector nichts, was aus Édouard einen Fall für die Justiz hätte machen können, Édouard mit seiner Großzügigkeit, seiner lustigen Art, seinen schönen rosigen Wangen und seinem etwas kindlichen Blick – alles Dinge, die seit Schulzeiten unverändert an ihm waren. Was also konnte er angestellt haben, um zum Tatverdächtigen zu werden?

»Ihr Kumpel hat einen tüchtigen Batzen Kohle geklaut«, sagte Leutnant Ardanarinja, die offensichtlich auf mehreren Stilebenen zu Hause war.

Hector fuhr zusammen. Er hatte die vage Vorahnung, dass seine *Beobachtung Nr. 1 – Deine Freundschaften sind deine Gesundheit –* für ihn künftig nicht mehr so ganz zutreffen könnte.

Hector gerät aufs Glatteis

Hector musste daran denken, wie Édouard ihm eines Tages in einem Café in Hongkong die Telefonnummer einer Frau gegeben hatte, in die sich Hector verliebt hatte, ohne dass er es sich hatte eingestehen wollen. Danach war Édouard in sein Büro zurückgekehrt, um sich weiter jenem Dollarmillionenbetrag anzunähern, den er auf seinem Konto anhäufen wollte, um nie mehr arbeiten zu müssen.

Hector musste auch daran denken, wie Édouard ihn in der Polarnacht eines der letzten traditionellen Eskimodörfer begrüßt hatte. Er lebte dort seit einigen Monaten, um den Eskimos beizubringen, wie man Handel betreibt, ohne sich ausbeuten zu lassen. Auch ohne die geplanten Dollarmillionen hatte er aufgehört, den Reichen zu dienen, denn nun wollte er den Armen helfen, ein bisschen weniger arm zu sein.

Hector musste daran denken, wie Édouard ihm vor der Kulisse der höchsten Berge der Welt gesagt hatte, dass er nicht mit ihm zurückkehre, sondern in diesem abgeschiedenen Kloster bleiben wolle, um den Sinn des Lebens und die Worte des Buddha besser zu begreifen.

All das passte nicht zu einem Édouard, der drei Millionen stahl – wie Hector zuerst verstanden hatte –, aber nein, es ging sogar um dreihundert Millionen Dollar, wie ihm Leutnant Ardanarinja eben erklärte, wobei sie ihre reizenden Brauen missbilligend hob.

»Nach der Zeit in Tibet hat Ihr Freund, wie Sie wissen, wieder bei einer Bank gearbeitet.«

»Bei einer asiatischen Bank, nicht wahr?«

»Nein, er war für die Zweigstelle einer ausländischen Bank tätig.«

Und sie nannte Hector den Namen der Bank, deren Hauptsitz sich auf einer jener berühmten fernen Inseln befand, bei denen man sowohl an Kokospalmen am Lagunenstrand als auch an friedlich schlummerndes Geld denkt. Ein Steuerparadies, wie manche seiner Patienten sagten, ehe sie mit betrübter Miene hinzufügten, dass es immer schwieriger werde, wirklich sichere zu finden. Hectors Mitleid hielt sich in Grenzen, aber in der Psychiatrie und in der Medizin überhaupt ist es ja so, dass man einen Eid geschworen hat, alle Patienten nach besten Kräften zu behandeln, selbst die, die einem mächtig auf die Nerven gehen.

»Stehlen …«, sagte Hector, »das sieht Édouard ganz und gar nicht ähnlich.«

»Wissen Sie, so etwas bekomme ich in meinem Beruf sehr oft zu hören. *Das sieht ihm gar nicht ähnlich* … Glauben Sie, dass die Menschen immer täten, was ihnen ähnlich sähe?«

»Im Allgemeinen schon.«

»Aber schauen Sie sich doch mal Ihren Freund an: Er war lange Zeit Banker und Lebemann, wurde dann zum Menschenrechtsaktivisten bei den Eskimos und schließlich buddhistischer Mönch. Übrigens scheint er sich in dieser letzten Rolle hervorragend gemacht zu haben, die anderen Mönche schätzten ihn sehr. Passt das alles vielleicht zusammen?«

Hector sagte sich, dass Leutnant Ardanarinja schon verdammt gut informiert war über Édouard. »Ja, in gewisser Weise passt das schon zusammen. In allen drei Rollen lässt sich dieselbe Persönlichkeit wiederfinden. Aber nirgendwo sehe ich Hinweise darauf, dass aus ihm ein Dieb werden könnte. Er verfolgt seine Interessen, und ich glaube, dass er in Geschäftsdingen knallhart sein kann, aber solange ich ihn kenne, hatte er auch immer ein Gewissen.«

»Manchmal kommt den Leuten das Gewissen abhanden …«

Hector spürte, dass in Leutnant Ardanarinjas Stimme eine Spur Gefühl lag, eine winzige Spur nur. Vielleicht hätte er es unter anderen Umständen gar nicht bemerkt, aber wenn er so in seinem Psychiatersessel saß, weckte das in ihm Sinne, über die er im Alltagsleben nicht immer verfügte. Es hatte ganz so geklungen, als wäre es für sie eine traurige Erinnerung, dass eine bestimmte Person ihr Gewissen verloren hatte. Vielleicht hatte es damit zu tun, dass diese brillante junge Frau zur Polizei gegangen war.

»Und bei Ihnen beispielsweise, passte es zu Ihrer Persönlichkeit, dass Sie sich für die polizeiliche Laufbahn entschieden haben?«

Leutnant Ardanarinja musste lachen: »Also wirklich, ich glaube, mit den Psychiatern ist es wie mit den Polizisten – der Beruf lässt einen niemals los.«

Hector verkniff es sich, ihr zu sagen, dass er selbst schon ein wenig für die Polizei gearbeitet hatte. So wie die Dinge lagen, wollte er zu Leutnant Ardanarinja keine Bindung aufbauen; sie würde es sicher ausnutzen, um an Édouard heranzukommen, und das wollte er selbstverständlich verhindern.

»Ich würde Ihnen gern helfen«, sagte Hector, »aber die letzte E-Mail, die ich ihm geschickt habe, ist wieder zurückgekommen. Die Mail-Adresse gab es nicht mehr. Ich habe auch versucht, ihn anzurufen, aber die Nummer war nicht mehr gültig. Sie können diese Dinge überprüfen, nehme ich an.«

»In der Tat haben wir sie bereits überprüft.«

»Ist das denn legal?«

»Dies ist ein informelles Gespräch, und ich habe Ihnen natürlich nichts gesagt. Ich möchte es uns und Ihnen doch bloß einfacher machen. Ich wollte lediglich wissen, ob Sie seitdem irgendwie Kontakt zu Ihrem Freund hatten, irgendwelche Neuigkeiten von ihm.«

»Nein, nichts, kein Lebenszeichen.«

»Wirklich nicht?«

»Ich versichere es Ihnen«, sagte Hector.

Leutnant Ardanarinja schwieg einen Augenblick.

»Ich glaube Ihnen fast, dass Sie die Wahrheit sagen … und doch, ich weiß selbst nicht, warum, habe ich irgendwie das Gefühl, dass ich mich täusche.«

»Dafür kann ich nichts.«

»Ich glaube, dass Sie dank Ihrem Beruf Ihre nonverbalen Botschaften gut unter Kontrolle haben. Hätte ich Sie auf Video aufgenommen und den Film dann in Zeitlupe ablaufen lassen, dann hätte ich vielleicht etwas erkennen können …«

»Na, dann machen Sie es doch«, sagte Hector.

»Nein, das würde nichts bringen. Sie haben beschlossen, Ihren Freund Édouard zu beschützen, und sehen nicht den geringsten Anlass, uns mehr zu verraten.«

»Aber mehr könnte ich Ihnen auch gar nicht verraten …«

Leutnant Ardanarinja schien zu überlegen. Würde sie Hector zu dieser so interessanten Videoaufzeichnung tatsächlich einbestellen? Er fragte sich schon, ob er diese Prüfung mit Erfolg bestehen würde.

»Und eine Idee?«

»Pardon?«

»Haben Sie eine Idee, was Ihren Freund betrifft? Warum könnte er so etwas getan haben? Sie kennen ihn doch seit Jahren.«

»Und Sie sind vollkommen sicher, dass er es gewesen ist?«

»Ich kann Ihnen keine Einzelheiten nennen, aber er war ohne jeden Zweifel der Dieb. Ihr Freund ist ein bemerkenswerter Gauner. Es fällt schwer zu glauben, dass er zum ersten Mal …«

»Vielleicht, weil er jemandem helfen wollte«, sagte Hector plötzlich.

Sofort bereute er seine Worte. Er hatte Édouard verteidigen wollen, aber zu spät gemerkt, dass er Leutnant Ardanarinja damit womöglich auf eine Spur brachte.

»Sein Gewissen, nicht wahr?«

»Ja«, meinte Hector, »oder … ich weiß doch auch nicht.«

»Eine interessante Idee.«

»Ich habe es nur so dahingesagt …«

»Jetzt würden Sie den Videotest nicht bestehen«, sagte Leutnant Ardanarinja und lächelte. »Vielen Dank, Doktor, vielen Dank für Ihre Hilfsbereitschaft.«

Und dann ging sie hüftschwingend und immer noch lächelnd auf ihren flachen Absätzen von dannen und ließ Hector ziemlich unzufrieden mit sich selbst zurück.

Hector und die Big Five

Hector versuchte sich auf die nächsten Patienten zu konzentrieren, aber es fiel ihm sehr schwer. An diesem Tag lief es wirklich seltsam – wie ein trauriger Reigen, bei dem fast alle dasselbe Problem hatten: Die Leute waren völlig normal (oder jedenfalls beinahe), aber an ihre Umgebung schlecht angepasst. Sie erinnerten Hector an Pinguine im Dschungel oder an Pandabären in der Wüste. Er sagte sich, dass er ihnen nicht nur helfen musste, sich selbst zu verändern, sondern auch ihre Arbeit, ihre Familie, vielleicht sogar das Land, in dem sie lebten, zu ändern, um sozusagen die passende ökologische Nische für sich zu finden.

Da gab es die viel zu Netten, die ständigem Wettbewerbsdruck ausgesetzt waren – Julie beispielsweise.

Da waren die allzu Gewissenhaften, von denen man verlangte, dass sie ihre Arbeit hinpfuschten und dann auch noch gut verkauften ...

Da plagten sich Menschen, die Neuheit und Veränderung liebten, in monotonen Jobs ab.

Und da mussten die eher Einzelgängerischen an einer Konferenz nach der anderen teilnehmen.

Im Hinterkopf hatte Hector dabei jene kleine Analyse der Persönlichkeit nach fünf Komponenten, die im Augenblick den Sieg über alle anderen Klassifikationsversuche der Psychologie davongetragen hatte und die lustigerweise wie das Großwild in Afrika *Big Five* genannt wurde. Diese *Big Five* waren:

erstens *conscientiousness*, also Gewissenhaftigkeit im Gegensatz zu Unordnung und Ungenauigkeit;

zweitens *agreeableness*, also eine angenehme Art, statt dass man den anderen gegenüber Härte zeigte;

drittens *neuroticism*, also Neurotizismus im Gegensatz zu innerer Ruhe und positiver Gestimmtheit;

viertens *openness to experience*, die Offenheit für neue Erfahrungen, statt dass man stets das Wohlbekannte und Gewohnte vorzog;

fünftens *extraversion* – wenn man die Aufregung und den Trubel der Außenwelt der Einsamkeit und Ruhe vorzog.

Jeder Mensch hat seine Punktzahl zwischen den beiden Extrempolen der jeweiligen Dimension, und natürlich ist es besser, wenn Ihre Persönlichkeit Ihrem Beruf entspricht – oder auch nur dem historischen Moment, in dem Sie leben: Beispielsweise sollte man in Zeiten, wo Krieger an der Spitze der Gesellschaft stehen, lieber kein allzu netter Kerl sein.

Hector musste an Leutnant Ardanarinja denken; er sagte sich, dass sie eine ganz schön hohe Punktzahl in Sachen Härte hatte: Sie hatte ihm mit Polizeigewahrsam gedroht und ihn mit der Tatsache konfrontiert, dass er vielleicht log – und all das in einem scheinbar ganz entspannten Gespräch! Hector wäre es nicht so leichtgefallen, andere Menschen derart unter Druck zu setzen, aber das war ja auch normal: Als Psychiater sollte man lieber seine Punkte aufseiten der *agreeableness* haben. Für einen Polizisten wiederum wären zu hohe Freundlichkeitswerte unpassend; der Zeiger sollte etwas mehr in Richtung Härte ausschlagen. Hector war zufrieden, dass er sich mit seiner Berufswahl nicht geirrt hatte – wohl genauso wenig wie Leutnant Ardanarinja …

Dann musste er wieder an Édouard denken. Sein Freund erzielte eindeutig extrem hohe Werte in »Offenheit für neue Erfahrungen« und »Extraversion«. Seit jeher hatte er sich schnell gelangweilt; immer hatte es ihn nach Neuem verlangt. Dass er sich so rasch langweilte, wurde wahrscheinlich noch dadurch verschärft, dass er die meisten Dinge schneller kapierte als alle anderen: Im Schulunterricht hatte er immer als Erster die Lösung einer Aufgabe gehabt, und später war er sehr schnell durchs Studium gekommen. Sobald er sich zu langweilen begann (und das war oft), hatte er den Beruf gewechselt, die Frau, das Land und die Sprache; immer drängte es ihn, die nächste Herausforderung zu finden, und »Endlich mal was Neues!« war sein Lieblingsspruch.

Was nun die Extraversion anging, so war Édouard sehr gern in Gesellschaft, und vor allem machte es ihm Spaß, im Mittelpunkt zu stehen; er lachte gern und brachte die anderen zum Lachen, und überhaupt war er sehr empfänglich für die Versuchungen des Augenblicks, für alles, was aus der Außenwelt auf ihn einströmte. (Wenn Sie hingegen introvertiert sind, achten Sie wie Karine eher auf das, was in Ihrem Inneren vor sich geht.)

Hector hatte den Eindruck, dass diese beiden Komponenten Édouard diesmal hatten zu weit gehen lassen.

In der Pause zwischen zwei Konsultationen zog er die Schublade seines Schreibtischs auf und holte einen bereits aufgerissenen Briefumschlag hervor, auf dem in Schönschrift sein Name und seine Adresse standen und der mit exotischen Briefmarken geschmückt war. In dem Umschlag steckte eine Weihnachtskarte. Leutnant Ardanarinja und ihre Kollegen von Interpol hatten wahrscheinlich längst alle seine E-Mails durchforstet, aber dieses gute alte Kommunikationsmittel hatten sie übersehen.

Die Karte war aus schönem cremefarbenen Karton und hatte an den Rändern aufgeprägte Girlanden aus Christbaumkugeln und Mistelzweigen. In die Mitte hatte Édouard ein Foto geklebt. Vor einer Kulisse aus waldbedeckten Hügeln – man konnte Palmen und Bananenstauden ausmachen, jedenfalls waren das die einzigen Pflanzen, die Hector erkannte – stand Édouard in Shorts und khakifarbenem Hemd. Er war ziemlich abgemagert, und sein blauer Blick schien eindringlicher geworden zu sein, ein bisschen, als hätte er Fieber. Ein Stück weiter im Hintergrund sah man eine Gruppe junger asiatischer Männer und Frauen. Die jungen Männer trugen schwarze Tuniken mit rot bestickten Aufschlägen, die jungen Frauen weiße Tuniken und Hauben, und geschmückt waren sie mit silbernen Anhängern. Alle hatten den Blick auf Édouard gerichtet, und auf ihren frischen Gesichtern konnte man so etwas wie fromme Verehrung lesen. In der

Ferne, über den Bergen, ballten sich bedrohliche Wolken zusammen.

Unter das Foto hatte Édouard nur wenige Worte geschrieben:

Jenes Feuer vor mir ist erloschen.

Und noch ein bisschen weiter unten stand:

Mach dir keine Sorgen, mein Freund. Glaub ihnen nicht. Warte auf mich.

Hector zögert

> Dagegen dürfte es schicklich sein, ungerufen und ungesäumt
> zu den Freunden hinzugehen, wenn sie von Missgeschicken
> betroffen worden sind.
> *Aristoteles*

Weil die Leute denken, dass Psychiater das Leben besser begreifen als du und ich, wurde Hector bei Abendessen oft gefragt: »Glauben Sie, dass Freundschaft zwischen einem Mann und einer Frau möglich ist?« Und dann antwortete er: »Ja, gewiss doch. Nur nicht, wenn sie sich gerade lieben …«

Meistens lachten die Umstehenden dann laut, denn sie verstanden, was Hector damit sagen wollte: Eine Freundschaft zwischen Mann und Frau ist ziemlich riskant. Die Liebe oder auf jeden Fall das Begehren ist wie ein schelmisches Teufelchen, das die allerreinste Freundschaft schnell umkippen lassen kann (oder jedenfalls eine Freundschaft, von der man zuerst angenommen hatte, sie sei völlig rein).

Deshalb sagte sich Hector, dass er großes Glück hatte, denn für ihn war Clara, seine Frau, wie eine Freundin, mit der er außerdem noch gerne Liebe machte. Jeden Morgen wachte er mit der Hoffnung auf, dass es noch lange so bleiben möge, und das ließ ihn auch aufmerksam sein, denn in früheren Jahren hatte er schon ein paar Liebesbeziehungen durchlaufen, die sich mangels Aufmerksamkeit abgenutzt hatten, und auch in seinem Beruf erlebte er, wie sich diese traurige Geschichte immerzu wiederholte – und mit Clara sollte es ihm auf keinen Fall so ergehen!

Am Ende dieses anstrengenden Tages lag Hector neben Clara im Bett. Sie hatten noch keine Zeit gehabt, miteinander zu reden, denn Clara hatte zu einem Abendessen mit Kollegen gehen müssen, von denen zwei immerhin ihre Freunde waren.

Hector war schon schläfrig, aber Clara machte noch einen sehr munteren Eindruck; sie las in einem Buch. Als Hector ihr über die Schulter guckte, sah er, dass es vom Leben eines gewissen Gautama Shakyamuni handelte.

»Wer ist denn dieser illustre Unbekannte?«, wollte Hector wissen.

»Buddha.«

»Ah, verdammt!«, sagte Hector.

Und er dachte, dass er es wirklich gut getroffen hatte mit einer so wunderbaren Frau, die zu alledem noch ein Buch über Buddha las.

Hector fand, dass sich sein Leben (oder er selbst) ziemlich verändert hatte. Noch vor einigen Jahren hätte er sich sofort bereitwillig auf die Suche nach Édouard gemacht, wie er damals überhaupt gern zu allen möglichen Reisen aufgebrochen war – und erst recht, wenn er das Gefühl hatte, nützlich sein zu können.

Aber jetzt sah es anders aus. Jeden Abend kehrte er in ein Haus zurück, wo eine Frau und ein kleiner Junge auf ihn warteten. Er hatte ganz einfach keine Lust, wegzufahren und sie allein zu lassen. Und noch viel weniger mochte er sie beunruhigen, indem er sich auf die Suche nach einem leicht verrückten Freund machte, dem Interpol auf den Fersen war.

Und warum sollte er überhaupt abreisen? Édouard war schließlich schlau genug, um allein zurechtzukommen. Hatte er nicht geschrieben, Hector solle sich keine Sorgen um ihn machen? Letzten Endes gab es überhaupt keinen Grund, sich auf die Suche nach Édouard zu begeben. Édouard hatte Hector lediglich gebeten, ihm zu vertrauen und auf ihn zu warten. und nicht etwa, seine Termine mit den Patienten abzusagen oder gar Petit Hector und Clara allein zu lassen.

Wie einfach es war, sich selbst etwas einzureden, dachte Hector.

Aber da fiel ihm Leutnant Ardanarinjas Lächeln wieder ein –

das Lächeln eines schönen Pantherweibchens –, und Édouards fiebriger Blick auf dem Foto und die seltsam fromme Verehrung, die ihm die jungen Leute entgegenzubringen schienen, und dann war da noch dieser Satz – *Jenes Feuer vor mir ist erloschen* –, und plötzlich hatte Hector das Gefühl, eine Katastrophe stehe unmittelbar bevor. Gleichzeitig hatte ein Teil seines Geistes zu arbeiten begonnen: Zu welcher ethnischen Minderheit mochten die jungen Leute gehören? Diese weißen Tuniken der unverheirateten jungen Mädchen riefen eine vage Erinnerung in ihm wach – aber war es ein persönliches Erlebnis gewesen, eine Lektüre, eine alte Fotografie? Es musste sich um eine der zahlreichen Minderheiten in Südostasien handeln, eine wie diejenige, bei denen die Lady in Kürze ihre Dreharbeiten absolvieren würde. Sollte das nur ein zufälliges Zusammentreffen sein? Selbstverständlich gab es keinerlei Verbindung zwischen Édouard und der Lady, aber andererseits rückten bestimmte Weltgegenden plötzlich mehr ins Blickfeld als andere, und Menschen mit sehr empfindlichen Antennen, also beispielsweise Édouard oder die Produzenten eines Films oder die Lady, fanden sich mit untrüglichem Instinkt früher dort ein als die übrige Menschheit. Und in diesen Gegenden konnte man ebenso gut die romantische Kulisse für einen neuen Film finden wie ein sicheres Versteck vor jeder Polizei dieser Welt.

Plötzlich fragte ihn Clara: »Woran denkst du gerade?«

»Ach, an nichts Besonderes.«

»Ich frage mich trotzdem, was du …«

»Und Buddha, was empfiehlt der uns, damit wir glücklich werden?«

»In aller Kürze? Er sagt, Leben sei Leiden.«

»Nicht schlecht erkannt. Und weiter?«

»Er sagt, alles Leiden komme von den Begierden.«

»Und was sollen wir also tun?«

»Um nicht mehr zu leiden, muss man sich von allen Begierden und Bindungen befreien.«

»Auch von den Menschen, die man liebt?«

»So ähnlich – man liebt sie immer noch, aber so, wie man

alles Übrige liebt, denn unser Mitgefühl muss die ganze Welt umspannen – alle Menschen und sogar die Tiere.«

»Und daher sollst du sogar deine Feinde lieben.«

»Genau.«

»Das erinnert mich an die Worte des Joshua ben Jussuf«, sagte Hector.

»Wer soll denn das sein?«

»Na, Jesus!«

Hector war ziemlich zufrieden mit sich.

»Und willst du noch lange weiterlesen?«, fragte er.

»Nein, ich bin müde.«

Clara legte das Buch hin und knipste ihre Nachttischlampe aus. Dann küssten und umarmten sie sich, und dann küssten und umarmten sie sich noch ein bisschen länger, denn wie wir schon gesagt haben, war Clara für Hector ja mehr als eine Freundin.

Irgendwann in der Nacht wachte Hector auf. Das Licht vom Flur her und die Geräusche verrieten ihm, dass jemand in der Küche war. Weil er nicht zu den Leuten gehörte, die immer gleich an das Schlimmste denken – so wie beispielsweise Julie –, sagte er sich, dass Petit Hector aufgewacht sein musste.

Und tatsächlich sah er seinen Sohn im Schlafanzug am Tisch sitzen, mit den Beinen baumeln und gerade den zweiten Becher Joghurt verdrücken.

»Na, was ist denn mit dir los?«, fragte Hector.

»Ich hatte Hunger.«

»Schon gut, aber du siehst so aus, als hättest du auch Sorgen. Was läuft nicht so, wie es soll, mein Junge?«

Hector hatte gleich gesehen, dass sein Sohn nicht gut drauf war, wie man so sagt.

»Stimmt«, sagte Petit Hector, »ich mache mir Sorgen.«

»Und warum?«

»Na ja, wegen meiner Freunde …«

Und dann erklärte Petit Hector, dass er sehr gut mit Guillaume befreundet war, aber auch mit Émeric, und nun sollte es bei Émeric, dessen Eltern die größte Wohnung hatten, die

Petit Hector je zu Augen gekommen war, eine Geburtstagsparty geben. Aber Guillaume war nicht eingeladen, und Petit Hector fragte sich, ob er mal bei Émeric nachhaken sollte. Aber obgleich sich Émeric mit Guillaume verstand, war Petit Hector auch klar, dass die Eltern von Émeric nicht von der gleichen Sorte waren wie Guillaumes Eltern, denn die wohnten in einem kleinen Haus inmitten von anderen nicht so hübschen kleinen Häusern, und also war es nicht sicher, dass Guillaume eingeladen werden würde, selbst wenn Petit Hector darum bat.

Hector erinnerte das ein bisschen an Julies Freundschaftsgeschichten.

»Vielleicht geh ich dann auch nicht auf die Party«, meinte Petit Hector und runzelte die Stirn.

Hector spürte jedoch, dass ihm das leidgetan hätte. »Nein«, sagte er, »frag Émeric doch wenigstens.«

»Und wenn er Nein sagt?«

»Na ja, dann geh trotzdem hin.«

»Aber Guillaume wird rausbekommen, dass ich ihn im Stich gelassen habe.«

»Lade Guillaume doch zu uns ein. Feiert eure eigene Party. Maman hat bestimmt nichts dagegen. Dann sieht er, dass du ein richtiger Freund bist.«

Petit Hector schien darüber nachzudenken; er aß noch einen Löffel Joghurt und erklärte dann, dass er sehr, sehr müde sei. Er ging wieder schlafen, aber nun war es Hector, der sich an den Tisch setzte, um einen Joghurt zu essen.

Er fand, dass sich Petit Hector für sein Alter reichlich viele Sorgen machte, aber gleichzeitig freute es ihn, dass sein Sohn sich ethische Fragen stellte: Wie weit kann man gehen, ohne dabei einen Freund im Stich zu lassen? Was will man dabei aufs Spiel setzen? Eine Einladung zu einer Party? Seinen guten Ruf? Vielleicht sein Leben?

Er holte schnell sein Notizbüchlein hervor und schrieb:

Beobachtung Nr. 2: Ein wahrer Freund ist bereit, Opfer für dich zu bringen oder sich deinetwegen sogar in Gefahr zu begeben.

Und plötzlich hatte Hector die Vorahnung, dass diese Beobachtung für ihn selbst brennend aktuell werden könnte. Er aß seinen Joghurt auf und legte sich wieder ins Bett, aber den Rest der Nacht schlief er nicht besonders gut.

Hector hat großes Glück

Am nächsten Tag saßen Clara, Hector und Petit Hector in der Küche beim Frühstück.

»Du schlingst«, sagte Clara zu Hector.

»Entschuldige bitte.«

»Genau, Papa, du schlingst ja wie ein Wolf!«

Hector schaute die beiden an: Sie machten sich Sorgen um ihn. Sollte er ihnen sagen, dass er sich selbst solche Sorgen um Édouard machte, dass er bereit war, seine Familie für einige Zeit allein zu lassen? Aber nein. Schließlich hatte ihn Édouard um nichts gebeten. Einem Freund zu helfen, war eine Pflicht, gewiss – aber nur, wenn er Hilfe brauchte.

Später dann saß er im Auto neben Clara, die ihn an seiner Praxis absetzen sollte.

Waren es Hmong? Oder Tai? Yao? Lahu? Oder vielleicht Karen?

»Meinst du nicht, dass du mir erzählen solltest, was dich so beunruhigt?«

Und Hector erklärte Clara die ganze Geschichte, Édouards Nachricht inbegriffen: *Warte auf mich.*

Clara hatte das Auto am Straßenrand geparkt und schaute Hector an, während er seinen Bericht mit den Worten abschloss, dass jemand, der schlau genug war, dreihundert Millionen Dollar zu stehlen, sich sehr gut allein aus der Affäre ziehen konnte.

»Und wann könntest du abreisen?«, fragte sie.

Und wieder einmal sagte sich Hector, dass er großes Glück hatte.

Hector sieht einen Freund wieder

»Nein, Doktor nicht da, er weggegangen.«
»Aber er hatte mir gesagt, dass er hier sein würde ...«
»Er in Krankenhaus gegangen.«

Der junge Mann war sehr schön mit seinen Mandelaugen und seinen hohen Wangenknochen – wie ein kleiner Bruder von Leutnant Ardanarinja, dachte Hector. Er versuchte seinen alten Freund Jean-Michel anzurufen, aber es funktionierte nicht, was allerdings in einem Land, wo die meisten Menschen kein anderes fließendes Wasser haben als das vom nächstgelegenen Fluss, nichts heißen musste.

Er stieg die Treppe über mehrere fehlende Stufen hinweg hinunter und stand dann auf der Straße, am Fuße des vom Zahn der Zeit schon sehr angenagten Bauwerks aus der Kolonialzeit, in dem Jean-Michel sein Büro hatte. Von hier aus leitete er die Arbeit mehrerer kleiner über die Gebirgsregion verstreuter Ambulanzen, die die einheimischen Volksstämme betreuten – Menschen, um die sich die hiesige Regierung noch weniger kümmerte als um die übrige Bevölkerung. Obwohl Hector im Schatten eines Baumes stand – es war eine Banyan-Feige, der gleiche Baum, unter dem Buddha gepredigt hatte! –, plagte ihn die drückende Hitze.

Hector beschloss, in sein Hotel zurückzukehren, ein altes Gebäude, das die Franzosen zu der Zeit errichtet hatten, als sie dieses Land besetzt hielten. Umgebaut und möbliert hatten es dann die Sowjets, damals der sozialistische Große Bruder dieses Landes, und schließlich hatte man es noch durch ein paar lokaltypische Farbtupfer verschönert. Er sagte sich, dass er unbedingt Fotos von seinem Zimmer machen musste – von dem khakifarbenen Kühlschrank, dem Vitrinenschrank, dessen Ecken mit Drachen geschmückt waren, dem Bakelittelefon, den Spitzendeckchen auf dem runden Tisch und dem Fernseher aus chinesischer Produktion mit seinem stark gewölbten Bildschirm. Hinterher würde er sie Clara zeigen, damit sie sah, dass er nicht zum Vergnügen hier war.

Aber eigentlich mochte Hector das Hotel, denn die Zimmer waren geräumig, und der Charme verflossener Zeiten lebte noch in dem Licht, das durch die großen Fenster auf das knarrende Parkett fiel, und in der Aussicht auf die bewaldeten Ufer des Mekong, der so breit und still dalag wie ein See. Man musste die Gelegenheit nutzen, denn bald sollte das Hotel abgerissen und durch eine große Einkaufspassage aus Rauchglas ersetzt werden – und am Flussufer sollte sich eine Autobahn entlangziehen.

Je mehr er von der Welt gesehen hatte, desto häufiger dachte Hector, dass die Geldgier, die Geschäftsleute und Politiker »wirtschaftliche Entwicklung« nannten, die Schönheit der Welt zerstörte, ohne die Menschen dabei glücklicher zu machen. Ein Segen, dass wenigstens immer mehr Leute so dachten wie er. Man hätte das Glück der Menschen vermehren können, indem man das Gesundheitswesen verbesserte, aber viele Firmen hatten sich in diesen Ländern vor allem niedergelassen, um keine Steuern mehr berappen zu müssen – es reichte, wenn man den Lokalpolitikern genug zusteckte.

Hector war zu Jean-Michel gefahren, um herauszufinden, ob er Nachrichten von Édouard hatte. Da er wusste, welche Überwachungsmöglichkeiten Leutnant Ardanarinja und ihre Kollegen von Interpol hatten, wollte er lieber nicht per Internet oder Telefon nachfragen, und so hatte er Jean-Michel lediglich gesagt, dass er eine kleine Luftveränderung brauche und ihn einfach mal besuchen wolle.

Hector stellte sein Notebook auf das Spitzendeckchen (denn auch der Schreibtisch war mit einem solchen geschmückt) und ging ins Internet. Er hatte beschlossen, auf diesem Wege mit einigen Patienten zu kommunizieren, damit er nicht völlig unerreichbar für sie war.

Was er fand, war eine Mail von Clara:

Mein Liebster,

wie geht es Dir? Auch wenn ich weiß, wie gerne Du in die Tropen reist, mache ich mir diesmal irgendwie doch Sorgen. Hast Du Jean-Michel schon gesehen?

Du hast mich damit angesteckt, ich habe angefangen, auch über die Freundschaft nachzudenken.

Oft sagen die Leute, auf einen wahren Freund könne man sich in jeder Lebenslage verlassen. Doch kenne ich auch andere Menschen (und Dir geht es sicher genauso), von denen ich ebenfalls glaube, dass sie mir bei Schwierigkeiten beistehen würden. Eine Klassenkameradin, ein Arbeitskollege – sie betrachten sich als meine Freunde, aber im Grunde langweilen sie mich ein bisschen, wenn wir uns treffen. Ihnen macht es mehr Spaß, mich zu sehen, als umgekehrt. Gleichzeitig mag ich sie natürlich, und ich glaube, ich wäre auch bereit, ihnen im Notfall zu helfen. Aber sind sie meine Freunde? Was fehlt mir an ihnen, um sie zu meinen Freunden zu zählen? Hingegen macht es mir jedes Mal Vergnügen, Florence zu sehen, die Frau Deines Kollegen Arnaud; wir führen interessante Gespräche, ich gehe gern mit ihr shoppen, und doch glaube ich nicht, dass sie mir im entscheidenden Moment groß helfen würde.

Das erinnert mich im Grunde daran, was wir im Philosophieunterricht über Aristoteles gelernt haben: Er unterschied Freundschaften, die sich auf Vergnügen gründen, Freundschaften, die auf dem Nutzen beruhen, und tugendhafte Freundschaften, wobei die Letzteren in seinen Augen natürlich die wahren Freundschaften sind. Mit jenen langjährigen Freunden, die mich ein bisschen langweilen, pflege ich vielleicht solche tugendhaften Freundschaften; wir sind bereit, einander auf uneigennützige Weise Gutes zu tun, und es herrscht ein gegenseitiges Wohlwollen. Mit Florence hingegen verbindet mich eine Freundschaft, die aus dem miteinander geteilten Vergnügen entspringt. Der gute Aristoteles meint, dass sie verschwinden kann, sobald einer der Freunde kein Vergnügen mehr an ihr findet. Was nun die Freundschaften betrifft, die auf Nützlichkeit gegründet sind (oder, wenn man so will, auf Eigeninteresse), so kommt bei ihnen jeder auf seine Rechnung: Geschäftspartner, Arbeitskollegen … Auch hier ist es so, dass man sich meistens nicht länger trifft, wenn man keinen Nutzen mehr von-

einander hat. Und schließlich erinnert Aristoteles uns daran, dass
Freundschaft natürlich immer nur existiert, wenn sie gegenseitig
ist und wenn man sie dem anderen offen zeigt.

Clara hielt sich selbst nicht für besonders schlau, was Hector
erstaunte, half sie ihm doch immer sehr beim Nachdenken.
Vor seiner Abreise hatte er sich vorgenommen, das Thema
Freundschaft im Blick zu behalten – diesen so wichtigen
Gegenstand, über den aber die Psychologen so wenig geschrieben haben, anders als über die Liebe beispielsweise,
und Clara hatte die Idee sehr gut gefunden.

Das Bakelittelefon begann rasselnd zu klingeln.
»Was ist los, alter Junge, willst du lieber im Hotel bleiben
und rumfaulenzen, als das wirkliche Leben zu sehen?«
Wie immer freute Hector sich, die Stimme von Jean-Michel
zu hören. Und obwohl alle Welt beim Thema Freundschaft
immer zuerst von der gegenseitigen Hilfe in der Not sprach,
musste man doch zunächst einmal eines anerkennen:

Beobachtung Nr. 3: Ein Freund ist jemand, den du gerne siehst.

Und natürlich musste die Freude beiderseits sein. Allein damit, jemanden gern zu sehen, konnte man Freundschaft natürlich nicht ausreichend beschreiben. Und zumindest eine
Weile lang konnte es auch vergnüglich sein, Umgang mit
einem amüsanten Scheißkerl zu haben, jedenfalls vergnüg-
licher als mit einer tugendhaften, aber langweiligen Person.
Aber was hatte es eigentlich genau mit dieser Freude, einen
Freund zu sehen, auf sich?

Hector, der Erzengel und das junge Mädchen

»Das ist das Problem mit der antiretroviralen Therapie«, sagte Jean-Michel. »Wenn man diese Medikamente zum ersten Mal Patienten gibt, die sie eigentlich schon viel früher gebraucht hätten … Ihr Immunsystem aktiviert sich, und alles entzündet sich.«

Sie saßen jetzt beide in einem Krankenhaus, das einstmals von dem sozialistischen Großen Bruderland errichtet worden war, und zwar angepasst an die besonderen Bedingungen der Tropen – mit freien Außentreppen und zierlich durchbrochenen Mauern, damit die Luft und die Mücken ungehindert zirkulieren konnten. Hector hatte ähnliche Bauten bereits in Afrika gesehen.

Die Patientin war eine hochgewachsene, ausgezehrte Frau mit dunkler Haut und ebenholzfarbenem Haar, wodurch ihr weißes Lächeln noch strahlender wirkte, obwohl ihre Stirn schweißbedeckt war und ihr Atem hektisch und flach ging. Mehrere Infusionsflaschen hingen über ihrem Kopf. Sie schien sehr froh zu sein, Jean-Michel zu sehen. Er unterhielt sich mit ihr auf Khmer, während er den Tropf kontrollierte.

Neben ihnen stand die Krankenschwester, eine fröhlich wirkende, pummelige, kleine Frau; sie half Jean-Michel, wenn er einmal nicht das richtige Wort fand. Auch sie schien entzückt zu sein, an der Seite dieses Mannes zu stehen. Wenn Hector seinen Freund so anschaute, war ihm auch klar, warum. Jean-Michel sah immer noch sehr gut aus – mit seinem festen Blick, seiner athletischen Figur und einem Gesicht, das die antiken Bildhauer gereizt hätte. Er war mehr als nur Jean-Michel, dachte Hector, er war der Erzengel Michael, denn Jean-Michel hatte auch ein gutes Herz, und über seine Kraft und seine Schönheit strahlte auch seine Gutherzigkeit nach außen. Wie hätte sich eine Frau davon nicht angezogen fühlen sollen?

Das Problem war nur, dass Jean-Michel keine Frauen liebte.

»Ach, was für eine Verschwendung!«, hatte eine mal leise zu Hector gesagt, nachdem sie sich lange vergeblich bemüht hatte, Jean-Michels Interesse zu wecken.

Aber das war ein Thema, das sie beide niemals ansprachen; Hector wusste Bescheid, Jean-Michel wusste, dass Hector Bescheid wusste, und doch war es wie eine Tabuzone, ein Landstrich, der außerhalb des Territoriums ihrer Freundschaft lag.

»Ihr Mann hat sie angesteckt«, sagte Jean-Michel. »Das kommt hier ziemlich oft vor. Bei ihm selbst ist es noch nicht ausgebrochen.«

»Ist sie ihm böse deswegen?«

»Nein. Er besucht sie übrigens auch jeden Tag. Das kommt schon viel seltener vor.«

Am anderen Ende des Zimmers führte eine Tür zur Toilette und zur Duschkabine, die nach außen offen waren. Auf dem gefliesten Boden neben der Dusche erblickte Hector Küchengeräte, einen kleinen Kocher, an einem Faden hingen Trockenfische.

»Das ist ein Krankenhaus, in dem jeder Patient, was die Ernährung betrifft, auf sich selbst und seine Familie angewiesen ist«, sagte Jean-Michel, als er aus dem Zimmer trat.

Im langen Flur, über den Streifen aus Licht fielen, entdeckte Hector kleine Ansammlungen von Schuhen vor jeder Zimmertür. Es handelte sich um die Schuhe der Familienmitglieder, die gerade zu Besuch waren, um den Kranken Gesellschaft zu leisten und ein paar Lebensmittel mitzubringen.

»Und wo sind die anderen Ärzte?«, wollte Hector wissen.

»Um diese Tageszeit sitzen sie schon wieder in ihren Stadtpraxen und kümmern sich um die Privatpatienten«, sagte Jean-Michel mit einem traurigen Lächeln. »Aber man muss sie verstehen, auch sie haben eine Familie zu ernähren, und mit dem Gehalt, das man an einem staatlichen Krankenhaus bekommt …«

43

Während sie weiter durch den Flur schritten, begann sich ein wahrer Menschenstrom aus den Zimmern zu ergießen, und all diese Leute – Ehemänner, Mütter, Schwestern, Brüder, Töchter – wollten den Erzengel Michael sehen, mit ihm sprechen oder ihn sogar berühren, als ob schon seine Ausstrahlung genügte, um ihre Angehörigen zu retten. Jean-Michel hatte für jeden von ihnen ein gutes Wort, kündigte seine Rückkehr an und schaffte es, alle zu beruhigen; die Gesichter hellten sich auf, die Kinder lachten, alte Männer und junge Frauen falteten mit einem glücklichen Lächeln die Hände.

Sie besuchten dann noch andere Krankenzimmer: hier einen jungen Mann mit trauriger Miene, der als Lastwagenfahrer gearbeitet hatte und noch immer eine Familie durchbringen musste, dort einen intelligent aussehenden Mann um die vierzig, der auf dem Bau geschuftet hatte, um seine zahlreichen Kinder zu ernähren, und der sich dort mit mehreren seiner Kameraden infiziert hatte, weil sie, um die Schmerzen und die Müdigkeit zu vergessen, jeden Abend ein bisschen Heroin genommen hatten – mit einer Spritze, die einer dem anderen weitergereicht hatte.

Schließlich kamen sie ins Zimmer eines blutjungen, vollkommen verschüchtert wirkenden Mädchens.

»Sie ist nicht von hier«, sagte Jean-Michel. »Menschenhändler haben sie aus einem Nachbarland hierherverschleppt. Wir versuchen ihre Familie ausfindig zu machen.«

Hector betrachtete die junge Frau: Wie sie mit blassem Gesicht und großen schwarzen Augen dalag, schien sie sich entschuldigen zu wollen, dass sie zu erschöpft war, zur Begrüßung aufzustehen. Jean-Michel erklärte Hector, dass man sie aus einem Bordell geholt hatte, in dem sie mit vierzig weiteren Frauen eingesperrt gewesen war; die jüngsten waren gerade mal dreizehn gewesen.

In diesem Augenblick ging die Tür auf, und Leutnant Ardanarinja betrat das Zimmer – – –

Nein, und dann war sie es doch nicht, sondern ihre ältere Schwester, jedenfalls aber eine Frau, die ihr ganz verblüffend ähnlich sah: die gleiche goldfarbene Haut, das gleiche ikonenhafte Gesicht und das gleiche perfekte Lächeln. Die junge Patientin richtete sich sofort in ihrem Bett auf und streckte ihr die Hand entgegen, und die Frau schloss sie in die Arme und sprach mit sanften Worten zu ihr. Hector spürte, dass diese Frau für die junge Kranke wie eine Mutter war.

»Wir lassen euch jetzt mal allein«, sagte Jean-Michel.

»Ich komme gleich zu dir ins Büro«, sagte die Frau.

Im Flur erklärte Jean-Michel seinem Freund, dass diese Frau an der Spitze einer Organisation stand, die sie selbst gegründet hatte; sie widmete ihr Leben der Hilfe für junge Frauen, die in die Fänge von Menschenhändlern geraten waren – entriss sie den Bordellen, ließ sie ärztlich behandeln und ermöglichte ihnen eine Ausbildung. Sie reiste zwar durch die ganze Welt, um mit ihrem Filmstarlächeln Spenden zu sammeln, doch die meiste Zeit verbrachte sie hier und kümmerte sich um die Heime, in denen ihre Schutzbefohlenen lebten. Einst war sie selbst eine jener ganz jungen Frauen gewesen, die man in Bordellen gefangen hält.

»Sie kämpft auch gegen die Macht der Menschenhändler«, sagte Jean-Michel. »Mit dem Ergebnis, dass man letzten Monat auf ihren Wagen geschossen hat. Eine Warnung. Vor zwei Jahren hat man ihre Tochter entführt.«

»Und was tut die Polizei dagegen? Und die Regierung?«

»Kommt drauf an«, meinte Jean-Michel. »Menschenhandel bringt eine Menge Geld ein. Mehr als der Drogenhandel.«

Hector sagte sich, dass er Jean-Michel immer in Ländern besuchte, in denen man Polizist, Militär oder Politiker sein musste, um reich zu werden.

»Aber vielleicht wird sich das ändern«, sagte Jean-Michel. »Auf jeden Fall in meinem Bereich.«

»Und wie?«

»Warte, ich erzähle es dir gleich im Büro.«

Sie gingen aus dem Krankenhaus. Das Büro, in dem Hector seinen Freund vorhin vergeblich aufgesucht hatte, lag direkt nebenan. Der schöne junge Mann war nicht mehr da; diesmal begegnete Hector einer jungen Japanerin, die an einem kleinen Computer arbeitete. Jean-Michel stellte sie vor: Kumiko war für eine große Organisation tätig, die versuchte, den Kranken dabei zu helfen, dass sie ihre Medikamente ordnungsgemäß einnahmen und ausreichend aßen. Denn wenn sie ihre Tabletten nicht jeden Tag schlucken oder ein paar davon an andere Familienmitglieder weiterreichen, wenn die nicht ganz auf dem Damm zu sein scheinen, dann nützt das natürlich niemandem was.

Man stellte sich vor und tauschte die üblichen Höflichkeitsfloskeln aus, aber dann ließ Kumiko sie allein.

»Erstaunlich sind sie schon, diese Japaner«, sagte Jean-Michel. »Wenn man bedenkt, was sie als Besatzungsarmee in diesem Land angerichtet haben ... Und heute helfen gerade sie am meisten, und nicht allein mit Geld, sondern persönlich vor Ort, wie du gerade sehen konntest.«

»Eine Generation löst halt die andere ab, und die Kinder sind nicht so wie ihre Eltern.«

»Aber in China sieht man immer wieder alte Japaner, ehemalige Soldaten der kaiserlichen Armee, die nach Nanjing zurückkehren, an den Ort der Gräueltaten, und dort Gebete verrichten und Schenkungen machen.«

»Weiß man denn als indoktrinierter Zwanzigjähriger wirklich, was man tut?«

»Hier waren die Gefängniswärter erst sechzehn«, sagte Jean-Michel.

Er bezog sich auf ein Gebäude, das einst ein Gymnasium gewesen war, aber während des Großen Befreiungskampfes gegen die Imperialisten hatte man es in ein Gefängnis verwandelt, in dem Tausende von Menschen hingerichtet worden waren, manche von ihnen noch Kinder. Sie hatten unter Folter gestehen müssen, dass sie für den kapitalistischen Feind spioniert hatten, Geständnisse, die dann als Rechtfertigung für die Massaker gedient hatten.

»Der Mensch ist ein Gesellschaftstier, das immer in einer hierarchischen Struktur lebt«, sagte Hector. »Wenn nun aber der Chef verrückt ist ...«

»Immer diese psychologischen Erklärungen«, meinte Jean-Michel.

»Klar«, sagte Hector, »das ist doch schließlich mein Job. Und hast du vielleicht eine bessere?«

Jean-Michel saß einen Moment schweigend da und legte die Hände unters Kinn.

»Manchmal glaube ich an das Böse«, sagte er.

»Was meinst du damit?«

»Nein«, sagte Jean-Michel, »lass uns ein andermal darüber sprechen. Und überhaupt würdest du vielleicht denken, ich wäre verrückt geworden – und wie du mit Verrückten umgehst, kann ich mir lebhaft vorstellen!«

Darüber mussten sie beide lachen, und das tat ihnen gut, denn dieses Land, seine Vergangenheit, das Krankenhaus und worüber sie gerade gesprochen hatten – all das war schon bedrückend für jeden, der auch nur ein bisschen sensibel war.

»Du hast angedeutet, dass die Dinge sich vielleicht ändern werden …«, sagte Hector.

Lächelnd öffnete Jean-Michel eine Schublade des Metallschreibtischs mit Gummirändern, der auch noch aus der Zeit der sozialistischen Bruderhilfe zu stammen schien. Er zog ein Blatt Papier hervor und reichte es Hector.

Es war die Fotokopie eines Bankschecks über drei Millionen Dollar, ausgestellt zugunsten der Organisation, für die Jean-Michel arbeitete. Die Bank war Hector unbekannt, aber das überraschte ihn nicht weiter; der Scheck war mit einem Fries aus stilisierten Palmen dekoriert und mit Sonnen, deren Strahlen wie Flammen züngelten. Die Unterschrift war ziemlich unleserlich, gehörte aber offensichtlich dem Direktor der Bank, und der Name kam Hector irgendwie indisch vor.

»Das Gute daran ist, dass er auf den Namen unserer Außenstelle ausgestellt wurde, also in meinen Verantwortungsbereich fällt«, sagte Jean-Michel. »Na ja, Außenstelle bedeutet freilich auch, dass ich ihn hier bei einer ortsansässigen Bank einreichen muss, die keine Fragen zur Herkunft des Geldes stellt, und damit gibt es natürlich ein bisschen Wertverlust, aber es bleibt ja im Land, und eine schöne Stange Geld ist es immer noch.«

»In der Tat.«

»Ich werde ein paar Ärzte dafür bezahlen können, dass sie den ganzen Vormittag bleiben; ich werde zusätzliche Krankenschwestern einstellen und neue Zweigstellen von Ambulanzen eröffnen. Und vor allem kann ich das alles auf Dauer einrichten, was bei unserer Arbeit das Allerkostbarste ist.«

Jean-Michel sah glücklich aus. Hector wusste ja, dass Édouard und Jean-Michel miteinander befreundet gewesen waren, als sie alle drei noch die Schulbank gedrückt hatten; später aber hatten sie sich nicht mehr so nahegestanden, und Hector hatte bemerkt, dass sie sich nicht mehr so gerne begegnet waren. Sicher hatte es damit zu tun gehabt, dass Jean-Michel sein Leben in Ländern verbrachte, in denen die meisten Leute mit einem Dollar pro Tag auskommen mussten, während Édouard gern einmal tausend Dollar für eine sehr gute Flasche Wein ausgab. Na ja, es hatte sich dabei um den alten Édouard gehandelt, denn seither hatte er eindeutig diverse Metamorphosen durchlaufen.

»Und wie hängt das mit unserem Freund zusammen?«

»Selbstverständlich habe ich mit der Bank Kontakt aufgenommen. Aber offensichtlich sind die dort an solche undurchsichtigen Transaktionen gewöhnt; ich habe sogar festgestellt, dass sie auf einer grauen Liste der Europäischen Union stehen. Also konnte man nicht herausbekommen, woher das Geld stammt. Und das Konto war gleich nach der Überweisung aufgelöst worden.«

»Und woher weißt du, dass …«

Jean-Michel beugte sich von Neuem über die Schublade und legte dann einen Briefumschlag auf den Schreibtisch. Es war genauso ein Umschlag, wie auch Hector ihn erhalten hatte, und die Adresse war in der gleichen Schönschrift hingezirkelt.

Ein Foto steckte nicht darin, lediglich eine Karte mit wenigen Sätzen:

Lieber Jean-Michel,

lange Zeit habe ich mir gesagt, dass Du ein besserer Mensch bist als ich, und das hat mich gelegentlich betrübt. Deshalb schicke ich Dir jetzt die Mittel dafür, dass Du noch besser sein kannst – und ich ein bisschen weniger schlecht.

Bis bald, würde ich gern sagen, aber ich glaube nicht recht daran.

É.

Später dachte Hector an Édouard, der immer so getan hatte, als sei die Meinung der anderen ihm völlig schnurz. Von wegen!

Er schlug sein Notizbüchlein auf und schrieb:

Beobachtung Nr. 4: Ein Freund ist jemand, bei dem dir wichtig ist, was er von dir hält.

Was für ein guter Test, dachte Hector. Und er sagte sich, dass es ihm lieber wäre, in der Zeitung als Gauner oder Perverser beschimpft zu werden, als die Wertschätzung eines Freundes zu verlieren.

Hector trifft seinen Schatten

Am Abend saßen Jean-Michel und Hector bei einem Bier in der oberen Etage eines Cafés mit Blick auf den Fluss. Man hatte kleine Lampions aufgehängt, und eine Kapelle machte Musik, was eine Feststimmung über die Nacht legte, vorausgesetzt, man vergaß die Babys, die unten auf dem Gehweg schliefen, und die ganz jungen Frauen, die irgendwo am Stadtrand in den Bordellen gefangen gehalten wurden, und eine sehr junge Frau, die gerade weit entfernt von Freunden und Verwandten in ihrem Krankenhausbett lag. Das Bier half beim Vergessen, ebenso wie das dunkle Rauschen des Flusses, der vor ihren Augen die Nacht durchquerte.

»Hast du hier Freunde?«

»Ja«, sagte Jean-Michel. »Oder vielleicht«, fügte er lächelnd hinzu, »sind es eher Kampfgefährten. Uns fasziniert dasselbe Abenteuer, wir sind mit denselben Problemen konfrontiert, wir helfen uns gegenseitig. Und dann sind die Leute hier sowieso immer auf der Durchreise, man weiß, dass alles nur vorübergehend ist. Man muss erst ein bestimmtes Alter erreicht haben, um zu begreifen, dass langjährige Freunde so rar sind wie Baumriesen.«

»Und Édouard?«

»Es stimmt schon, dass wir uns ein bisschen aus den Augen verloren hatten. Im Grunde lag es wohl daran, dass ich seinen Lebensstil nicht akzeptieren konnte, und ich glaube, er spürte das. Deshalb sahen wir uns nicht mehr so gern. Aber jetzt … Ich habe richtige Schuldgefühle, dass ich ihm all die Jahre die kalte Schulter gezeigt habe. Und weißt du, vielleicht wollte er ja genau das mit seinem Brief erreichen – dass ich mich ein bisschen schuldig fühle!«

»Mag sein. Aber da gibt es noch eine andere Sache.«

Und geschützt von den Klängen der Kapelle und den Stimmen der anderen Gäste, erzählte Hector seinem Freund leise vom Besuch des Leutnants Ardanarinja, von den dreihundert Millionen Dollar und von dem Foto, das Édouard ihm geschickt hatte.

»Dreihundert Millionen? Und die Zeitungen haben nichts davon berichtet?«

»Nach dem, was mir Miss Interpol gesagt hat, gelangen solche Geschichten nur manchmal in die Medien.«

Jean-Michel trank den letzten Schluck Bier.

»Ich glaube, du solltest gut aufpassen«, sagte er.

»Aufpassen? Wieso?«

»Vielleicht bin ich ja paranoid, aber das kommt von ganz allein, wenn man in Ländern wie diesem hier lebt. Hast du dich nie gefragt, wem er all diese Millionen geklaut hat?«

»Ähm ... nein. Seiner Bank, oder?«

»Und warum steht es dann nicht in der Presse?«

»Was weiß ich ... Der gute Ruf der Bank und so ...«

»Ja, klar, aber für den Ruf dieser Bank könnte es auch schädlich sein, wenn man erfährt, wer so alles ihre Kunden sind ...«

»Und Miss Interpol?«

»Was weißt du denn über Interpol?«

»Nichts ... außer dass sie dazugehört.«

»Und was beweist dir das?«

Ein Plastikkärtchen. Das typische Polizistengehabe. Ein charmantes Lächeln, Sportlerinnenbeine und flache Absätze. Nein, Beweise waren das nicht.

»Und übrigens«, sagte Jean-Michel, »dreh dich nicht um, aber dort hinten steht ein Typ, den ich hier noch nie gesehen habe und der schon die ganze Zeit auffallend versucht, bloß nicht zu uns herüberzugucken. Er steht am Tresen, ein großer, kräftiger Kerl mit Glatze und Schnauzer. Sieht wie ein Australier aus oder wie ein Nordeuropäer.«

»Du solltest Polizist werden. Ich geh mal kurz aufs Klo.«

Als er an der Theke vorbeikam, fiel ihm der Mann gleich auf, und als dieser seine Augen vom Bierglas hob, trafen sich ihre Blicke für den Bruchteil einer Sekunde, ehe sich der Mann wieder in die Betrachtung seines Glases versenkte. Aber eine Videoaufzeichnung seines Gesichts, wie die, von denen Leutnant Ardanarinja so schwärmte, hätte bestimmt gezeigt, dass Hector für ihn mehr als ein Unbekannter war. Und was Hector in diesem winzigen Moment auf dem Gesicht des Mannes gelesen hatte, gefiel ihm überhaupt nicht: Er hatte darauf jene Art von Leere wiedererkannt, die ihm vor etlichen Jahren, als er mit Polizeipsychologen an einem Forschungsprojekt gearbeitet hatte, in den Augen mancher Sträflinge aufgefallen war.

»Ich bring dich zurück in dein Hotel«, sagte Jean-Michel.

Der riesige Geländewagen verschaffte Hector auf der Rückfahrt ein tiefes Gefühl von Sicherheit. Er sagte sich, dass dieses Auto, wenn es eine Seele hatte, bestimmt glücklicher war, auf der Fahrt in die Dorfambulanzen schlammige Steigungen zu erklimmen und löchrige Wege herabzuholpern, als wie die meisten seiner Brüder weltweit über die glatten, breiten Straßen der feinen Stadtviertel zu gleiten. Jean-Michel stoppte seinen Wagen unter dem Vordach aus verwittertem Beton, und der Portier kam ihnen in seiner Livree entgegen.

»Geh ohne mich nicht aus dem Haus. Ich kann dir auch jemanden vorbeischicken. Mit dem Geld unseres Freundes könnte ich dir sogar richtige Leibwächter bezahlen.«

»Das ist nett von dir, aber ich reise morgen sowieso ab. Ich mache mich wieder auf die Suche.«

»Bitte ruf mich regelmäßig an. Halte mich auf dem Laufenden.«

»Na klar.«

»Alte Freunde …«

»… sind so rar wie Baumriesen.«

Als Hector wieder auf seinem Zimmer war, schaltete er den Fernseher ein, um sich ein wenig zu entspannen. Ein junger Mann und eine junge Frau, beide aus diesem Land, sangen vor der Kulisse eines Flusses und blühenden Gesträuchs abwechselnd die Verse eines süßen Liebesliedes. Ihre Reinheit und Schönheit wirkten wie ein Versprechen unendlichen Glücks.

Dann dachte Hector daran, was Jean-Michel über Édouard gesagt hatte; er schlug sein Notizbüchlein auf und schrieb:

Beobachtung Nr. 5: Ein Freund ist jemand, dessen Lebensweise du akzeptieren kannst.

Vielleicht war es sogar mehr als das. Édouard und er konnten Jean-Michels Lebensweise nicht nur akzeptieren, sie hegten beide eine gewisse Bewunderung für ihn. Das passte wieder zu der »tugendhaften Freundschaft« von Aristoteles – jeder Freund erfreute sich am Anblick der guten Taten des anderen. Aber Hector kannte auch tugendsame Menschen, die ihn langweilten und mit denen er nie befreundet sein würde.

Mitten in der Nacht wachte er auf. Er stieg aus dem Bett und ging ans Fenster. Gegenüber vom Hotel, am nunmehr nur noch schwach beleuchteten Flussufer, konnte er einen Mann ausmachen, der auf seinem Motorrad saß und wartete. Vielleicht auf Hector, vielleicht auf jemand anderen.

Hector lächelte. Er musste sich eingestehen, dass einer der Gründe für seine Reise – und das hätte er Clara nicht so leicht erklären können – in dem Reiz lag, mitten in einem Abenteuer zu stecken. Als er ein kleiner Junge gewesen war, hatten ihn die James-Bond-Filme zum Träumen gebracht, und nun eröffnete sich die Möglichkeit, jenen Kinderträumen wieder näher zu kommen. Dabei wusste er natürlich, dass diese Geschichte hier mit dem Phantasieleben eines James Bond nichts zu tun haben würde, und überhaupt würde er nie versuchen, mit jemandem zu kämpfen. Denn schließlich musste man auch bedenken, was Jean-Michel gesagt hatte:

Beobachtung Nr. 6: Alte Freunde sind so rar wie Baumriesen.

Er sagte sich, dass es einen Zusammenhang mit seiner *Beobachtung Nr. 3* gab: *Ein Freund ist jemand, den du gerne siehst.* Dann schrieb er noch dahinter: *Darüber nachdenken!* und schlief endlich wieder ein.

Hector reist ins Land der Morgenstille

Wie viele verschiedene Gesichter die Welt doch hat, dachte Hector. Er befand sich noch immer in Asien, aber viel weiter im Norden – in einem Land, in dem man nicht Minister oder General werden musste, um zu Geld zu kommen; man ging stattdessen in die Geschäftswelt und zahlte Steuern. Prompt funktionierte alles viel besser, man sah keine Kinder, die nachts auf den Bürgersteigen schliefen, dafür aber welche, die morgens mit dem Ranzen auf dem Rücken in die Schule gingen.

Und dennoch war Hector überrascht. Er hatte erwartet, zwischen Flughafen und Stadt wie in allen Hauptstädten der Welt erst einmal Industrievororte durchqueren zu müssen, aber nein, die Autobahn schlängelte sich zwischen dem Meer, das zur Rechten lag, und einer kleinen, steinigen Bergkette, die im Morgenlicht golden schimmerte, entlang. Hector war im »Land der Morgenstille«, und er fand, dass es seinen Namen wirklich verdiente.

So still war es allerdings nicht immer gewesen, denn er erinnerte sich, dass die Stadt, deren Namen der Flughafen trug, einst zum Schauplatz einer furchtbaren Schlacht geworden war, bei der eine Armee aus allen Ländern der Welt versucht hatte, die Region einer anderen Armee zu entreißen, welche aus dem Norden des Landes gekommen und von den beiden Großen Bruderstaaten jener Epoche unterstützt worden war.

Hector freute sich, das Licht des Nordens wiederzufinden – das gleiche Licht, das man im Winter auch im Norden seines eigenen Kontinents um sich hatte.

Die junge Frau von der Botschaft erwartete ihn in der Empfangshalle seines Hotels; auch sie war eine große Nordländerin mit blassem Teint und einer zurückhaltenden Art, aber als regionale Besonderheit hatte sie Schlitzaugen und üppiges schwarzes Haar.

»Ihr Freund hat mich hergeschickt, damit ich Ihnen sage, wo Sie sich treffen werden.«

»Werde ich ihn denn nicht in der Botschaft sehen?«

»Nein, anders wäre es ihm lieber.«

»Haben Sie schon gegessen?«, fragte Hector plötzlich.

»Äh … nein …«

Und schon saß er mit Mademoiselle Jung-In Park hinter einer großen Glaswand des Hotelrestaurants beim Lunch – und so wie das Licht des Nordens allen Dingen einen poetischen Reiz verlieh, war es auch mit dem Charme der jungen Frau, die ihm ein wenig über ihr Land erzählte.

»Diese Stadt ist im letzten Jahrhundert dreimal erobert und zurückerobert worden«, sagte sie, »da bleibt natürlich nicht viel Altes erhalten. Sogar unsere historischen Paläste mussten nach den Originalplänen neu errichtet werden.«

Und auch sie selbst schien nach Originalplänen neu geschaffen worden zu sein, getreu der ewigen Vorlage der großgewachsenen mongolischen Reiterinnen, jener Frauen, die vor einigen Jahrhunderten in dieses Land eingefallen waren. Jung-In Park allerdings wirkte in ihrem dunklen und sehr schicken Kostüm rundum zivilisiert, und in den Händen hielt sie statt des doppelt gekrümmten Bogens, mit dem ihre Vorfahren die halbe Welt erobert hatten, ein niedliches rosa Handy.

Hector fragte sich, weshalb er seit seiner Heirat mehr verführerischen Frauen begegnete als je zuvor. War es vielleicht eine Bestrafung für Sünden aus einem früheren Leben? Eine Art karmischer Fluch?

»Hierzulande gibt es sehr berühmte Psychiater«, sagte Mademoiselle Jung-In Park.

»Interessieren Sie sich für Psychiatrie?«

»Eigentlich nicht.«

Sie erklärte ihm, dass sie eine wissenschaftliche Arbeit über Aristoteles schrieb, und Hector überlegte sich, ihre E-Mail-Adresse an Karine weiterzureichen und damit die Zahl ihrer virtuellen Freunde zu erhöhen.

»Sagt Aristoteles nicht etwas über die Freundschaft? Von drei Formen der Freundschaft und so weiter?«, fragte er scheinheilig und dankte dabei im Geist seiner wunderbaren Clara.

»Ja, natürlich. Für Aristoteles ist die höchste Form der Freundschaft nur zwischen zwei tugendhaften Personen möglich.« Und bei diesen Worten lächelte sie Hector an. Er fragte sich, ob sie ihn an die nötige Tugendhaftigkeit erinnern wollte, von deren Geist ihre Begegnung geprägt sein sollte. Oder vielleicht hatte sie das Gefühl, selbst nicht durch und durch von dieser Tugendhaftigkeit erfüllt zu sein?

»Aber in welchem Sinne versteht er den Begriff Tugend?«

»Nun, es ist das selbstlose Streben nach guten Taten, denn ein tugendhafter Mensch freut sich an guten Werken um ihrer selbst willen. Und in der Freundschaft freut er sich zunächst einmal darüber, dass er seinem Freund etwas Gutes tut, denn der ist (sagt Aristoteles) wie sein zweites Selbst, aber auch darüber, ganz allgemein das Gute zu tun. Und es freut ihn zu sehen, dass sein Freund es genauso macht, denn einer ist so tugendhaft wie der andere.«

»Ist das nicht ein bisschen exklusiv, so eine Freundschaft zwischen tugendhaften Leuten?«

»Genau das untersuche ich in meiner Studie! Freilich erkennt Aristoteles auch an, dass es andere Formen von Freundschaft gibt – die auf Nützlichkeit oder auf Lust beruhen –, aber er findet sie geringwertiger und auf jeden Fall nicht so haltbar.«

»Mir scheint, dass der heilige Thomas von Aquin eine andere Konzeption von Freundschaft hatte«, warf Hector ein und dankte diesmal im Geiste Karine.

»Absolut!«, erwiderte Mademoiselle Jung-In Park, ebenso erstaunt wie erfreut, dass Hector sich so gut auskannte.

Sie hätte recht bald gemerkt, dass er fast nichts darüber wusste, aber zum Glück klingelte in diesem Moment ihr Handy, und sie hörte dem Anrufer sehr aufmerksam zu. Dann sagte sie: »Wir müssen los. Ich begleite Sie.«

Das Gespräch über den heiligen Thomas von Aquin musste also auf ein andermal verschoben werden.

Hector trifft noch einen Freund wieder

Draußen erwartete sie ein Wagen der Botschaft samt Fahrer; das Auto wurde von einer in Plastik gehüllten kleinen Flagge geziert und hatte tiefe Sitze. Sie rollten durch breite, von gesichtslosen Wohnblocks gesäumte Avenuen, aber die Aussicht auf die direkt angrenzenden Berge verzauberte diese banale Stadtlandschaft. Am Ende der breitesten Avenue konnte Hector kurz einen herrlichen Palast erkennen, der sich bis an den Fuß der Berge zu erstrecken schien, und dann sah er die monumentale Statue eines guten Königs, der in der Tracht eines Mandarins auf seinem Thron saß. (»Er hat unsere Schrift erfunden«, erläuterte Mademoiselle Jung-In Park.) Schließlich fuhren sie durch schmale, ansteigende Straßen, die sich zwischen ruhig gelegenen Villen emporschlängelten und hin und wieder den Blick auf die dunstverschleierte Stadt freigaben, und dann hielt der Wagen vor einem Gebäude, das ebenfalls eine Villa zu sein schien, tatsächlich aber ein traditionelles Restaurant war.

»Ich lasse Sie jetzt allein«, sagte Mademoiselle Jung-In Park. »Es hat mich gefreut, Ihre Bekanntschaft zu machen. Und vielen Dank für das Essen.«

Und mit einem letzten Blick voller Zurückhaltung (aber immerhin: einem Blick) entfernte sie sich, was Hector sehr erleichterte, denn wie Sie vielleicht wissen, wenn Sie seine früheren Abenteuer gelesen haben, hatte er ja beschlossen, keine Dummheiten mehr zu machen, es nicht einmal mehr zu versuchen, nicht einmal mehr daran zu denken, aber das war natürlich beinahe unmöglich, wenn man nicht gerade im Endstadium einer schweren Krankheit lag.

Er hatte schon vor einiger Zeit bemerkt, dass es einen großen Unterschied zwischen Männern und Frauen gab: Wenn eine Frau einen Mann liebte, dachte sie nicht mehr so sehr an die übrigen Männer, während es sich ein Mann, selbst wenn er verliebt und glücklich war, nur schwer verkneifen konnte, sich auch woanders umzuschauen. Daran waren die Evolution und die natürliche Auslese schuld – wir sind die Nachfahren der am wenigsten treuen Männer, jener Männer also, die in allen Himmelsrichtungen ein Maximum an Sprösslingen zurückgelassen und ihre Erbanlagen damit am stärksten in den menschlichen Genpool eingebracht hatten. Ein besonders tröstlicher Gedanke war das freilich nicht, fand Hector. Aber immerhin hatten es die Männer ja schon geschafft, ihre Neigung zur Gewalttätigkeit die meiste Zeit über zu bezähmen, und so durften sie hoffen, dass sie auch ihre Neigung zur Untreue in den Griff bekamen, und Hector freute sich jedes Mal, wenn es ihm wieder gelungen war.

Er ließ eine Schiebetür zur Seite gleiten und gelangte in einen kleinen Flur, in dem er seine Schuhe auf einem Bambusregal zurücklassen musste; dann betrat er den zentralen Raum, über dem sich Gebälk aus dunklem Holz wölbte. Eine lächelnde Tochter des Landes führte ihn durch eine hölzerne Trennwand und vorbei an reizenden, mit Aquarellen bemalten Wandschirmen in ein separates Zimmer, in dem an einem niedrigen Tisch ein korpulenter Mann im Schneidersitz hockte.

»Hatten Sie eine gute Reise?« Jean-Marcel hatte sich nicht verändert, außer dass er ein paar Kilo zugelegt hatte; jedenfalls hatte er noch seinen durchdringenden Blick und seine Fähigkeit, mit dem Mund zu lächeln, selbst wenn die Augen es nicht taten, was Leutnant Ardanarinja natürlich sofort aufgefallen wäre – und genau über diese Dame wollte Hector mit ihm sprechen.

Zunächst einmal musste er sich aber auf dem Fußboden niederlassen, mit nichts als einem kleinen mauvefarbenen Seidenkissen als Stoßdämpfer, und während er Jean-Marcel zuhörte, bemühte er sich, nicht an seinen gequälten Allerwertesten zu denken.

»Ich liebe dieses Restaurant«, sagte Jean-Marcel. »Man serviert hier die traditionelle Küche des Landes, nicht bloß das altbekannte Grillzeugs, und es kommen praktisch nur Stammgäste.«

Die Kellnerin hatte gerade verschiedene kleine Gerichte vor ihnen aufgebaut, und tatsächlich machte alles einen appetitlichen Eindruck: Gemüse und Fleisch und Nudeln, die auf unterschiedliche Art gekocht waren (sodass man einige gar nicht mehr identifizieren konnte – waren es Pilze, Fleischstücke oder unbekannte Gemüsesorten?). Hector war froh, dass er mit Mademoiselle Jung-In Park nur einen Salat gegessen hatte, und er legte jetzt mit einer tintenschwarzen Sesamsuppe los, die an einem so winterlichen Tag großartig schmeckte.

»Außerdem kann man hier sicher sein, dass niemand mithört. Wer kein Stammgast ist, fällt sofort auf.«

In diesen Worten schien das Metier von Jean-Marcel durch. Hector hatte ihn auf einer früheren Reise kennengelernt. Damals hatte er geglaubt, ihm ganz zufällig begegnet zu sein, aber in Wahrheit war Jean-Marcel entsandt worden, um Hector zu überwachen und um das, wonach Hector suchte, schneller zu finden: einen verrückten Wissenschaftler und seine Entdeckung, die vielleicht die Welt verändert hätte. Es ging um einen Liebestrunk, mit dem sich zwei Personen, die ihn gemeinsam einnahmen, ganz gezielt ineinander verlieben konnten.

Damals waren Jean-Marcel und Hector beide von heftigen Liebesqualen geplagt worden, und das hatte sie einander nähergebracht – aber auch die gemeinsam ausgestandenen Abenteuer an einem Ort, wo man nachts die Tiger brüllen hörte. Dabei hatte Hector es am Ende so eingerichtet, dass weder Jean-Marcel noch sonst wer jemals Zugang zu dieser magischen und gefährlichen Pille haben würde. Natürlich war Jean-Marcel ihm deswegen böse gewesen, schließlich war seine Mission ja fehlgeschlagen, aber schließlich waren sie in gutem Einvernehmen auseinandergegangen: Er hatte verstanden, weshalb Hector so gehandelt hatte, und fand selbst, dass die Liebe so weit wie möglich in Freiheit gelebt werden sollte.

Hector merkte, wie gern er Jean-Marcel wiedersah, und er fragte sich, ob er vielleicht ein Freund war.

»Ah, jetzt kommt das Wichtigste!«, sagte Jean-Marcel.

Die Kellnerin hatte gerade eine kleine Suppenschüssel aus Ton gebracht, die eine Art besonders flüssigen Haferschleim enthielt. Jean-Marcel füllte erst Hectors Trinkschale und dann seine eigene.

»Auf unser Wohl!«, sagte er.

Eine Suppe war es nicht; es war kalt und erinnerte gleichermaßen an Cidre und an Milch, mit einem leichten Prickeln auf der Zunge und einem bittersüßen Nachgeschmack.

»Köstlich«, sagte Hector.

»Nicht wahr? Es ist ein Reiswein mit Namen Makgeolli. Normalerweise trinkt man ihn abends, aber leider habe ich heute Abend keine Zeit.«

Und er schenkte ihnen nach.

Durchs Fenster erblickte Hector einen kleinen Garten, in dem überall hohe, mit Deckeln verschlossene Tonkrüge standen. Wurde der Makgeolli vielleicht dort draußen, in der Kälte, aufbewahrt?

Es fiel Hector noch einmal auf, dass Jean-Marcel gut und gern zehn Kilo zugelegt hatte; er ähnelte immer mehr jener dickbäuchigen Version des Buddhas, die man in China so oft findet, auch wenn Jean-Marcel sich dabei die Haltung des ehemaligen Militärs bewahrt hatte. Er hatte Hector gerade seine Visitenkarte mit dem Botschaftswappen hinübergereicht; »Zweiter Sekretär« war darauf zu lesen. Also hatte er den Beruf gewechselt – oder wohl eher die Aufgabe im selben Beruf. Er gehörte nicht mehr zu den Leuten, die man heimlich in ein gefängnisartig abgeriegeltes Land schickte, damit sie jemanden herausholten, der fürs eigene nationale Interesse kostbar und wichtig war, oder damit sie nachts in ein Hafengebiet eindrangen, um herauszufinden, was ein bestimmtes Frachtschiff geladen hatte (und es bei Bedarf sinken zu lassen), oder damit sie es so einrichteten, dass ein Terroristenführer, der sich in einem befreundeten Land in Sicherheit wähnte, nichtsdestotrotz einen schlimmen Autounfall hatte. Nein, er hatte an Jahren und an Pfunden zugenommen, und inzwischen kümmerte er sich wahrscheinlich eher darum, solchen Personen zu helfen, wenn sie in seiner Weltgegend gerade auf Mission waren. Vor allem liefen bei ihm Informationen zusammen, die gewisse Personen auf seine Anweisung sich von anderen Personen holten, besonders von jenen, die aus Gefängnisstaaten kamen und in diesem befreundeten Land Zuflucht suchten, manchmal aber auch von denen, die noch in den Gefängnisstaaten lebten, und das war zweifellos sehr kompliziert.

Sie tauschten ein paar Neuigkeiten über ihr heutiges Leben aus, und siehe da, diesmal waren sie beide glücklich verheiratet. Dann kam Jean-Marcel, ohne lange zu fackeln, zum eigentlichen Gegenstand ihres Treffens. Eine Woche zuvor hatte Hector ihm einen Brief mit dem Namen und der Beschreibung der schönen Polizeioffizierin zukommen lassen.

»Dem Regiment unbekannt«, sagte Jean-Marcel auf seine militärische Art.

»Sie meinen ...«

»Bei Interpol hat es niemals eine Person dieses Namens gegeben und auch niemanden, auf den Ihre Beschreibung passt.«

Hector hatte das in letzter Zeit ja schon geschwant, aber nun die leicht erschreckende Bestätigung für diese Ahnung zu bekommen, war doch noch mal etwas anderes.

»Und im Übrigen ist ihr Vorgehen gegen alle Regeln gewesen«, fügte Jean-Marcel hinzu. »Sie hätte in Begleitung eines Vertreters der nationalen Polizei zu Ihnen kommen müssen.«

»Sie meinte, es würde die Dinge vereinfachen.«

»Das riecht alles andere als gut«, sagte Jean-Marcel.

Als wollten sie diese etwas finstere Bemerkung abdämpfen, nahmen sie beide erst einmal ein paar Schlucke Makgeolli.

»Die eigentliche Frage lautet doch: Wem hat Ihr Freund diese ganze Knete geklaut? Wissen Sie, ich habe ganz gute Verbindungen zu den Polizeibehörden etlicher Länder, auch zu denen, die sich für Finanzstraftaten interessieren. Na ja, und ...«

Jean-Marcel hielt einen Moment inne, um zu überlegen,

was er preisgeben durfte – eine Situation, in der er sich wohl häufig befand.

»… es hat keine Wellen geschlagen, nicht den geringsten Wirbel verursacht. Offenbar ist dieser beträchtliche Diebstahl von niemandem gemeldet worden, es ist nirgendwo Anzeige erstattet worden. Nun, wenn ich der Kunde einer Bank wäre, die meine Millionen einfach so verschwinden lässt, dann würde ich schon ein bisschen Krach schlagen!«

»Ich auch«, sagte Hector und lachte in der Hoffnung, das würde ihn entspannen, kurz auf.

»Also kann das nur eines heißen: Ihr Freund hat sich schmutziges Geld geangelt.«

»Schmutziges Geld?«

»Er hat Diebe bestohlen, wenn Sie so wollen. Oder noch größere Übeltäter.«

Plötzlich war Hector sehr glücklich, und es war nicht nur die Wirkung des Makgeolli, der in seinen Adern perlte. Sein Freund Édouard war doch noch derselbe wie früher! Er hatte Leute bestohlen, die es verdienten – und wahrscheinlich hatte er es getan, weil er anderen helfen wollte, die es ebenso verdienten, Jean-Michel beispielsweise. Durch die beschlagenen Fensterscheiben sah Hector, wie die Kellnerin in dem kleinen Garten den Deckel eines Tonkruges hochhob und mit einer langen Kelle offensichtlich Makgeolli herausschöpfte.

»Ich freue mich sehr«, sagte er.

Jean-Marcel schaute ihn an, als wäre Hector ein bisschen geistesgestört.

»Ich weiß nicht, ob Sie das wirklich tun sollten. Von so etwas lässt man lieber die Finger, besonders wenn man verheiratet ist und Familienvater.«

»Ja, aber für mich ist es trotzdem eine gute Nachricht!«

»Na, dann nehmen wir sie doch einfach als solche«, sagte Jean-Marcel und füllte ihnen grinsend noch einmal die Trinkschalen aus der Terrine, welche die Kellnerin gerade gebracht hatte. Sie tranken noch ein wenig, und dann kam Jean-Marcel auf ein Thema zu sprechen, das zwei Männer im Ausland gar nicht umgehen können: die Frauen des Landes.

»Feuer unterm Eis«, sagte er.

Es war seltsam, wieder solche Junggesellengespräche zu führen wie zu den Zeiten, als sie sich kennengelernt hatten. Aber Hector begann diese Unterhaltung noch riskanter zu finden als das Gespräch über Édouards Gelder, denn sie wirbelte Emotionen auf, die er lieber vermeiden wollte. Beide schwiegen einen Moment, und dann merkte Hector, dass Jean-Marcel ihn besorgt ansah.

»Ich mache mir Sorgen um Sie. Folgen Sie den Ratschlägen Ihres Freundes, er meint es gut mit Ihnen – lassen Sie ihn in Ruhe, und kehren Sie nach Hause zurück, so rasch Sie können.«

Und Hector wurde klar, dass Jean-Marcel selbst ein richtiger Freund war, auch wenn sie sich nicht oft trafen und noch keine Zeit gehabt hatten, einander wirklich nahezukommen – und wahrscheinlich würden sie niemals die nötige Zeit dafür haben … Als er Claras Mail noch einmal gelesen hatte, war ihm etwas aus dem Philosophieunterricht wieder eingefallen: Aristoteles hatte gesagt, dass zwei Menschen sich nur miteinander befreunden konnten, wenn sie zusammen schon »einige Scheffel Salz gegessen«, also oft genug mittags oder abends gemeinsam am Tisch gesessen hatten, um sich kennenzulernen.

Er nahm sich vor, später eine neue Beobachtung in sein Notizbüchlein einzutragen.

Beobachtung Nr. 7: Ein Freund ist jemand, der sich Sorgen um dich macht.

Hector ist vertrauenswürdig

Hector sagte sich, dass Jean-Marcel bestimmt auch seine Vorstellungen über die Freundschaft hatte, selbst wenn er kein Spezialist in Sachen Aristoteles und Thomas von Aquin war. Er erklärte ihm, worüber er in letzter Zeit nachdachte, und Jean-Marcel fand es interessant.

»In unserem Beruf ist es schwierig, Freunde zu haben. Ich muss bei jeder neuen Begegnung auf der Hut sein, sogar bei solchen, die vollkommen harmlos aussehen oder anscheinend ganz zufällig zustande kommen – vielleicht ist es ja eine Falle. Übrigens weiß außer meinen Kollegen auch niemand, womit genau ich meine Brötchen verdiene. Ich kann mich nie jemandem anvertrauen. Das grenzt den Raum für Freundschaften ein. Und dann verschafft es dir auch ein Gefühl von Überlegenheit über deine Bekannten, wenn du weißt, dass du mehr über sie weißt, als sie über dich wissen. Das kann richtig ungesund werden.«

»Aber mit den Kollegen?«

»Ja, natürlich, mit ihnen, da braucht man sich nicht groß zu erklären. Aber ich würde sagen, dass sie eher Kameraden sind als Freunde.«

Hector fiel wieder ein, dass Jean-Michel genau das Gleiche gesagt hatte.

»Im Grunde ist Freundschaft in meinem Beruf vor allem eine Quelle von Scherereien«, sagte Jean-Marcel, und es klang so, als stiegen dabei böse Erinnerungen in ihm auf.

»Scherereien welcher Art?«

»Als Offizier im Nachrichtendienst bringt man die Einheimischen oft dazu, Risiken einzugehen und geheime Informationen zu liefern, indem man Freundschaft mit ihnen schließt. Als Motiv für einen Landesverrat werden stets Geld oder eine

Ideologie oder Erpressung angeführt, und natürlich stimmt das meistens, aber manche Menschen sind auch bereit, ziemlich gewagte Dinge zu tun, einfach nur um sich als unsere Freunde zu fühlen. Und mit manchen befreundet man sich natürlich auch selbst.«

»Und dann?«, fragte Hector und ahnte bereits, was er gleich hören würde.

»Nun ja, gelegentlich gehen diese Leute Risiken ein und liefern dir eine wirklich wichtige Information. Und wenn deine Vorgesetzten diese Information dann nutzen wollen, weißt du, dass die andere Seite trotz all unserer Vorsichtsmaßnahmen herausfinden wird, wo die undichte Stelle lag – bei der Person, die geglaubt hat, dein Freund zu sein, und die dir vertraut hat. Und dann musst du sie über die Klinge springen lassen. Manchmal auch, um eine noch wichtigere Quelle zu schützen ...«

Sie saßen eine Weile schweigend da. Aristoteles hätte gesagt, dass bei solchen Geschichten das Opfer eine Beziehung für eine tugendhafte Freundschaft gehalten hatte, die letzten Endes nur eine Zweckfreundschaft gewesen war. Aber vielleicht hatte Aristoteles unsere Fähigkeit unterschätzt, uns an jemanden zu binden, selbst wenn wir es gar nicht so geplant haben.

»Ich bin jedenfalls zufrieden, nicht mehr im Außeneinsatz zu sein«, meinte Jean-Marcel. Und aus seinem Tonfall konnte Hector heraushören, dass Jean-Marcel ein paar Sitzungen auf der Couch eines Kollegen vielleicht gutgetan hätten. Sicher war das allerdings nicht, denn Studien hatten nachgewiesen, dass manche Leute über ihre schlechten Erlebnisse besser hinwegkamen, wenn sie nicht mehr an sie dachten, als wenn sie zu einem Therapeuten liefen und ihm davon erzählten. Wahrscheinlich gehörte Jean-Marcel zu diesem Menschenschlag, und dennoch hatte er das Bedürfnis verspürt, sich Hector anzuvertrauen, und dabei war Hector weder sein Kollege noch sein Kampfgefährte.

Beobachtung Nr. 8: Ein Freund ist jemand, dem du dich anvertrauen kannst.

Er schickte diese Bemerkung gleich noch an Clara, und sie antwortete ihm auf der Stelle:

Sich anvertrauen, na klar. Aber eigentlich habe ich nie so richtig verstanden, weshalb uns das so guttut. Ich meine, weshalb es uns schon guttut, bevor der Freund tröstende Worte an uns gerichtet hat. Du müsstest es doch wissen, das ist immerhin Dein Job. Warum tut es uns gut, wenn wir uns jemandem anvertrauen?

Für Hector war es schon ziemlich spät, er war müde, aber er schrieb zurück:

Wenn wir uns jemandem anvertrauen, müssen wir die Situation erst einmal für uns selbst beschreiben. Das führt dazu, dass wir einen gewissen Abstand zum Geschehenen gewinnen und es dann mit weniger heftigen Emotionen verknüpfen. Es tut sogar gut, wenn man sich seinem Tagebuch anvertraut, das ist bewiesen. Menschen, die man bittet, ein traumatisierendes Erlebnis mit einem Maximum an Einzelheiten schriftlich zu schildern, fühlen sich anschließend schlechter, aber einige Wochen darauf im Allgemeinen besser.

Es vergingen nur ein paar Sekunden, und schon hatte er Claras Reaktion auf dem Bildschirm:

Eigentlich brauchtest Du Deinen Patienten also gar nichts zu antworten, damit es ihnen besser geht? Dann wären Deine Arbeitstage viel weniger anstrengend!

Hector war plötzlich hellwach, als er Folgendes eintippte:

Sie erwarten von mir aber mehr – genau wie übrigens Freunde, wenn sie einem ihr Herz ausschütten. Aber was erwarten sie eigentlich genau?

Einige Sekunden später:

Sie möchten das Gefühl haben, anerkannt und geschätzt zu werden, ohne dass man sie verurteilt. Ich vertraue mich dem Freund an, damit der zeigt, dass er mich versteht, dass er fühlt, was ich fühle, und dass er mich noch immer mag. Ein Freund (und ein guter Psychiater doch vermutlich auch) muss mir Sympathie oder sogar Mitgefühl entgegenbringen, stimmt's?

Man merkte, dass dieses Thema Clara wirklich inspirierte. Hector antwortete ihr:

Genau, man nennt das »emotionale Unterstützung«: Du zeigst, dass du die Emotionen des anderen verstehst und bis zu einem ge-

wissen Grad selbst nachfühlst – wobei ein Freund sie selbstverständlich stärker empfinden wird als ein Psychiater.

Clara reagierte sofort:

Meiner Meinung nach bildet das den Grundstock einer wahren Freundschaft. Übrigens heißt es schon bei Aristoteles, dass man sich mit seinen Freunden zusammen freut, aber dass man auch ihren Kummer teilt. Und interessanterweise sagt er auch Folgendes: Wenn wir das Wohl unserer Freunde wollen, dann möchten wir sie nicht mit unserem Kummer beladen; wir wollen für sie keine Quelle von Leid sein. Genau deshalb hat man die Psychiater erfunden – um seine Freunde nicht mit seinem Gejammer zu behelligen!

Hector schrieb zurück:

Ich liebe Dich ... und jetzt gehe ich schlafen.

Aber bevor ihm die Augen zufielen, notierte er noch schnell:

Beobachtung Nr. 9: Einen wahren Freund betrübt dein Unglück so, wie ihn dein Glück erfreut.

Hector begegnet einer sehr guten Freundin wieder

»Ehrlich gesagt«, meinte Valérie, »so auf den ersten Blick weiß ich es auch nicht.«

Sie betrachtete das Foto, auf dem Édouard inmitten der jungen Menschen zu sehen war, die seine Schüler zu sein schienen.

»Mein erster Eindruck ist, dass es sich um eine sinotibetische ethnische Gruppe handelt«, sagte Valérie und schaute Hector aus ihren hellen Augen an.

Sie war eine großgewachsene, blonde und sportliche junge Frau, und ihr schmales Gesicht erinnerte Hector (der sich damit ein bisschen auskannte) an die Mariendarstellungen auf den Bildern der altniederländischen Meister. Bloß dass Valérie viel lächelte und Hectors bester weiblicher Freund war, auch wenn sie einander nicht so oft sahen. Als Hector Medizin studiert hatte, war sie Studentin der Sprachen des Fernen Ostens gewesen – zunächst des Chinesischen, dann noch einiger anderer –, und hinterher hatte sie für die Kulturabteilungen der Botschaften in jener Weltgegend zu arbeiten begonnen. Aber mit der Zeit war sie des Lebens im Verwaltungsapparat überdrüssig geworden, denn Valérie bekam oft Probleme mit ihren Vorgesetzten. Dabei war sie überhaupt nicht rebellisch veranlagt, im Gegenteil, sogar sehr höflich, aber sie verstand es nicht, jene diskreten Signale der Ehrerbietung und Bewunderung auszusenden, auf die Chefs so großen Wert legen. Wenn man an einer solchen Unfähigkeit leidet, sollte man besser nicht allzu lange in einer streng hierarchischen Organisation arbeiten, es sei denn, man folgt in seiner Karriere einem Chef, den man aufrichtig bewundert, aber das war Valérie nur ein einziges Mal vergönnt gewesen, und danach war dieser Chef selbst versetzt worden, weil auch er seinen Vorgesetzten jene diskreten Signale vorenthielt, von denen wir gerade sprachen.

Und jetzt durchstreifte Valérie Asien auf eigene Kosten kreuz und quer, bis in die entlegensten Regionen hinein, und kaufte ethnischen Minderheiten Kunstobjekte ab, um sie an Sammler oder an Museen weiterzuverkaufen. Hector war klar, dass sie dabei nie reich werden würde, denn weder wollte sie den Leuten, die ohnehin arm waren, die Dinge für einen Spottpreis abkaufen, noch war sie harte Geschäftsfrau genug, um sie den Leuten, die ohnehin schon reich waren, für einen hohen Preis zu verkaufen. So kam es, dass Valérie von Verkäufern wie auch Käufern sehr geschätzt wurde, und wenn sie bei den Leuten in den Dörfern ankam, deren Sprache sie oftmals beherrschte, feierte man sie jedes Mal.

Jetzt saßen sie in Valéries kleiner Wohnung im obersten Stockwerk eines Hochhauses (denn da sie die meisten Nächte in Pfahlhütten zubrachte oder manchmal sogar unter freiem Himmel, wusste sie den Komfort eines modernen Wohngebäudes sehr zu schätzen, in dem man nur den Fahrstuhl zu nehmen brauchte, um zu einem schönen Schwimmbad zu gelangen).

»Auf jeden Fall scheint es unserem Freund nicht besonders gut zu gehen«, sagte Valérie.

»Oder im Gegenteil ein bisschen zu gut«, meinte Hector, dem von Neuem Édouards seltsamer Blick aufgefallen war: Er schien von innen heraus zu leuchten.

Valérie studierte alle Einzelheiten der Fotografie, und Hector war sicher, dass sie eine Eingebung haben würde. Wie reizend sie doch war! Valérie hatte immer etwas von einer jungen Pfadfinderführerin – mit ihrem schnell losperlenden Lachen, ihrer Begeisterung für das Leben und ihrer tief verwurzelten Freundlichkeit. Hector wusste nicht, ob es gerade einen Mann in ihrem Leben gab. Er wusste aber, dass sie es auch den Männern gegenüber nicht schaffte, jene kleinen Zeichen von Ehrerbietung und Bewunderung auszusenden, für die sie so empfänglich sind. Daran liegt es auch, dass es intelligenten und unabhängigen jungen Frauen immer ein bisschen schwerer fällt, unter die Haube zu kommen, denn wie soll es ein Mann schaffen, sich ihnen gegenüber wie ein kleiner Supermann zu fühlen? Hector selbst hatte für solche Superfrauen etwas übrig, und doch waren Valérie und er nie ineinander verliebt gewesen. Warum eigentlich nicht? Wahrscheinlich war es eine Frage des Timings: Seit sie sich kannten, waren sie niemals gleichzeitig ungebunden gewesen, und außerdem waren sie mittlerweile schon so lange befreundet, das macht es immer schwierig, von der Freundschaft zur Liebe überzuwechseln. Jeder hat wohl die leise Angst, eine echte Freundschaft, dieses so rare Gut, zu verlieren, sie für etwas einzutauschen, das alles andere als ein rares Gut ist: eine Liebesaffäre, die womöglich keine Zukunft hat.

Das passte auch auf eine andere Situation: Selbst wenn Sie sich vom neuen Partner Ihres Freundes oder Ihrer Freundin ziemlich angezogen fühlen und voll Entzücken bemerken, dass es da eventuell die Spur eines Anfangs des Beginns von Gegenseitigkeit geben könnte, sollten Sie diese Liebe trotzdem der Freundschaft opfern und so tun, als hätten Sie gar nichts gemerkt, oder besser noch auf eine lange Reise gehen. (Falls es Ihnen nicht gelingen sollte, der Versuchung zu widerstehen, können Sie sich freilich immer noch vor sich selbst rechtfertigen, indem Sie sich sagen, dass dieser Freund oder diese Freundin sowieso nicht zu den *besten* Freunden gezählt hatte, und nachträglich beschließen, dass es nur eine Zweck- oder Vergnügensfreundschaft war, die laut Aristoteles ohnehin zu erkalten drohte, sobald das Vergnügen, der Liebhaber der einen zu sein, größer wurde als das Vergnügen, der Freund des anderen zu bleiben.) Wenn Sie sich aber einen Hauch von Tugend bewahrt haben, bekommen Sie natürlich Schuldgefühle, jene mächtigen Fesseln der sexuellen Freiheit.

Während Hector darüber nachsann und sein Notizbüchlein aufklappte, untersuchte Valérie das Foto mit einer Lupe; sie konzentrierte sich dabei auf die silbernen Halsketten der jungen Frauen. Hector aber beschloss, einen Ausflug auf den Balkon zu machen, um sie nicht abzulenken.

Da er sich im südlichen Asien befand, schlug ihm sofort

drückende Hitze entgegen. Die Stadt der Engel dehnte sich unter einer dunstverhangenen Sonne aus wie ein unordentlicher Garten – mit Baumgruppen aus funkelnden Türmen, die emporzuwachsen schienen aus der Mitte von Beeten, auf denen man noch alte Holzvillen erkennen konnte, Märkte unter freiem Himmel, von Palmen verdeckte Gärten, einen Kanalabschnitt, der noch nicht unter einer Straße verschwunden war, wenngleich sich über ihn auch schon eine Schnellstraße spannte oder vielleicht der höchst moderne Skytrain. Oder man konnte diese Stadtlandschaft als ein Resümee der Entwicklung Asiens über ein Jahrhundert hinweg lesen – von den hölzernen Pfahlhäusern der Dörfer bis zum Wolkenkratzer aus polarisierendem Glas. In der Ferne war die silberne Biegung des Flusses auszumachen, und Hector sagte sich, dass er Valérie zu einem Gläschen auf die Terrasse des Grand Mandarinal einladen würde, des großen alten Hotels, das alle Berühmtheiten des vergangenen Jahrhunderts erlebt hatte. Dann würden sie den Booten nachschauen, die mit Blumengirlanden geschmückt im Abendlicht vorüberglitten.

Er bedauerte es ganz besonders, dass Clara nicht mitgekommen war, denn Clara und Valérie verstanden sich ausgezeichnet. Damals, als Hector sie einander vorgestellt hatte, war er ein bisschen nervös gewesen, aber sie hatten sich von Anfang an so unterhalten, als würden sie sich seit Jahren kennen.

»Ich hab's!«, rief Valérie.

Hoch leben die Superfrauen, dachte Hector.

Er verabredete sich mit Valérie für ein paar Stunden später im Grand Mandarinal. Und während er im Taxi zurück in sein Hotel fuhr, schrieb er in sein Notizbüchlein:

Beobachtung Nr. 10: Wahre Freundschaft setzt man nicht für die Liebe aufs Spiel.

Hector lernt eine Wahrheit kennen

Von da an lief überhaupt nichts mehr wie geplant.

Als Hector wieder in seinem Hotel war, sah er, dass der Anrufbeantworter des Zimmertelefons blinkte. Er hatte drei Nachrichten:

»Lieber Hector, Valérie hat mir gesagt, dass du gerade hier Station machst. Es wäre mir ein Vergnügen, dich zu sehen.« Das war die Stimme eines alten Kollegen und Freundes, der schon vor Jahren in dieses Land übergesiedelt war und den Hector seit Ewigkeiten nicht gesehen hatte. Dabei hatten sie sich einmal sehr nahegestanden. Neben Édouard und Jean-Michel war Brice einer von Hectors besten Freunden gewesen.

»Lieber Doktor, es wäre gut, wenn wir uns träfen. Können Sie mich bitte zurückrufen?« Das war Leutnant Ardanarinja – unter einer hiesigen Handynummer!

»Lieber Doktor, können Sie sich bitte so rasch wie möglich bei mir melden?« Das war Maria-Lucia, die Assistentin von der Lady und, wie Hector seit jeher fand, die einzige normale Person in ihrem Umfeld.

Am Telefon klang Leutnant Ardanarinjas Stimme herzlich.

»Es freut mich zu hören«, sagte sie, »dass Sie auf Durchreise in dieser Region sind.« Hector konnte an ihrem Tonfall erkennen, dass sie dabei lächelte. Das Lächeln der Pantherin, dachte er – bevor sie dir ihre Fangzähne in den Hals schlägt. Sie verabredeten ein Treffen in der Bar, in die er auch Valérie einladen wollte.

Danach rief er Brice an.

»Hector, altes Haus! Wie schön, deine Stimme zu hören!« Seine Ankunft schien hier wirklich alle Welt zu erfreuen.

Brice schlug vor, am späteren Abend gemeinsam in eine Bar zu gehen, die den drolligen Namen *Dolly Dolly* trug.

Dann rief er die Assistentin der Lady zurück.

»Es geht ihr nicht gut. Kommen Sie, wenn irgend möglich, her.«

Die Lady hatte ihre Dreharbeiten im Norden des Landes begonnen, gleich neben dem Dorf eines kleinen Bergvolkes. Die Assistentin erklärte, dass sie bei der Gelegenheit auch ein Flüchtlingslager besucht hatten. An solchen mangelte es in der Gegend nicht gerade, denn jenseits der Grenze tobte ein unablässiger Kampf zwischen der Zentralgewalt und aufständischen Gebieten, und in den letzten Jahren hatten sich Tausende von Dorfbewohnern auf den Weg über Bergkämme und durch tiefe Wälder gemacht, um über die Grenze zu gelangen und diesem endlosen Krieg zu entfliehen. Seit ihrem Besuch im Lager hatte die Lady wieder begonnen, exzessiv Schlafmittel zu schlucken, und inzwischen verließ sie ihren Wohnwagen überhaupt nicht mehr. Die Filmproduzenten waren verzweifelt, und die Versicherung weigerte sich, für die verlorenen Drehtage zu zahlen – es war die Hölle inmitten der grünen Hölle.

Während Hector der Assistentin zuhörte, setzte er sich mit dem Telefon und einem Singha Beer auf den Balkon und bat schließlich, mit der Lady selbst sprechen zu dürfen. Mit seinen Blicken folgte er den langen, blumengeschmückten Booten, die wie Messerschneiden aussahen und still über den Fluss glitten. Er sagte sich, dass ihm dieser Anblick helfen würde, Ruhe zu bewahren.

Er musste so lange warten, dass er die Sonne ein gutes Stück tiefer sinken sah und viele Schiffe mit nelken- und jasmingeschmücktem Bug unter seinem Balkon das Wasser durchschnitten. Er hatte das halbe Bier ausgetrunken, als er die weltberühmte Stimme vernahm – sie japste und keuchte.

»Wie schrecklich das alles ist!«

»Pardon?«

»Wie schrecklich das alles ist. Was mir die Leute erzählt haben.«

»Die Leute?«

»Na, ich habe doch ein Flüchtlingscamp besucht«, sagte die Lady zornig, als wäre Hector der letzte Idiot.

»Ja, ich weiß. Ich kann mir vorstellen, dass es hart für sie sein muss.«

»Nein! Ganz und gar nicht! Dort im Camp sind die Lebensbedingungen gut!«

»Aber was meinen Sie dann?«

»Das, was man mir erzählt hat … was auf der anderen Seite der Grenze geschieht …«

Und nach Luft ringend, berichtete ihm die Lady von Dörfern, die angegriffen und völlig niedergebrannt wurden, von Mädchen, die vor den Augen ihrer Familie von den Soldaten vergewaltigt wurden, von ganz jungen Männern, die zwangsrekrutiert wurden – tagsüber von der Armee oder nachts von den Rebellen –, von Eltern, die man vor ihren Kindern tötete, und noch von vielen anderen Grausamkeiten. Die Lady weinte, die Lady hatte nämlich ein Herz, und selbst wenn es sich vor den Menschen aus ihrer Umgebung verschloss, hatte das Unglück dieser Unbekannten ihr scheinbar so unberührbares Herz doch berührt.

Er ließ sie eine Weile weinen und wartete, bis sie sich wieder ein wenig im Griff hatte, damit er ein wirkliches Gespräch in Gang bringen konnte.

Und plötzlich sagte die Lady: »Ich habe begriffen.«

»Was haben Sie begriffen?«

Da sagte sie etwas, das Hector für den Rest seines Lebens nie mehr vergessen sollte:

Man kann nur glücklich sein, wenn man vor den Schrecken der Welt nicht die Augen verschließt.

Hector spielt mit dem Feuer

Als der Taxifahrer an einem buddhistischen Altar vorbeifuhr, der sich plötzlich am Gehwegrand umgeben von Weihrauchwölkchen und Girlanden aus frischen Blumen erhob – Weiße des Jasmins, Strahlen der Ringelblumen –, ließ er das Lenkrad eine Sekunde lang los, um die Hände zu falten und den Kopf in Richtung des Erleuchteten zu neigen. Hector hatte diese altüberlieferte Geste jedes Mal beobachtet, wenn er sich in der Nähe einer Buddhadarstellung befand, dieses diskrete Zeichen von Respekt und Frömmigkeit, das Straßenverkäufer ebenso zeigten wie Geschäftsleute, junge Frauen im Kostüm, Studenten oder Oberschülerinnen in ihrer Uniform. Er fragte sich, ob diese Geste und dieser Glauben die Menschen glücklicher machten, und er hatte das undeutliche Gefühl, dass es tatsächlich so war. In seinem eigenen Land hingegen fanden viele es total altmodisch, an eine andere Welt zu glauben. Über diese Frage wurde viel debattiert, aber er wusste, dass alle Untersuchungen über das Glück bestätigt hatten, dass gläubige und ihre Religion praktizierende Menschen überdurchschnittlich glücklich waren und dass sie seltener zum Psychiater gingen und weniger Medikamente brauchten. Im Interesse der Kosten für das Gesundheitswesen hätte man glatt zum Glauben aufrufen können, jedenfalls so lange, wie sich nicht besonders eifrige Gläubige der Religion bedienten, um festzulegen, wer den wahren Glauben hatte und wer nicht, und dann wenig sympathische Pläne für die Letzteren zu schmieden.

Kurz darauf ging er unter den großen Kronleuchtern der Salons des Grand Mandarinal hindurch, und das ganze Personal lächelte ihm zu und grüßte ihn mit derselben respektvollen Geste, als wäre er selber eine Reinkarnation des Erleuchteten oder ein alter Freund, der gerade heimgekehrt war. Hector nahm Kurs auf die Terrasse am Ufer des Flusses.

Nur an wenigen Tischen saßen Gäste, zumeist Engländer oder Amerikaner, die schon etwas älter waren und den Eindruck machten, als fühlten sie sich ganz zu Hause. Hector entschied sich für einen Tisch am Rande der Balustrade, von wo man eine schöne Aussicht auf den Fluss und die blumengeschmückten Boote genoss – den Anblick, der ihn während seines Telefongesprächs mit der Lady beruhigt hatte.

»Sie mögen wohl den Blick aufs Wasser?«

Plötzlich stand Leutnant Ardanarinja neben ihm oder jedenfalls die Frau, die so zu heißen vorgab. Wie immer lächelnd, trug sie diesmal ein hübsches blassblaues Kleid, das unten so glockig auslief wie eine Blumenkrone. Sie wirkte ganz und gar nicht mehr wie eine Polizistin, sondern wie eine schöne junge Frau, die sich ihrer Reize bewusst war und stolz ihre hübschen braunen Arme und ihre (wie Hector verblüfft feststellte) Chanel-Handtasche präsentierte. Er stand auf, wartete, bis sie Platz genommen hatte, und merkte, wie sehr ihr diese kleine Geste gefiel, ganz als ob ihr so etwas nicht eben oft passierte, was Hector wunderte.

Ihr eigentlich schwarzes Haar war eine Spur kastanienbraun und noch immer zu einem strengen Pferdeschwanz zusammengebunden, aber diesmal wurde es von einem samtenen Haarband gehalten; außerdem trug sie Perlenohrringe, die sehr gut zu ihrem goldbraunen Teint passten, und einen leichten Glanz auf den Lippen, den die Frauen, wenn sich Hector recht erinnerte, Lipgloss nannten.

Sollte sie, nachdem sie beim letzten Mal versucht hatte, ihm Angst einzujagen, jetzt in den Verführungsgang umgeschaltet haben? In Anbetracht seines Faibles für Superfrauen sagte sich Hector, dass sie es ja gern einmal versuchen konnte. Aber gleichzeitig spürte er auch, dass ein Teil von ihm völlig unempfänglich war für den Charme von Leutnant Ardanarinja oder, besser gesagt, jener jungen Frau, die sich diesen Dienstrang und diesen Namen angemaßt hatte.

Sie ließ ihn die Cocktails bestellen, und der Kellner war so ehrerbietig, als wäre Hector der Hoteldirektor persönlich. Nach einigen Bemerkungen über die Schönheit des Panoramas, den zeitlosen Reiz des Ortes und die exzellenten Thaijitos mit Mekong-Whisky beschloss Hector, zur Sache zu kommen.

»Und ... sind Sie meinem Freund auf die Spur gekommen?«

Sie lächelte, als würde sie einen guten Scherz zu schätzen wissen. »Glauben Sie, ich säße hier, wenn das der Fall wäre?«

»Ich weiß nicht – vielleicht wollten Sie mich ja einfach gern wiedersehen?«

Sie schaute ihn eine Sekunde lang an, und er musste zugeben, dass sie wirklich charmant war; im Schein der nun untergehenden Sonne nahmen ihre Pupillen die Farbe von Kaffeelikör an. Hector ermahnte sich, an die Regel zu denken, die er bei seiner Heirat für sich selbst aufgestellt hatte: Mit Frauen, die jünger waren als er, wollte er künftig jedes Gespräch unter vier Augen vermeiden, es sei denn, dienstliche Pflichten zwangen ihn dazu. Aber na ja, an diesem frühen Abend waren es doch irgendwie dienstliche Pflichten ...

»Ich versuche, meine Arbeit und meine persönlichen Gefühle niemals zu vermengen«, sagte sie.

»Sie *versuchen* es ... Also haben Sie heute doch persönliche Gefühle?«

Sie lachte wieder, und Hector hätte nichts dagegen gehabt, sie noch oft lachen zu sehen. Gleichzeitig wusste er jedoch gut, dass so ein Lachen nach vermeintlich geistreichen Bemerkungen eines Mannes eine Verführungstechnik war, die wahrscheinlich bis auf die Dschungeltage unserer Urahnen zurückging, und an den Dschungel erinnerte auch Leutnant Ardanarinjas charmantes Raubkatzenlächeln.

Schließlich wurde sie wieder ernst: »Nein, wir suchen ihn mit großem Eifer, aber Ihr Freund ist wirklich ein schlauer Fuchs. Es sieht so aus, als habe er seit geraumer Zeit weder das Internet genutzt noch telefoniert. Wie die Terroristen von al-Qaida.«

»Aber Sie wissen sicher, dass ich aus beruflichen Gründen hier bin ...«

»Nur aus dem, was Sie mir vorhin selbst erzählt haben«, sagte Leutnant Ardanarinja. »Ich wusste gar nicht, dass Sie solche berühmten Patienten haben.«

»Und das, obwohl Sie mich beschatten lassen?«

Leutnant Ardanarinja schien ehrlich überrascht. »Wir haben niemanden auf Sie angesetzt. Wir folgen lediglich Ihren Ortsveränderungen – bei all den Hotelreservierungen und Flugbuchungen über wenige große Datensysteme ist das ja nicht besonders schwer.«

Hector berichtete ihr von dem großen Schnauzbärtigen, und von Neuem war sie überrascht. Er fand, dass es echt wirkte; wenn nicht, war sie eine begnadete Schauspielerin.

»Ich habe sogar ein Foto«, sagte Hector, »schauen Sie mal.«

Bei seinem Barbesuch mit Jean-Michel hatte er nämlich so getan, als würde er mit dem Handy telefonieren, und hatte sich, wie um dem Lärm zu entfliehen und besser verstehen zu können, dem Mann genähert. Es war ihm so vorgekommen, als hätte der Mann etwas gemerkt, denn er war schnell aufgestanden und in Richtung Toiletten gegangen. Das bewies, dass Hector ein blutiger Amateur war, aber ein Foto hatte er trotzdem machen können, und dabei hatte er dieses James-Bond-Gefühl gehabt, das ihm seit vielen Jahren so angenehm war.

Er legte sein Handy neben das Cocktailglas von Leutnant Ardanarinja. Sie betrachtete das Foto sehr aufmerksam und hielt dabei ihren schönen Kopf geneigt, nicht weit von Hectors Kopf.

»Dem Regiment unbekannt«, sagte sie dann.

Sieh an, diese Bemerkung ließ vermuten, dass Leutnant Ardanarinja tatsächlich eine militärische Vergangenheit hatte. Auf jeden Fall wirkte sie aufrichtig, soweit das bei ihr etwas heißen wollte. »Vielleicht sind Sie nicht die Einzige, die meinen Freund Édouard wiederfinden will.«

Leutnant Ardanarinja lud das Foto auf ihr eigenes Handy, ein niedliches rosa Ding – das gleiche Modell, wie Hector es bei Mademoiselle Jung-In Park gesehen hatte. Er wusste, dass irgendwo in der Nähe ein lokaler Verbindungsmann von Jean-Marcel sitzen musste, um ein Foto von Leutnant Ardanarinja zu schießen. Allerdings konnte er an den Nachbartischen überhaupt niemanden ausmachen, und das bewies, dass jener Mann (oder jene Frau) ein Profi war und wahrscheinlich ein Teleobjektiv verwendete.

»Sie sollten vorsichtig sein«, sagte sie schließlich.

Alle Welt empfahl ihm neuerdings, vorsichtig zu sein. Das verschaffte ihm eine Ahnung davon, in welche Lage Édouard sich hineinmanövriert haben musste. Aber es ging ihm doch langsam ein bisschen auf die Nerven: Sie taten alle so, als käme er nicht sehr gut allein im Leben zurecht! »Wieso raten Sie mir das?«

»Ich repräsentiere eine Polizei. Wir tun nie etwas Illegales und werden natürlich stets Ihre Rechte respektieren ...«

Hector triumphierte innerlich, weil er wusste, dass Leutnant Ardanarinja nicht wusste, dass er wusste, dass sie nicht Leutnant Ardanarinja war. Er versuchte sich jedoch nichts anmerken zu lassen.

»... aber es gibt vielleicht Leute, die Ihr Freund sehr verärgert hat, indem er ihnen diese vielen Millionen stahl. Wenn die glauben, dass Sie wissen, wo er sich befindet, könnten sie ... könnten sie Druck auf Sie ausüben.«

»Kann Interpol mich denn nicht beschützen?«, fragte Hector.

»Wir könnten das tatsächlich ins Auge fassen.«

»Wem genau hat denn Édouard eigentlich die ganze Knete geklaut – ich meine, wer waren die Kunden der Bank?«

»Ich bin nicht befugt, Ihnen dazu Auskunft zu erteilen; es gehört zu den Dingen, die im Interesse der Ermittlungen geheim bleiben müssen.«

»Wenn Sie es mir sagen würden, könnte ich Sie vielleicht noch auf ein paar gute Ideen zu Édouard bringen.«

Leutnant Ardanarinja lächelte erneut: »Sie machen mir Spaß. Sie lieben es, die Situation auf den Kopf zu stellen, nicht wahr?«

»Das war nie und nimmer meine Absicht.«

In diesem Moment erblickte Hector Valérie; sie hatte die Terrasse schon betreten und hielt nach ihm Ausschau. Was für eine Katastrophe! Hector war erst in einer halben Stunde mit ihr verabredet, aber nun kam sie zu früh! Vor allem musste man verhindern, dass Leutnant Ardanarinja die Bekanntschaft von Valérie machte, dieser Spezialistin für ethnische Minderheiten. Es hätte sie nämlich auf die Idee bringen können, von welcher Art Édouards Versteck war.

Hector sah, dass Valérie sie beide bereits entdeckt hatte und geradewegs auf sie zusteuerte. Er sah nur noch eine einzige Möglichkeit, sie fernzuhalten.

Er neigte sich zu der hübschen Pantherin hinüber und versenkte seinen Blick in ihren goldbraunen Pupillen.

»Sie haben recht, manchmal wünschte ich mir, wir könnten uns unter anderen Umständen treffen.«

Er sah, wie eine Woge der Freude das Gesicht von Leutnant Ardanarinja aufhellte, was sie sehr verführerisch wirken ließ. Gleichzeitig sah er, dass Valérie wie vom Donner gerührt stehen blieb.

»Unter welchen Umständen beispielsweise?«, fragte Leutnant Ardanarinja.

»Ich bin sicher, Sie können das voll und ganz von meiner Miene ablesen.«

Sie lächelte ihn noch immer an, er legte seine Hand auf ihre Hand, und sie entzog sie ihm erst nach mehreren Sekunden. Aus den Augenwinkeln heraus hatte er wahrgenommen, wie Valérie kehrtgemacht hatte und ins Innere des Hotels entschwunden war, aber so richtig erleichtert war er nicht, hatte er ihren verstörten Ausdruck doch gesehen!

»Dienst ist Dienst«, dachte er und sagte sich, dass er Valérie die Sache im Nachhinein schon würde erklären können.

Später zog er die Karte aus seinem Mobiltelefon und steckte es in einen Umschlag, den er an der Hotelrezeption für Jean-Marcels örtlichen Verbindungsmann zurückließ. Leutnant Ardanarinjas Fingerabdrücke darauf würden in verschiedenen erkennungsdienstlichen Systemen untersucht werden.

Schon wieder stellte sich dieses James-Bond-Gefühl ein, und Hector konnte es noch mehr genießen, als er kurz darauf spürte, dass Valérie seinen Erklärungen glaubte.

»Du hast mir einen Riesenschreck eingejagt«, meinte sie. »Von dir hatte ich so was überhaupt nicht erwartet.«

Hector machte diese Bemerkung zufrieden und traurig zugleich. Er freute sich, weil Valéries Meinung wichtig für ihn war (*Beobachtung Nr. 4: Ein Freund ist jemand, bei dem dir wichtig ist, was er von dir hält*), aber er war auch traurig, weil Valérie gar nicht ahnte, wie trotz all der Liebe, die er Clara entgegenbrachte, die Versuchung in ihm weiterlebte.

Verdammte natürliche Auslese, dachte er.

Der Mann wartete. In ganz Europa war es für die Jahreszeit kalt, und er hatte dem Impuls widerstehen müssen, den Motor wegen der Heizung anzumachen. Damit wäre er womöglich aufgefallen. Glücklicherweise regnete es, und bei Regenwetter sind die Leute nicht so aufmerksam. Kein Mensch achtete auf den ganz gewöhnlichen Leihwagen, der in einer ruhigen Straße parkte. Und wenn er in diesem Auto mit den regenblinden Scheiben sitzen blieb, würde er weder durch seine Statur noch durch seinen Schnauzbart auffallen. Er betrachtete sich im Rückspiegel: Den Schnauzer trug er, um ihn in einer heiklen Situation schnell abrasieren zu können – falls sein Träger gesucht wurde und ein paar Grenzen überqueren musste. Gleichzeitig hing der Mann an diesem Bart; er hatte ihn sich wachsen lassen, als er den Armeedienst quittiert hatte, und für ihn war er das äußere Zeichen seiner neu gewonnenen Freiheit.

Ein großer grauer Mercedes tauchte im Rückspiegel auf – nein, das waren sie nicht. Diese Familie steckte ihr Geld nicht in einen dicken Schlitten, und außerdem hatte er gerade gelernt, dass die Psychiatrie (neben der Kinderheilkunde) einer der am wenigsten lukrativen Berufszweige für Mediziner war: Die Konsultationen dauerten zu lange, und man konnte pro Tag viel weniger Patienten empfangen als die Spezialisten aus anderen Fachrichtungen.

Als er den Befehl erhalten hatte, nach Europa zurückzukehren, war er erleichtert gewesen. Er war sicher, dass sein Objekt ihn erkannt hatte, und es grenzte an Masochismus, die Beschattung unter diesen Umständen fortzusetzen. Es war sein Fehler gewesen, den anderen Arzt zu unterschätzen, der ein Stammgast war und ihn zuerst bemerkt hatte. Der Mann versuchte vergeblich, die Schlussfolgerungen aus dem Geschehenen zu verdrängen: Für Beschattungen war er nicht die beste Wahl. Nicht geduldig genug und körperlich allzu auffällig. Aber in der Aktion war er der Beste, er wusste es genau; also würde man ihm den Fall bestimmt nicht entziehen.

Heute aber war er nicht zum Handeln da, sondern nur zum Beobachten.

Ein kleines Auto fuhr an ihm vorbei und hielt vor dem Haus. Das waren sie. Eine junge Frau stieg aus und schützte ihre Frisur mit einem Aktenordner gegen die Nässe; sie hatte sich den Regenmantel über die Schultern gehängt und öffnete den Kofferraum. Dann sah man einen kleinen Jungen: Der Regen schien ihm gleichgültig zu sein, aber er kümmerte sich liebevoll um ein Hündchen, das er auf den Armen hatte. Seine Mutter legte ihm die Hand auf die Schulter, damit er sich beeilte, und dann begann sie das Gartentor zu öffnen.

Während sie sich damit abmühte, den Schlüssel herumzudrehen – der Mann hatte eine Blockiersubstanz ins Schloss gesprüht –, konnte er sie in aller Ruhe betrachten. Sie war hübsch und ernst zugleich, Frau und Mutter in einer Person. Bis es ihr gelungen war, das Tor zu öffnen, hatte er ihr Gesicht längst im Gedächtnis gespeichert, genauso wie das des kleinen Jungen und auch das Aussehen des Hundes, der seltsamerweise immer in seine Richtung guckte. Schließlich sah er sie durch den Garten gehen, die Mutter mit den Schlüsseln in der Hand, den kleinen Jungen, der den strampelnden Hund festhielt, damit er nicht auf den nassen Boden sprang. Was für eine rührende Szene.

»Keiner hält durch, wenn du ihm androhst, dass seinen Angehörigen was passiert«, hatte einer seiner Auftraggeber einmal gesagt. »Einfach keiner.«

Das konnte er nur bestätigen. Gleichzeitig erinnerte er sich nicht besonders gern daran, dass er Familien gefoltert hatte.

Man konnte zur Not ja immer noch mit dem Hündchen anfangen, dachte er, und es tat ihm leid, dass niemand da war, um mit ihm über diesen guten Witz zu lachen.

Hector in der Weihnachtsmannhöhle

Es war eine seltsame Fußgängerzone: links und rechts der Straße gab es ausschließlich Bars, als wären alle Versuche, hier andere Geschäfte einzurichten, fehlgeschlagen. Die blinkenden Neonreklamen färbten den nächtlichen Himmel so bunt wie ein Feuerwerk, und die Musik, die aus den Bars dröhnte, machte Hector ganz benommen, während er die Straße weiter entlangging. Hin und wieder schenkte er einer der vielen jungen Asiatinnen, die vor den verhängten Eingängen auf Schemeln saßen und ihn hineinbaten, ein entschuldigendes Lächeln. Durch die Straße ergoss sich eine wahre Flut von Männern jedes Alters und jeder sozialen Stellung, Japaner genau wie Europäer oder Amerikaner. Alle schienen sie selig zu sein, viele waren schon an den äußeren Tischen gestrandet, um mit ihren Kumpels ein paar Bier zu leeren. Gesellschaft leisteten ihnen junge Frauen, von denen gar nicht wenige eine Weihnachtsmannmütze trugen, was ihnen zusammen mit den roten Shorts und den Netzstrümpfen ein festliches Aussehen verlieh. Angesichts der verzückten Blicke all jener Männer begann Hector zu begreifen, dass er in eine Art Weihnachtsmannhöhle geraten war, einen magischen Ort für erwachsene Männer, die im Grunde doch kleine Jungs geblieben waren. Denn anders, als er erwartet hatte, herrschte in dieser Straße eine Art ausgelassene Fröhlichkeit, genau wie bei ihm zu Hause in den Straßen mit ihren weihnachtlich geschmückten Schaufenstern. Auch wenn man wusste, dass diese Fröhlichkeit nur Fassade war, erfreute sie die vergnügten Zecher ebenso wie die jungen Frauen, die ihnen das Glas füllten. Hector wusste auch, dass jemand, der eine Emotion vortäuscht, sie dann teilweise tatsächlich verspürt – vor allem dadurch, dass er sie um sich herum verbreitet, und dieses Talent war bei all jenen jungen Frauen schon mehr oder minder ausgeprägt.

Hector lief weiter die Straße entlang und hob manchmal den Kopf, um nach den bunten Namensschildern zu schauen; in regelmäßigen Intervallen wummerte ihm aus den Bartüren Tanzmusik entgegen.

Long Gun ... Cactus ... Shark ... Tilac ... Baccarat ... Suzie Wong ... CowBoy 2 ...

Schließlich stand er vor dem Eingang des *Dolly Dolly*, dessen Leuchtreklame in Blau und Rot gehalten war und zwei Katzen zeigte, die ausgestreckt und ineinander verschlungen dalagen. Der Schriftzug erinnerte ihn an die Sechzigerjahre. Zwei junge Frauen, die nicht besonders anziehend, aber tief dekolletiert waren und Hector zulächelten, zogen mit Beflissenheit den Vorhang vor der Eingangstür auseinander.

Die Musik machte ihn fast taub, und er stand plötzlich vor einem Wald aus hübschen nackten Beinen; dann sah er, dass er sich am Fuße einer Bühne befand, auf der vielleicht zwanzig junge Frauen im Bikini tanzten und ihn anlächelten. Sein Blick gewöhnte sich an das glitzernde Halbdunkel, und er konnte jetzt die beiden übereinander angeordneten Sitzreihen um die Tanzfläche herum erkennen. Auf den Sitzen hockten mehrere Männer verschiedenen Zuschnitts und fixierten die tanzenden Frauen in wortloser Konzentration. Mein Gott, dachte Hector, wie schrecklich jung die Tänzerinnen alle waren. Er spürte eine wohlwollende Berührung an seinem Arm; eine Kellnerin, deren Lächeln von einer Zahnspange geziert wurde, lud ihn ein, unter den Anhängern dieser neuen oder vielmehr uralten Religion Platz zu nehmen. Er ließ seinen Blick von Neuem über die Sitzreihen schweifen, trat ein paar Schritte nach vorn, ging im Halbkreis um die Tanzfläche herum und erblickte schließlich im Halbschatten der zweiten Sitzreihe seinen geschätzten Fachkollegen und lieben Freund Brice.

Hector wundert sich

»Hast du die 14 gesehen?«, fragte Brice.

Hector schmerzte der Anblick all dieser jungen Frauen ein wenig, denn sie strahlten wie eine Sonne aus Jugend und Schönheit, deren Anblick einen blind machen konnte; er hatte sich noch nicht daran gewöhnt. Sie hingegen machten einen ganz unbefangenen Eindruck, wogten wellenförmig im Rhythmus der Musik und hatten ihre schmalen Arme erhoben, um sich an den glänzenden Chromstangen festzuhalten, die so angeordnet waren wie die Gitterstäbe eines offenen Käfigs. Manche lächelten Hector zu, andere wieder schienen fasziniert zu sein von ihrem eigenen Bild in den verspiegelten Wänden; offenbar probierten sie neue Bewegungen aus, die immer damit endeten, dass ihre runden Hinterteile oder ihre schmalen Schultern noch ein wenig heftiger zuckten. Andere schwatzten und lachten beim Tanzen mit ihren Freundinnen, ein bisschen so, als hätten sie sich im Bikini in der U-Bahn getroffen. Manche Oberteile waren schon verschwunden, und so hatte man den Eindruck, ein reizendes Sternbild aus kleinen Brüsten zu sehen, die je nach dem Rhythmus der Rotation aufschienen und wieder unsichtbar wurden.

Nach einer Weile fiel Hector auf, dass jede der Tänzerinnen eine Nummer trug, die auf einer am Schnürbändchen des Slips befestigten Plakette stand. Die Zahlen waren groß genug geschrieben, dass auch ein kurzsichtiger Mann seine Hingezogenheit zu einem Körper in eine Ziffer umwandeln und der Kellnerin ein Zeichen geben konnte, um sie zu fragen, ob es möglich sei, beispielsweise die Nummer 14 an den Tisch kommen zu lassen, um mit ihr ein Glas zu trinken.

Die junge Frau mit der Nummer 14 war die Größte von allen, vielleicht war sie auch ein bisschen älter, mindestens fünfundzwanzig, und ihre Bewegungen hatten jene Geschmeidigkeit, die ein Zeichen für wirkliches Talent ist oder für langjährige, intensive Übung. Sie schien stolz darauf zu sein, und ein kaum wahrnehmbares Lächeln machte ihr chinesisch wirkendes Gesicht lebendig, während sie Blicke mit Hectors altem Freund Brice wechselte und ihm zwischendurch, wenn sie sich herumschwang, auch mal die Hinterseite zuwandte, wobei die große schwarze Flamme ihres Haars über ihren nackten Rücken loderte.

»Das Problem ist, dass sie schon einen oder zwei japanische Sponsoren hat«, sagte Brice, »und die wollen sie für sich behalten. Also tanzt sie und trinkt auch mal ein Gläschen mit, aber mit nach draußen kriegt man sie nie.«

Hector fragte sich, weshalb Brice eine solche Obsession für die 14 nährte – viele andere erschienen ihm mindestens so begehrenswert, vielleicht sogar noch reizender, denn ihnen fehlte noch die letzte Selbstsicherheit, und so etwas wie eine Spur von Schüchternheit zeigte, dass sie neu in diesem Metier waren und sich noch nicht ganz an die Stöckelschuhe gewöhnt hatten. Da fiel ihm plötzlich auf, dass über dem Türsturz des Eingangs ein kleiner Buddha thronte. Er schien im Halbdunkel zu leuchten. Hector fragte sich, ob es im Salon eines neapolitanischen Bordells nicht vielleicht auch ein Kruzifix oder eine Madonnenfigur gebe. Aber das würde er wohl nie herausfinden.

»Mit fast allen anderen bin ich schon ausgegangen«, sagte Brice. »Die 8 und die 17 sind einfach wundervoll.«

Hector versuchte es zu vermeiden, nach der 8 und der 17 Ausschau zu halten; es war ihm unbehaglich, so schnell und unverblümt über die intimen Details dieser jungen Frauen aufgeklärt zu werden, aber natürlich konnte er dann doch nicht anders, als sie inmitten der wogenden und halb nackten Tanzriege ausfindig zu machen. Sie beantworteten seine Blicke mit einladenden Gesten und lachenden Mienen und forderten ihn dazu auf, sie zu sich und Brice auf die Sitzbank zu holen.

»Wir könnten ja vielleicht woanders hingehen«, sagte Hector.

Brice warf ihm einen missbilligenden Blick zu. »Hör mal, sollen wir das Gesicht verlieren? Höflich muss man schon sein und sie erst zu einem Gläschen einladen!«

Und nachdem Brice den jungen Tänzerinnen ein diskretes Zeichen gegeben hatte, staksten sie auf ihren hohen Pfennig-absätzen sogleich die Stufen hinab, um sich an der Bar kleine Tops überzuziehen, denn ein gewisses Maß an Dezenz wahrte man selbst an diesem Ort, der doch eigens dafür geschaffen worden war, sie zu vergessen.

Und plötzlich spürte Hector ganz nahe bei und an sich die Wärme des Körpers einer jungen Frau von zwanzig Jahren, die ihn in verliebtem Ton fragte: *What is your name?* und *Where do you come from?*, und wenn er sich zu ihr hindrehte, um ihr zu antworten, war auch ihr Lächeln ganz nahe bei ihm.

Als Psychiater schaffte er es, sein Unbehagen nicht zu zeigen, er glaubte es zumindest, und eigentlich brauchte er sich nur ein Beispiel am guten alten Brice zu nehmen, der mit Nummer 17, deren schlanker Arm sich ihm zärtlich um den Hals wand, herumschäkerte. Man brachte ihnen kleine Gläser mit Tequila, und alle prosteten sich zu und tranken auf Liebe, Ruhm und Schönheit, wobei die Schönheit, wie Hector fand, in ihrer Runde ja bereits vertreten war, während er bezweifelte, dass man Ruhm und Liebe an einem Ort wie diesem begegnen würde. Brice war da offenbar anderer Meinung: Er wirkte so stolz und verzückt, als hätte er gerade die Aufmerksamkeit zweier unnahbarer Prinzessinnen erobert.

Während sie miteinander anstießen, erinnerte sich Hector an seine *Beobachtung Nr. 5: Ein Freund ist jemand, dessen Lebensweise du akzeptieren kannst.* Er fragte sich, ob sie ihm das Wiedersehen mit Brice nicht vergällen würde.

Und dennoch, trotz aller verfänglichen Begleitumstände war es ihm ein Vergnügen, Brice wiederzusehen, und so konnte er sich wenigstens noch an die *Beobachtung Nr. 3* halten: *Ein Freund ist jemand, den du gerne siehst.*

Aber warum eigentlich? Hatte es vielleicht mit der *Beobachtung Nr. 6* zu tun: *Freunde, die man seit vielen Jahren hat, sind so rar wie Baumriesen?*

Hector versteht etwas

Schließlich saßen sie alle vier in einem merkwürdigen Pub, der schmal und endlos lang war. Die wenigen anderen Gäste waren allesamt ältere Europäer oder Nordamerikaner, die in intensive Gespräche vertieft schienen und Bierkrüge vor sich stehen hatten, manche auch Aperitifs, die vor ein paar Jahrzehnten in Mode gewesen waren. Einige waren in Begleitung von asiatischen Frauen, aber die waren auch schon ein bisschen älter, wenngleich mindestens zwanzig Jahre jünger als ihre Gefährten, die sie offensichtlich seit Langem kannten. Das Lokal sah aus wie ein richtiger englischer Pub und war mit alten Stichen, die eine Hetzjagd zeigten, und Stierkampfplakaten aus den Sechzigerjahren geschmückt. Wahrscheinlich hatte der Eigentümer damals das einst bei den Briten so beliebte Spanien verlassen, um sich das nächste Paradies zu suchen.

Allerdings bekam man den Inhaber des Pubs nicht zu Gesicht, drei seriöse junge Frauen kümmerten sich um die Bedienung. Sie waren wie Kellnerinnen gekleidet und nicht wie »Hostessen«. Dieser altmodische Ausdruck seines Großvaters kam Hector plötzlich in den Sinn, wahrscheinlich auch durch die Gäste des Pubs. Mit ihren zitternden Händen und ihren schon etwas stumpf gewordenen Blicken schienen manche von ihnen nicht mehr so weit vom Grab entfernt zu sein.

»Okay«, sagte Brice, »das Ambiente ist ein bisschen gewöhnungsbedürftig, aber es ist doch allemal besser als der Fernsehraum im Altersheim.«

Da musste Hector ihm zustimmen.

Nummer 8 und Nummer 17 – oder vielmehr Lek und Nok – schienen entzückt, sich an diesem Ort zu befinden, und machten sich mit dem gesunden Appetit junger Frauen von zwanzig Jahren über die *kidney pies* her, die Brice für sie bestellt hatte. Hector hatte bemerkt, dass ihr Fortgang aus dem *Dolly Dolly* von einer Finanztransaktion zwischen Brice und der Oberkellnerin begleitet gewesen war.

»Man muss der Bar etwas zahlen, damit man sie rausbekommt«, erklärte Brice. »Was danach passiert, machen der Kunde und das Mädchen untereinander aus.«

Hector fragte sich mit einiger Unruhe, was Brice ihm wohl für den Fortgang des Abends vorschlagen würde. Ihm war aufgefallen, dass Lek und Nok Imitationen der hübschesten und unaufdringlichsten Modelle von Chanel-Handtaschen trugen. Die Rechtsabteilung des Modehauses hätte darüber sicher die Stirn gerunzelt, aber gleichzeitig sagte sich Hector, dass Coco Chanel die Vitalität und der gute Geschmack jener direkt von den Reisfeldern gekommenen jungen Frauen bestimmt gefallen hätte.

»Und, mein Freund, was ist eigentlich das Ziel deiner Reise ins Land des Lächelns?«

Hector schaute Brice an und konnte plötzlich in diesem etwas dickbäuchigen Typ mit den müden Augen, der, um jugendlicher zu wirken, ein rosa Poloshirt trug, wieder den Freund ausmachen, den er schon so lange kannte.

Er erzählte ihm in groben Zügen von Édouards Verschwinden, vom Besuch Leutnant Ardanarinjas und vom Erzengel Jean-Michel in seinem Hospital, aber was er instinktiv unter den Tisch fallen ließ, war seine Reise in den Norden des Kontinents und überhaupt alles, was Jean-Marcel anging, und dann hielt ihn auch etwas davon ab, über Valérie zu sprechen. Dabei kannte Brice sie ja, aber als Hector im Gespräch mit Valérie seinen Namen erwähnt hatte, hatte sie die Augen niedergeschlagen und gesagt: »Noch so ein verlorener Freund.« Und tatsächlich fand Hector, dass er Brice zwar vielleicht nicht aus den Augen verloren hatte (denn da saß er und unterhielt sich mit Lek und Nok auf Thai und brachte sie zum Lachen), aber dass Brice zumindest auf dem Wege dahin war, ihm als Freund verloren zu gehen.

»Nok findet dich ganz nach ihrem Geschmack«, sagte Brice.

»Lek übrigens auch, aber ich glaube, dass du mit Nok einen tollen Fang machen würdest.«

»Sag ihnen bitte, dass ich sie zwar hinreißend finde, aber verheiratet bin.«

Brice übersetzte diese Worte, und Lek und Nok brachen beide in ein so schallendes Gelächter aus, dass man alle ihre entzückenden Zähnchen sehen konnte.

»Was bringt sie so zum Lachen?«

»Sie denken, du machst Witze.«

»Aber ich bin wirklich verheiratet«, sagte Hector und zeigte seinen Ehering.

»Nein, sie glauben dir schon, dass du verheiratet bist, aber für sie ist das eine absurde Ausrede, ein Witz, denn weshalb wärst du sonst wohl hier?«

»Na, um dich zu sehen.«

»Ich weiß, ich weiß … Ich erkläre es ihnen gleich.«

Lek und Nok hörten Brice zu, und dann schauten sie Hector mit neuer Ernsthaftigkeit an und grüßten ihn mit gefalteten Händen wie wohlerzogene junge Frauen, und das waren sie ja auch.

»Jetzt wirst du sie noch mehr interessieren«, sagte Brice, »denn wovon sie träumen, das ist ein treuer Mann und nicht so ein *butterfly* wie ich.«

»Ein was?«

»Na, ein Schmetterling, der von Blüte zu Blüte flattert. Selbst die Mädchen aus der Bar bevorzugen Kunden, die ihnen treu bleiben. Sie sind schließlich auch nur Frauen, das darf man nie vergessen. Oder man kann es auch so sehen: Sie denken, dass das Geld, das du für eine andere ausgibst, ihnen selbst durch die Lappen geht. Aber so einfach ist es nicht immer.«

Hector beobachtete, wie wohl sich Lek und Nok an diesem Ort zu fühlen schienen und wie Brice es schon wieder schaffte, sie zum Lachen zu bringen. Er sagte sich, dass es tatsächlich nicht so einfach war. Und am Ende eines solchen Abends war es das dann doch.

In diesem Moment betrat ein alter Gentleman in Shorts den

Pub. Hector fiel auf, dass er Socken in den Sandalen trug, und an seinem Arm führte er (oder stützte sie ihn?) eine etwas pummelige Frau, die die große Schwester oder vielleicht die sehr junge Mutter von Nok und Lek hätte sein können. Als sie Brice und seine Gäste erblickte, lächelte sie ihnen zu.

»Da kommt James«, sagte Brice, »und an seiner Seite, das ist Bee ...«

James drehte sich mit der gebotenen Vorsicht zu ihnen hin, lächelte und steuerte mit kleinen Schritten auf ihren Tisch zu. Brice zog ihm einen Stuhl heran, während Nok und Lek auf der Sitzbank zusammenrückten, um Platz für Bee zu machen.

»Bei ihm ist es was anderes«, flüsterte Brice, »er hat sie schon vor zwanzig Jahren geheiratet. Und dabei war er damals nicht gerade ein Unschuldslamm ...«

Trotz ihres leichten Übergewichts und eines etwas zu üppigen Tattoos auf der linken Schulter war die Gattin von James eine attraktive Frau; sie hatte ein warmes Lächeln und einen funkelnden Blick. Während sie sich mit Lek und Nok zu unterhalten begann, stellte Brice die beiden Männer einander vor.

»Ah, Psychiater«, sagte James. »Damals habe ich so einige kennengelernt. Manchmal haben sie uns wirklich geholfen.«

Hector begriff, dass James in diese Stadt gekommen war, als in der Nähe ein berühmter Krieg getobt hatte. Dabei hatten sich die beiden Großen Bruderländer und die freie Welt gegenübergestanden, aber ausgetragen hatten sie alles über ein kleines Land, das auf diese Weise selbst berühmt geworden war, aber auch sehr gelitten hatte. James übte damals – Hector war da noch ein kleiner Junge – ungefähr den gleichen Beruf aus wie Jean-Marcel. Die Bombenflugzeuge der freien Welt waren nicht weit von hier gestartet und hatten die Täler, die zwei Grenzen weiter lagen, mit Bomben zugeschüttet. Damit es sich richtig lohnte, hatten sie auch noch Entlaubungsgifte eingesetzt. Aber die freie Welt war dieses Krieges überdrüssig geworden; in einer Demokratie läuft das halt so – wenn die meisten Leute den Krieg nicht mehr wollen, dann hört man damit auf. In einer Diktatur aber ist der Krieg erst beendet, wenn die meisten Leute umgekommen sind. Die beiden Großen Bruderländer und ihre Freunde hatten das kleine Land geschluckt und zwei seiner Nachbarn gleich mit, und mehrere Millionen Menschen hatten diese Große Sozialistische Befreiung mit ihrem Leben oder ihrer Freiheit bezahlt.

James aber hatte beschlossen, in dieser Gegend der Welt zu bleiben, statt in sein Heimatland zurückzukehren und sich dort anspucken zu lassen. Offensichtlich hatte er sich an das hiesige Leben gut gewöhnt, und dann kapierte Hector: James war der Inhaber des Pubs! Aber weshalb hatte er keine texanische Bar aufgemacht, sondern einen englischen Pub?

»Meine Mutter war Engländerin«, sagte James. »Mein Vater hat sie kennengelernt, als er nach dem Krieg dort stationiert war.«

Hector verstand, dass er vom ersten der beiden Weltkriege sprach. Er musste an eine amüsante psychologische Studie denken: Für die amerikanischen Soldaten gehörte es damals so ziemlich an den Anfang eines Flirts, das Mädchen zu küssen, während es für die jungen Engländerinnen die letzte Etappe darstellte, bevor es richtig zur Sache ging. Mit dem Ergebnis, dass die amerikanischen Piloten die Welt nicht mehr verstanden – sie fanden die jungen Engländerinnen erst schrecklich prüde und dann mit einem Mal schrecklich leicht zu erobern, während sie den Frauen zunächst unglaublich rüpelhaft vorkamen und dann plötzlich wie schüchterne Jungs, die nicht wussten, was sie wollten. Aber die Eltern von James hatten diese interkulturellen Hürden offenbar übersprungen, was (wie Hector dachte, als er sah, dass James und Bee wie ein glückliches Paar wirkten) ihren Sohn dafür prädisponiert hatte, sie zu überspringen. James fragte Hector, wozu er in dieser Region war.

»Ich möchte ein paar ethnische Minderheiten aufsuchen«, sagte Hector. »Ich interessiere mich dafür, ob Leute, die keinen Fernseher haben, glücklicher sind.«

»Na, da sollten Sie sich aber beeilen«, meinte James. »Ein schönes Thema ist es ja. Welche Minderheiten genau wollen Sie besuchen?«

Und Hector ließ schnell den Namen jenes Volksstammes fallen, den Valérie ihm genannt hatte.

James musterte Hector genau.

»Wirklich interessant«, sagte er, und Hector merkte, dass er ihm seine Geschichte mit der Glücksforschung nicht abnahm.

»Ich kenne diese Leute gut«, sagte James. »Während der japanischen Besatzung standen sie auf unserer Seite – und in meinem Krieg dann auch wieder. Wir haben sie irgendwie fallen lassen, die Armen.«

Dann wechselten sie das Thema, Lek und Nok teilten sich ein Stück Zitronenkuchen, James und seine Frau tranken Mekong-Whisky und unterhielten sich mit Brice, und man hätte fast den Eindruck gewinnen können, dass sechs Freunde an einem Tisch saßen.

Hector vergleicht sich

Der Schein der Neonreklamen von den Bars direkt gegenüber zeichnete so etwas wie ein Polarlicht an die Decke von Brice' Wohnzimmer. Verstreut im Raum standen Objekte, die er auf seinen Reisen durch Asien zusammengetragen hatte – birmanische Buddhas aus Alabaster, indonesische Statuen aus unbehandeltem Holz, eine mandschurische Opiumpfeife, diverse Halsketten, die Hector an jene der jungen Frauen auf Édouards Foto erinnerten. Alles wirkte aber ein bisschen unordentlich und einfach an den Wänden entlang abgestellt, ganz wie in der Wohnung eines Junggesellen, der sich nicht die Zeit genommen hat, sich wirklich einzurichten.

Lek und Nok waren in einem anderen Zimmer verschwunden. Hector sagte sich, dass Brice bestimmt darauf brannte, ihnen folgen zu können, und so schickte er sich zum Gehen an, aber nein, offenbar wollte Brice noch ein wenig mit ihm reden.

Hector dachte an die Zeit, als Brice ein brillanter Fachkollege gewesen war. Brice hatte das gehabt, was man eine »exklusive Kundschaft« nannte – ein Ausdruck, den Hector nie gemocht hatte –; er führte eine Praxis in einem der wohlhabendsten Viertel der Hauptstadt und trug immer Einstecktücher, die dezent auf die Krawatte abgestimmt waren. Man hätte ihn als Schickeria-Psychiater bezeichnen können, aber damit hätte man ihm unrecht getan. Er war ein hervorragender Diagnostiker und fand schnell heraus, welchen Patienten er rasch Linderung verschaffen konnte und welches die schwierigeren Fälle waren. Letztere reichte er an seine jüngeren Kollegen weiter, die wiederum glücklich waren, sich auf diese Weise einen Kundenstamm aufzubauen und Brice beweisen zu können, dass sie sein Vertrauen verdient hatten.

Außerdem war Brice Anteilseigner einer Klinik, die eigentlich eher ein kleines Schloss war und in die er zweimal pro Woche fuhr, um die Patienten aufzumuntern. Meist war es ihm nicht schwergefallen, sie davon zu überzeugen, dass sie dort besser aufgehoben waren als im Krankenhaus, denn sie fanden es völlig normal, für die Art von Zimmern, die sie ohnehin gewohnt waren, die Preise eines Fünfsternehotels zu zahlen.

Brice war auch regelmäßig im Fernsehen, und sein magnetisierender Blick wirkte bei den gemarterten Seelen wahre Wunder. Natürlich hatte er auch Neider, aber trotzdem wurde er wegen seines Erfolgs und seiner Kompetenz allgemein geschätzt. Auch wenn Hector verstand, dass manch einer Brice verabscheute, fand er selbst doch, dass sein Kollege nie etwas zum Schaden der Kranken getan hatte – er verstand es einfach, seine Praxis wie ein Geschäftsmann zu führen.»Und die Patienten mit wenig Geld?«, werden Sie jetzt fragen. Nun, einen Nachmittag pro Woche hielt Brice eine Gratissprechstunde im staatlichen Krankenhaus ab, und für die gab es eine Warteliste von vier Monaten.

Hector und Brice hatten sich auf dem Gymnasium kennengelernt, während des Studiums jedoch aus den Augen verloren. Sie waren sich wiederbegegnet, als Hector seine Praxis eröffnet hatte; er kam damals frisch aus der Provinz und kannte in der Hauptstadt kaum jemanden. Brice hatte ihm sofort unter die Arme gegriffen, indem er Patienten zu ihm geschickt hatte, und zwar nicht die kniffligen oder hoffnungslosen Fälle, sondern Menschen, denen Hector wirklich helfen konnte, was seinen Ruf und seinen Patientenstamm sehr bald vergrößert hatte. Brice war ganz der tugendhafte Freund nach Aristoteles gewesen – er hatte allgemein Gutes getan und darüber hinaus auf uneigennützige Weise für das Wohl seines Freundes gesorgt.

Außerdem war Brice witzig und geistreich; er freute sich immer, Hector zu sehen, und hatte eine unangepasste Sicht auf die Dinge, obgleich sein eigenes Leben so angepasst schien. Für Hector gehörte er zu den ernsthaften Leuten, die sich selbst nicht ernst nehmen – also zu seiner Lieblingskategorie, wenn man die anderen drei möglichen Kombinationen dagegenhält. (Denken Sie mal über diese Klassifizierung nach, sie kann Ihr Leben verändern!)

Eines Tages jedoch begann diese ganze schöne Existenz zu bröckeln. Eine Patientin hatte Brice wegen sexueller Belästigung angezeigt. Die Medien hatten sich sofort darauf gestürzt, wegen der Berühmtheit von Brice war die Sache ein gefundenes Fressen. Er war zuerst von der Ärztekammer angehört worden und dann von einem Richter. Dabei kam ans Licht, dass er über mehrere Monate hinweg ein Verhältnis mit der Klägerin gehabt hatte. »Aber niemals in meinem Sprechzimmer«, wie er Hector erklärte, als sie sich damals spätabends in einer Bar trafen. Da hatte Brice schon nicht mehr viele Freunde, mit denen er sich treffen konnte. Die Frau hatte Anzeige erstattet, als Brice sich von ihr trennen wollte. Das Verfahren sollte eingestellt werden, die Ärztekammer wollte sich mit einer Rüge begnügen, aber plötzlich erstattete eine weitere Patientin Anzeige – und dann noch eine und noch eine …

»Sie hatten ja weder Depressionen noch Wahnvorstellungen«, versuchte er Hector später zu erklären. »Einfach nur Frauen, die nicht genug Liebe bekamen.«

Hector blickte ihn traurig an. Im Privatleben war Brice ein sehr verführerischer Mann, und bei seiner Arbeit als Psychiater war er es sicher nicht weniger. Aber er hatte es einfach nicht verstanden, die ersten Anfänge jenes Gefühls von Verliebtheit abzulenken, das manchmal bei einer Frau aufkeimen kann, wenn sie einen Mann stark, gut und verständnisvoll findet – und jeder Arzt kann an seinem Arbeitsplatz so wirken, erst recht, wenn er so schöne blaue Augen hat wie Brice. Und als seine Frauen nun aus ihren Träumen erwacht waren und ihn so gesehen hatten, wie er wirklich war, da hatten sie plötzlich das Gefühl, hereingelegt und beschmutzt worden zu sein, und alle bekamen sie die Wut, wenn sie merkten, dass sie weder die Einzigen gewesen waren noch so einzigartig, wie Brice es ihnen immer weisgemacht hatte.

Scheidung, Entzug der Approbation, Strafverfahren … Am Ende schrammte er haarscharf an einer Verurteilung wegen

»Vergewaltigung unter Ausnutzung einer Autoritätsposition«
vorbei. Und dann war Brice fortgegangen und hatte eine tief
verletzte Ehefrau, verstörte Kinder und den Großteil seines
kleinen Vermögens zurückgelassen.

Wenn damals in Gesprächen Brice' Name fiel, waren die Re-
aktionen geteilt: Empörung, Spott und manchmal auch das
Vergnügen, mit der Meute nach Herzenslust zu hetzen. Hector konnte das zwar verstehen, aber nicht billigen, genauso
wie er Brice' Irrwege verstand, aber nicht billigte. »Aber ist er
immer noch dein Freund?«, fragte ihn manch einer überrascht.
Hector hatte sich diese Frage natürlich selbst schon gestellt.
Brice hatte auf der Suche nach seinem Vergnügen eine Menge
Schaden angerichtet, aber Hector wusste, dass er immer gehofft hatte, es würde dadurch niemandem etwas Schlimmes
passieren, weder den anderen noch ihm selbst – wie ein Kind,
das mit Streichhölzern spielt und hofft, nicht erwischt zu werden, und dann setzt es plötzlich das Haus in Brand und seine
kleine Schwester gleich mit.

Und jetzt war Brice seine Abwärtsbahn offenbar noch ein
gutes Stück weiter hinabgerutscht und ließ dem schon er-
wähnten Prinzip der natürlichen Auslese freien Lauf, womit
er Darwin aufs Tiefste betrübt hätte, denn der war ein sehr
tugendhafter Mensch gewesen und hatte mit großem Kummer konstatiert, dass Natur und Evolution nicht moralisch
waren, und er hätte es entrüstet abgelehnt, in so etwas wie das
Dolly Dolly zu gehen.

»Ich spüre eine leichte Missbilligung bei dir, mein Freund«,
sagte Brice und setzte sich Hector gegenüber aufs Sofa.

»Wie soll ich es sagen … Nein, nicht wirklich.«

»Ich möchte, dass du es verstehst – hier richte ich keinerlei
Schaden an.«

Hector fiel es nicht schwer, das zu glauben. Lek und Nok
sahen nicht gerade wie gefesselte Sklavinnen aus, und Brice
behandelte sie wie menschliche Wesen. Aber gleichzeitig sah
Hector all diese jungen Frauen vor sich, die zum Mitnehmen
aufgereiht waren wie Spielzeug in einem Kaufhausregal …

»Im Grunde helfen wir uns gegenseitig«, sagte Brice.

»Wie bitte?«

»Ja. Wir beschützen einander vor zwei der größten Geißeln des Menschenlebens – vor dem Alter und vor der Armut.«

Darin erkannte Hector die Lebenseinstellung seines alten Brice sofort wieder.

»Wenn ich mit ihnen zusammen bin, fühle ich mich wieder jung«, sagte Brice, »das ist gar nicht zu bezahlen, und dabei hat es hier einen so niedrigen Preis, dass es unglaublich und geradezu wunderbar ist. Und mir haben sie zu verdanken, dass ihre Familien nicht mehr so arm sind; eine kleine Schwester wird länger zur Schule gehen, eine andere kann die Zahnspange bekommen, die sie unbedingt braucht, und ein Onkel kann mit den besten verfügbaren Medikamenten behandelt werden.«

»Wenn ich es richtig verstehe, bist du ihre Sozialversicherung.«

»Genau«, sagte Brice, »aber natürlich längst nicht ihre einzige.« Er zeigte auf den Lichtschein, den die Neonreklamen ins Zimmer warfen: »Diese ganze Straße hier und noch zwei, drei andere, nicht zu vergessen all die Massagesalons – das ist die Sozialversicherung und die Krankenkasse für die armen Regionen in diesem Land. Eine junge Frau, die den Männern gefällt, kann zehnmal so viel verdienen wie als Arbeiterin oder Putzfrau. Und meistens macht sie das alles für die Familie, die so tut, als würde sie glauben, die Tochter hätte in der Hauptstadt einen Job als Kellnerin oder Dienstmädchen gefunden.«

»Und die minderjährigen Opfer der Menschenhändler?«, fragte Hector, dem die ganz junge Frau im Krankenhauszimmer bei Jean-Michel einfiel.

»Die sind nicht hier«, sagte Brice, »die leben in geschlossenen Bordellen, zu denen nur Asiaten Zutritt haben. Manche von denen glauben nämlich, je jünger das Mädchen, desto besser für die Gesundheit. Es gibt sogar einen richtigen Markt für Jungfrauen ...«

»Ja«, sagte Hector, »davon habe ich auch schon gehört.«

»Der europäische und nordamerikanische Sextourismus

macht nur einen winzigen Teil der Prostitution in Asien aus und nicht den schmutzigsten, das kannst du mir glauben. Aber natürlich kommt es immer gut an, mit dem Finger auf den Mann aus der westlichen Welt zu zeigen, vor allem weil er ja auch auffällt. Ich rede hier natürlich nicht von den Pädophilen, das ist eine ganz andere Sache.«

Als Hector noch im Krankenhaus gearbeitet hatte, waren auch pädophile Patienten bei ihm in Behandlung gewesen; sie hatten auf gerichtliche Anordnung in seine Sprechstunde kommen müssen, und er wusste tatsächlich, dass dies eine andere Welt war und dass man in der Straße der *Dolly-Dolly*-Bar und an ähnlichen Orten keine Pädophilen fand.

»Und wenn es nun eine vernünftige Sozialversicherung gäbe?«, wollte Hector wissen.

»Nun ja, dann würde das Gleiche wie in Europa passieren – es gäbe nur noch ausländische Prostituierte, die aus Ländern ohne Sozialversicherung kommen. Und diese armen Dinger sind dann wirklich fast immer Opfer von Menschenhändlern.«

»Das beste Mittel, um gegen Prostitution zu kämpfen, ist also …«

»… eine Menge Steuern zu zahlen!«, sagte Brice. »Und natürlich auch, einen anständigen Mindestlohn einzuführen. Und die beste Waffe gegen den Menschenhandel ist, dass du dich immer nur mit Frauen einlässt, die von dort kommen, wo du dich gerade befindest, und selbstverständlich nur mit volljährigen.«

»Ich sehe, dass du dir dein Moralgefühl bewahrt hast«, sagte Hector.

»Willst du dich über mich lustig machen?«, fragte Brice, und Hector spürte den Schmerz, der in dieser Frage mitschwang.

»Nein, überhaupt nicht, ich glaube es ganz ernsthaft. Ich weiß, dass du immer versucht hast, nichts Schlimmes anzurichten.«

»Danke, mein Freund. Ich gebe ja zu, dass es mir nicht immer gelungen ist …«

Hector fand, dass Brice nicht der Klischeevorstellung entsprach, wonach Männer, die zu Prostituierten gehen, auf normalem Wege keine Frau erobern können. Er spürte, dass Brice immer noch die Selbstsicherheit des Verführers besaß, und auch seine witzige Art und seine schönen blauen Augen waren noch wie früher. Und überhaupt hatte Hector im *Dolly Dolly* und auf der Straße vor den Bars so manchen durchaus vorzeigbaren Mann gesehen.

»Wenn man von Prostitution spricht«, sagte Brice, »dann ist immer das gemeint, was vor dem Liebemachen geschieht: Man zahlt, damit man nicht überzeugen muss. Aber nie das Danach: Man zahlt, damit man keine Schulden hinterlässt, vor allem keine Gefühlsschulden. Für einen Mann heißt Prostitution Sex ohne Schulden, was es in einer normalen Beziehung fast nicht gibt. Eine Frau zu bezahlen, ist das beste Mittel, sie nicht zu enttäuschen, ihr nichts vorzumachen, keine falschen Hoffnungen zu nähren – kurz und gut, keinen Schaden anzurichten!«

Hector spürte, dass Brice über diese Moraltheorie lange nachgedacht hatte und dass er Befriedigung und sogar Erleichterung empfand, wenn er sie Hector erläuterte, um sich damit vor den Augen eines Freundes, aber zugleich vor seinen eigenen Augen rechtfertigen zu können. Wie jeder (oder zumindest fast jeder) Mensch suchte Brice nach einer moralischen Rechtfertigung für sein Handeln. Immerhin ist man ja auch der Freund seiner selbst, und da wir schon wissen, dass es wichtig ist, was unsere Freunde von uns halten, versucht auch jeder, eine gute Meinung von sich selbst zu haben – außer den depressiven Menschen, denen genau das nicht mehr gelingt.

Sie schwiegen eine Weile. Ungeachtet aller Dinge, die Hector über Brice wusste, und trotz der Entdeckungen dieses Abends merkte er, dass er noch immer freundschaftliche Gefühle für Brice hegte. Nach Aristoteles konnte das keine tugendhafte Freundschaft sein, denn Brice wandelte ganz eindeutig nicht mehr auf dem Pfad der Tugend. Indem er aber versucht hatte, sich vor Hector und vor sich selbst zu rechtfertigen, hatte er bewiesen, dass er immer noch nach Tugend strebte. Hector sagte sich, dass er keine freundschaftlichen Gefühle für Brice mehr verspüren könnte, wenn dieser nichts von seinen Gewissensnöten gezeigt hätte, sondern mit sich und seinem Leben rundum zufrieden gewesen wäre.

Das brachte ihn auf einen neuen Gedanken zum Thema Freundschaft:

Beobachtung Nr. 11: Ein Freund ist jemand, der dich trotz deiner Schwächen mag.

Aber bis zu welchem Punkt ging das? Gab es da nicht Grenzen? Ab wann wurde Freundschaft unmöglich? Was sagte Aristoteles dazu? »Und ich selbst«, fragte sich Hector auch, »wo liegen eigentlich meine Schwächen?«

Letztendlich waren es gar nicht so völlig andere als bei Brice, außer dass Hector überzeugt war, dass es ihn all seiner Manneskraft berauben würde, wenn er für Liebe bezahlen sollte, und anders als sein Freund brauchte er auch nicht erst Scherereien mit der Justiz, um zu begreifen, dass die Lust auf Liebe falsche Hoffnungen nähren und Leid mit sich bringen kann, besonders wenn man wie ein »seriöser Mann« wirkt. Aber vor allem wusste Hector, dass es sein allergrößtes Glück war, Claras Liebe begegnet zu sein.

Hector musste an die Frau von Brice denken. Wie es bei großen Verführern, die eine allzu breite Auswahl haben, häufig vorkommt, hatte Brice nicht unbedingt die beste Wahl getroffen, auch wenn das keine Entschuldigung für all das sein konnte, was hinterher passiert war.

In diesem Augenblick hörte man Lek oder Nok nach Brice rufen.

Hector hatte den Eindruck, dass sein Freund im Halbdunkel anfing zu strahlen.

»Ich glaube, ich muss jetzt rüber«, sagte Brice, »entschuldigst du mich?«

Hector bricht auf

Valérie schlief, und ihr Gesicht war halb verdeckt von der goldenen Flut ihrer Haare. Sie lag auf dem mit weichem Leder bezogenen Sitz, der sich fast bis zur Waagerechten hinunterfahren ließ. Der riesengroße amerikanische Geländewagen war so komfortabel wie ein Wohnzimmer, und Hector hatte den Eindruck, auf einem Luftkissen über die Autobahn zu rauschen.

Der Chauffeur ließ den Wagen mit hoher Geschwindigkeit dahinflitzen und überholte die anderen Autos so schnell, dass es an ein Computerspiel erinnerte. Hector konnte aber nicht vergessen, dass sie noch immer den Gesetzen der Schwerkraft und der Kinetik unterworfen waren, und so hatte er darauf bestanden, dass sich auch Valérie anschnallte. Über dem Armaturenbrett thronte ein kleiner vergoldeter Buddha – der wohl gründlich genug festgeleimt war, dass er sich nicht lösen würde, wenn sich der Wagen überschlagen sollte.

Die Autobahn hatte keine Leitplanken, dafür aber ein kleines begrüntes Tal zwischen den beiden Richtungsfahrbahnen; sie erinnerte Hector an Amerika, außer dass man hier an Pagoden und Palmen vorbeifuhr und von Zeit zu Zeit an einer Gruppe jener seltsamen Zuckerhutberge, die aus den Reisfeldern aufstiegen wie der Kamm eines halb unter der Erde ruhenden Riesendrachen. Bucklige Kühe mit schön cremefarbenem Fell grasten an den Straßenrändern, und einmal sah Hector auch kurz einen Fischer, der im stillen Wasser eines Teiches sein Netz auswarf.

Die Lady wartete irgendwo im Norden auf ihn – aber vielleicht erwartete sie ihn gar nicht, sondern würde ihn zum Empfang wie eine wütende Katze anfauchen.

Als Hector nach seinem Abend mit Brice ins Hotel zurückgekehrt war, hatte er auf dem Anrufbeantworter eine Nachricht der Assistentin gefunden; sie bat ihn um Rückruf, egal, wie spät es sein würde. Nach dem nachmittäglichen Telefongespräch hatte sich die Lady wieder zu den Dreharbeiten eingefunden, wenn auch mit ein, zwei Stunden Verspätung, was den Kameramann rasend machte. Die Assistentin hatte Hector an die Produzentin weitergereicht, und die hatte ihm gesagt, dass sie ihn wirklich brauchten – sie würden alles so weit organisieren, dass er vorbeikommen könne, und natürlich werde er für seinen Aufwand entschädigt.

Hector hatte auf die Landkarte geschaut und festgestellt, dass sich der Drehort nahe der Grenze befand und auch nicht allzu weit entfernt von der Heimatprovinz jenes Stammes, bei dem Édouard wahrscheinlich lebte. Es schien eine gute Gelegenheit zu sein, dem Freund näher zu kommen. Was ihn allerdings beschäftigte, war die Tatsache, dass es sich um bergiges Dschungelgebiet handelte. Selbst ein gut trainierter Militärtrupp schaffte dort kaum, wie ihm Jean-Marcel erklärt hatte, mehr als zehn Kilometer am Tag, und Hector war vernünftig genug einzusehen, dass der dichte Dschungel für ihn selbst mehr oder weniger unpassierbar war. Édouard würde also unsichtbar bleiben, so lange er es wünschte.

Aber auf jeden Fall war dieser Hilferuf einer Patientin ein guter Grund, sich in den Landesnorden aufzumachen; er hatte auch Leutnant Ardanarinja über seine Pläne informiert, weil er hoffte, dass sie dann niemanden auf ihn ansetzen würde. Während ihres Telefonats machten sie keine Anspielung auf ihren Augenblick der Intimität auf der Terrasse des Grand Mandarinal.

»Passen Sie gut auf sich auf«, sagte sie schon wieder.

»Warum denn? Ich bin ja mit Freunden unterwegs.«

»Wir haben die Identität des Mannes geklärt, den Sie mir auf dem Foto gezeigt haben. Er ist kein sehr empfehlenswerter Bursche.«

»Und ich? Bin ich ein empfehlenswerter Bursche?«

»Sie können wohl nie ernst sein«, sagte Leutnant Ardanarinja mit einem Seufzer.

»Ich werde mir in Zukunft Mühe geben. Aber wenn ich ihm begegnen sollte, was mache ich dann?«

»Halten Sie ihn sich vom Leib, und gehen Sie niemals allein irgendwohin ...«

»Ich werde dort bestimmt nicht allein sein.«

Er spürte, wie sie zögerte, und schließlich fügte sie doch hinzu: »Dieser Mann arbeitet für die Leute, die von Ihrem Freund bestohlen wurden.« (Wie Sie selbst wahrscheinlich auch, dachte Hector.) »Bis vor Kurzem hat er zum Geheimdienst von einem dieser ehemaligen Ostblockstaaten gehört, die immer noch keine Demokratien geworden sind, aber selbst die konnten ihn nicht mehr gebrauchen.«

»War er ihnen nicht fies genug?«

»Im Gegenteil. Ein bisschen zu fies.«

Hector musste an dieses Gespräch denken, als er die Reisfelder, die unter einer blendend hellen Sonne lagen, an sich vorüberziehen sah. Es hatte sich nicht gerade beruhigend angehört, aber gleichzeitig schenkte er den Worten Leutnant Ardanarinjas nicht allzu viel Glauben. Vielleicht war der Mann ja ein echter Polizist, oder er arbeitete für die Bank, der Édouard das Geld geklaut hatte, und trat jedes Jahr zur Firmenweihnachtsfeier als Nikolaus auf.

»Schläft sie?«, fragte Brice leise. Er saß auf der Rückbank und hatte gerade selbst ein kleines Nickerchen gehalten – wenn man sich überlegte, wie er seine Nächte verbrachte, war es kein Wunder, dass er müde war.

Sie hatten sich am Tag nach dem Ausflug ins *Dolly Dolly* zum Mittagessen in einem Restaurant getroffen, das auf die Küche des Landes der Morgenstille spezialisiert war. Hector hatte es entdeckt und wollte Brice in die Kunst des Makgeolli-Trinkens einführen. Bei der Gelegenheit hatte er Brice erzählt, dass er zum Ort der Dreharbeiten der Lady aufbrechen würde, auch weil ihn das in Édouards Nähe bringen würde.

Als er seine therapeutische Beziehung zu der Lady erwähnt hatte, war auf Brice' Gesicht ein paar Augenblicke lang so etwas wie eine dunkle Wolke der Verärgerung aufgetaucht. Neid war kein schönes Gefühl, besonders zwischen Freunden nicht, und doch konnte Hector ihn verstehen. Brice war lange vor Hector ein Psychiater für Stars gewesen, und jetzt ... Dann hatte er fast ein wenig zu hastig angeboten, Hector zu begleiten.

»Es kann wirklich nicht schaden, zu zweit dort zu sein«, hatte er erklärt. »Wegen Édouard nicht und auch nicht wegen der Lady. Vielleicht kann ich dir ja helfen.«

»Valérie wird mich begleiten«, hatte Hector gesagt.

»Ähm ... dann natürlich nur, wenn sie einverstanden ist«, hatte Brice mit einer leicht schuldbewussten Miene entgegnet.

Sie war einverstanden gewesen. Hector war aber aufgefallen, dass die beiden nicht viel miteinander gesprochen hatten, als sie am Morgen in seinem Hotel eingetroffen waren – auch wenn sich Brice sichtlich bemüht hatte, besonders liebenswürdig zu Valérie zu sein.

»Habt ihr über mich geredet?«, fragte Valérie, die gerade aufgewacht war.

»Nein, Brice wollte nur wissen, ob du schläfst.«

»Wie rücksichtsvoll Brice doch ist«, sagte Valérie und lächelte dabei, als hätte sie gerade einen guten Witz gemacht.

Brice wollte etwas entgegnen, aber dann sagte er doch nichts.

»Glaubt ihr, dass sich Édouard freuen wird, uns zu sehen?«, fragte Hector.

»O ja, doch«, meinte Brice, »unser lieber Édouard.«

»Ich freue mich auf jeden Fall!«, rief Valérie.

Brice und Valérie hatten sich nicht davon abbringen lassen, ihn zu begleiten, obwohl er ihnen von Leutnant Ardanarinja und dem großen Schnauzbärtigen und auch von der Reaktion von Jean-Michel und Jean-Marcel erzählt hatte. Auch ihnen war aufgefallen, dass Édouard auf dem Foto sehr verändert wirkte und dass es sicherlich dringend notwendig war, sich um ihn zu kümmern.

»Dann werden wir wieder zusammen sein wie früher«, meinte Valérie, und Hector dachte an seine *Beobachtung Nr. 2:*

Ein wahrer Freund ist bereit, Opfer für dich zu bringen oder sich deinetwegen sogar in Gefahr zu begeben.

Als er das aufgeschrieben hatte, hatte er sich gesagt, dass dieser Punkt, der vielen Menschen so wichtig war, wenn sie Freundschaft definieren wollten, für ihn selbst glücklicherweise noch nie aktuell geworden war; er hatte über die üblichen Sorgen und Bekümmernisse des Daseins hinaus noch nie einen richtig schlimmen Schicksalsschlag einstecken müssen. Er hoffte, dass ihm und seiner kleinen Familie auch weiterhin jede Tragödie erspart bleiben würde, und richtete sicherheitshalber ein stilles Gebet an das Götterbild auf dem Armaturenbrett.

Dann musste er wieder daran denken, wie verkniffen Brice dreingeschaut hatte, als er ihm von der Lady berichtet hatte. Der erste Impuls des Neides – und überhaupt aller Emotionen: Zorn, Freude, Traurigkeit – lässt sich nicht kontrollieren, und man kann niemandem vorwerfen, so etwas zu verspüren. Es kam darauf an, was man aus den folgenden Sekunden machte, und Brice hatte dann vorgeschlagen, ihm zu helfen. Das brachte Hector auf die

Beobachtung Nr. 12: Ein Freund ist jemand, der sich nicht von seinem Neid beherrschen lässt.

Dann überlegte Hector noch, dass auf Jean-Michel und Valérie die *Beobachtung Nr. 9* aufs Schönste passte: *Einen wahren Freund betrübt dein Unglück so, wie ihn dein Glück erfreut.*

Hochzufrieden mit dieser Erkenntnis, entschlummerte er sanft und selig.

Hector im Land der Elefanten

Als er die Augen wieder aufschlug, hatten sie die Autobahn verlassen. Die Landstraße schlängelte sich um waldbedeckte Hügel, die allmählich von immer steileren Berggraten abgelöst wurden. Die Landschaft wurde archaisch: Holzhäuser auf Pfählen, Kinder, die im Schatten der Bäume an Bachufern badeten. Buckelige Kühe sah man jetzt nicht mehr, dafür aber steingraue Büffel. Hector erblickte seinen ersten Elefanten, der mit einem Mahut auf dem Nacken einen Waldsaum entlangwandelte. Man setzte die Elefanten hier ein, um Baumstämme aus dem Dschungel zu ziehen, denn an viele Stellen hätte kein Kraftwagen vordringen können. Als Hector dieses so intelligente Tier den Waldrand entlangtrotten sah, musste er daran denken, dass dessen Artgenossen auf der anderen Seite der Grenze dazu benutzt wurden, den eigenen Lebensraum zu zerstören.

»Auf einem Elefanten würde ich gern mal eine Runde drehen«, sagte Brice. »Das muss ein tolles Erlebnis sein!«

Hector wusste ja, dass Brice in der Kategorie »Offenheit für neue Erfahrungen« einen sehr hohen Wert erreichte – wahrscheinlich einen zu hohen, um lange als normaler Psychiater arbeiten zu können.

»Ja«, sagte Valérie, »ein Erlebnis ist es schon. Solange der Elefant sich in der Ebene fortbewegt, geht es ja noch, und selbst da schaukelt es schon tüchtig. Aber sobald es durch unwegsames Gelände geht, bekommst du es mit der Angst oder mit der Übelkeit zu tun.«

»Du hast wirklich einen spannenden Beruf«, meinte Brice.

»Ja, gewiss, aber es wäre schön, wenn ich auch davon leben könnte.«

»Das ließe sich doch leicht erreichen«, sagte Brice. »Du

müsstest die Leute einfach davon überzeugen, dass die Dinge, die du so auftreibst, außerordentlich kostbar sind. Ich sage bewusst nicht, dass du auch anfangen sollst, sie so billig wie möglich einzukaufen, denn ich weiß, dass du das nicht könntest.«

»Als Psychiater bist du gar nicht so schlecht«, sagte Valérie.

»Ach, ich weiß nicht – aber ich glaube, dass ich kein schlechter Geschäftsmann wäre.«

Hector freute sich über dieses Gespräch, denn es schien ihm eine Versöhnung zu bedeuten. Man hatte ihn nicht groß aufklären müssen, damit er erriet, was wohl zwischen Brice und Valérie vorgefallen war. Wahrscheinlich hatte Brice auch sie überzeugt, dass sie die Einzige sei … Und es hatte funktioniert, bis Valérie gemerkt hatte, dass sie lediglich die Einzige war, die keine Nummer trug.

Und plötzlich konnte man zwischen all dem Blattwerk auch Dächer aus Blattwerk ausmachen und dann Hunderte von Häusern, die eng aneinandergedrängt standen und die Hügel links und rechts der Straße überzogen.

»Das Flüchtlingslager«, sagte Valérie.

Sie erklärte ihnen, dass das Lager nun schon über zwanzig Jahre bestand und noch immer wuchs, denn jedes Mal, wenn auf der anderen Seite der Grenze die offizielle Armee und die Befreiungsarmee ihren Krieg neu aufleben ließen, kamen wieder Menschen über die Berge herbeigeströmt. Es war genau das Flüchtlingslager, das die Lady besucht hatte, und schon am nächsten Tag hatten alle Zeitungen der Welt Fotos von diesem Besuch abgedruckt: Die Lady wirkte sehr elegant in ihrem beigefarbenen Safarikostüm; sie kniete hinter einer reizenden Gruppe aus lachenden kleinen Kindern und schien sie alle in die Arme schließen zu wollen. Hector kannte sie gut genug, um zu wissen, dass sich hinter ihrem mechanischen Lächeln echte Gefühle verbargen.

»Bald ankommen«, sagte der Chauffeur mit einem Akzent, an den sie sich inzwischen gewöhnt hatten. Er steuerte eine schmale Straße an, die um das Lager herumführte und dann im Wald verschwand. Die niedrig stehende Sonne warf lange

Strahlen zwischen die Bäume, und Hector fand, dass Licht und Schatten so rasch aufeinanderfolgten wie unsere Lebensjahre, wenn wir erst einmal die vierzig überschritten haben. Plötzlich bekam er große Lust, Clara anzurufen, aber man hatte hier kein Netz. Sie fuhren jetzt auf einer Piste, die breit genug gewesen wäre für einen LKW – oder für zwei Elefanten nebeneinander.

Valérie schaute sich die Gegend interessiert an. »In der Regenzeit wird das unpassierbar«, sagte sie. »Dann wird hier alles zu Schlamm.«

»Aber was machen dann die Einheimischen?«

»Sie gehen zu Fuß, manchmal fahren sie auch mit dem Mofa. Ich kann dir verraten, dass man nicht gerade sauber ankommt.«

»Und wann beginnt die Regenzeit?«

»Ziemlich bald«, sagte Valérie. »In nicht einmal zwei Wochen dürfte es die ersten großen Regenfälle geben.«

Hector verstand nun die Sorgen der Filmproduzenten. Hatte die Regenzeit erst einmal so richtig eingesetzt, würden die Dreharbeiten unmöglich werden; es war ein Wettlauf zwischen der Großwetterlage und dem innerlichen Wetter der Lady, und Letzteres war womöglich noch schwerer vorherzusagen.

Die Piste schien nicht enden zu wollen, und die Landschaft wurde immer gebirgiger.

»Auf jeden Fall werden wir eine schöne Reise gemacht haben!« Valérie klang ganz fröhlich.

Valéries Begeisterung übertrug sich auf die beiden, und Hector sagte sich, dass man immer zuerst an die traurigen Emotionen dachte, wenn man vom Mitgefühl sprach, von der Empathie, welche zwei Freunde füreinander hegen müssen. Aber darüber sollten wir nicht vergessen, auch das Glück unserer Freunde mitzufühlen oder sie durch unsere Freude froh zu machen!

Beobachtung Nr. 13: Ein wahrer Freund wird nicht nur deinen Kummer teilen wollen, sondern auch deine Freuden.

Hector überquert einen Fluss

Mit einer Kirche hatten sie hier nicht gerechnet. Natürlich war sie aus dunklem Holz und stand ebenso auf Pfählen wie die anderen Gebäude des Dorfes, aber ihr kleiner Glockenturm, der von einem Kreuz überragt wurde, ließ keinen Zweifel. Die Kirche stand genau an der Flanke des Hügels und dominierte die anderen Häuser, die sich bis zu dem kleinen Fluss hinabzogen, den Hector und seine Freunde gerade an einer Furt voller Kieselsteine überquert hatten. Die Sonne war verschwunden, und Hector fragte sich, ob diese Furt, wenn es jetzt zu regnen begänne, noch passierbar wäre.

Der Chauffeur parkte den Wagen auf einer Fläche, die der Dorfplatz zu sein schien – ein flacher, mit roter Erde bedeckter Felsvorsprung über dem Fluss. Das ganze Dorf war geprägt von den Steilufern links und rechts dieses Flusses, hohen baumbestandenen Klippen. Das Flusstal wirkte wie ein riesengroßer und wunderbarer grüner Graben, der einem aber zugleich ein wenig Furcht einflößte, weil er so aussah, als könnte er sich eines Tages wieder schließen.

Zwei Kinder tauchten auf; der kleine Junge war mit einer Art schwarz und rot gestreiftem Poncho bekleidet, während der Poncho des Mädchens aus weißen und rosa Fäden gewebt war. Als Hector die Tür des Geländewagens öffnete, blieben die Kinder abrupt stehen, als wüssten sie nicht, ob sie näher kommen oder lieber wegrennen sollten.

»Sind die nicht niedlich!«, sagte Valérie, und sie klang so wie viele Frauen, die sehr gute Mütter wären, aber keine eigenen Kinder haben.

Hector entgegnete darauf nichts, denn kaum war er ausgestiegen, war die Hitze auf ihn herabgeknallt wie eine heiße Marmorsäule, die ihn fast in den Boden gerammt hätte. Brice war das Klima dieses Landes gewohnt, aber auch ihm schien die Hitze einen Stoß versetzt zu haben, und sein Gesicht hatte sich mit Schweiß überzogen.

Der Chauffeur lud geschwind das Gepäck aus, sprang mit einem Satz wieder ins Auto und durchquerte von Neuem die Furt, und zwar so rasant, dass ein hoher Wasserschwall aufspritzte und die Kinder zum Lachen brachte. Dann stellte er den Wagen am gegenüberliegenden Ufer ab. Auch er hatte an ein mögliches Ansteigen des Flusspegels gedacht.

Unter den Pfahlbauten erblickte Hector viele andere Kinder, welche die Neuankömmlinge beobachteten. Gab es denn nur Kinder in diesem Dorf? Aber nein, jetzt sah er, dass auch Erwachsene unter ihnen waren. Alle Männer trugen die typischen Männerfarben und alle Frauen die Frauenfarben. Ein barfüßiger Mann lächelte ihnen zu und grüßte sie mit gefalteten Händen; dann kam er zu ihnen herüber, um ihnen auf europäische Weise die Hand zu schütteln. Alle anderen folgten ihm, und plötzlich hatten Hector und seine Freunde jede Menge Begrüßungen zu erwidern und jede Menge Hände zu schütteln, als wären sie Politiker auf einer Wahlkampftour. Allerdings war ihre Freude aufrichtig, denn sie spürten die gute Laune und die Gastfreundschaft der K'rarang die ihnen alle zulächelten – die Ältesten mit ihren vom Betelkauen schwärzlich rot verfärbten Mündern, die Kinder mit ihren reizenden Zähnchen. Die kleinen Mädchen hatten alle den gleichen kantigen Haarschnitt, der ihnen das Aussehen von Schülerinnen eines teuren Internats verlieh, und dieser Eindruck verstärkte sich noch, als sie zum Gruß nicht nur die Hände falteten, sondern auch einen graziösen Knicks machten – kleine Prinzessinnen an einem Hof voller Barfüßiger.

»Sie sollten dort nicht stehen bleiben. Die Sonne brennt selbst durch die Wolken hindurch.« Ein Europäer in kurzärmligem Hemd und Hose hatte das zu ihnen gesagt. Er war ungefähr in ihrem Alter, und die Hitze schien ihm gar nichts auszumachen; vielleicht lag es an seiner gesunden Magerkeit. Mit seinem langen Gesicht, seinen hohlen Wangen und den leuchtenden grauen Augen unter sonnengebleichten Brauen ähnelte er ein wenig einem Mystiker, der gleich etwas weissagen wird, aber sobald er sprach, verscheuchte die Schlichtheit seiner Stimme diesen Eindruck. Und als hätten sie nur auf sein Zeichen gewartet, kamen die Kinder jetzt etwas näher, wahrten aber immer noch einen gewissen Abstand.

»Sie sind noch ein bisschen scheu«, meinte der Mann. »Sie sind es nicht gewohnt, so viele Fremde zu sehen. Auch wenn sich durch den Film natürlich …« Und er erklärte ihnen, dass das Filmteam auf einer Lichtung jenseits des Hügels ein Zeltlager aufgeschlagen hatte.

»Sie wollten auch Leute im Dorf unterbringen, und ich habe ein bisschen kämpfen müssen …« – er lächelte –, »um ihnen klarzumachen, dass die Menschen hier eine gewisse Ungestörtheit lieben. Eigentlich habe ich ihnen nur den Wunsch des Dorfrats ausgerichtet, ich bin ja hier nicht der Chef, sondern nur der Pfarrer. Pater Jean.«

»Leben Sie schon lange hier, Hochwürden?«, fragte Valérie.

Aus der Ungezwungenheit, mit der sie das »Hochwürden« über die Lippen brachte, schloss Hector, dass Valérie ihren Glauben praktizierte.

»Fünf Jahre sind es inzwischen. Der frühere Pfarrer, Pater Robert, war gerade gestorben. Er hatte hier 32 Jahre lang gewirkt, und die Leute schienen ganz verloren.«

»Hatte er einen Unfall?«

»Nein, ein tückisches Fieber. Er ist schon auf dem Weg ins Krankenhaus gestorben. Er war 78 Jahre alt.«

»Malaria?«

»Man hat es nicht herausfinden können. Wissen Sie, es gibt hier so viele Viren …«

Als sie sich einem Haus näherten, erblickte Hector das an einem Pfahl befestigte Foto eines Mannes, der einen sanften und gelassenen Gesichtsausdruck hatte und eine altmodische Brille trug. Auf einem kleinen Altar, der aus einem senkrecht aufgestellten Rundholz gemacht war, brannte eine Kerze aus rotem Wachs: Pater Robert.

Sie stiegen eine Treppe hoch und gelangten ins Wohnzimmer von Pater Jean, einen Raum, der die vordere Hälfte des

113

Hauses bildete und zu den Seiten hin offene Fenster hatte. Mit einer vorsichtigen Bewegung schaltete der Pater einen alten Ventilator ein, der hin und her schwenkte und die Luft im Zimmer durchwirbelte. Jedes Mal, wenn er sich von ihm wegdrehte, wartete Hector schon sehnsüchtig auf die Rückkehr des Luftzugs. Der Strom kam von einer kleinen Turbine, die man im Fluss installiert hatte. Das Zimmer war ganz karg eingerichtet, es gab nur einen Stapel Rechnungen und ein paar Schulhefte auf einem Tisch aus schlichtem, rohem Holz, und an der Wand hing neben einem einfachen Kreuz das Foto einer Gruppe von Menschen, die vor einer kleinen Kirche standen und in die Kamera lächelten, während man im Hintergrund schneebedeckte Berge sehen konnte, die Hector an die Schweiz (und ihre kühle Luft) erinnerten. Eine Gruppe Missionspriester vor ihrer Entsendung in die weite Welt? Ein jüngerer Pater Jean stand lächelnd in ihrer Mitte.

Als der Pater merkte, dass Hector auf das Foto schaute, sagte er: »Das sind Kollegen von früher – Geologen.«

»Geologen und Priester zugleich?«

»Nein, das war, bevor ich Priester geworden bin.«

Und er erklärte Hector, dass die meisten Missionare schon ein anderes Leben hinter sich hatten, wenn sie sich für diese Laufbahn entschieden. Hector fand, dass dies ein guter Weg war: Wer sich dann verpflichtete, wusste wenigstens, worauf er verzichtete.

»Es trifft sich gut, dass Sie gerade heute ankommen«, sagte Pater Jean. »Ich bin nicht immer hier. Oft werde ich auch in andere Dörfer gerufen.«

»Weshalb ruft man Sie dorthin?«, wollte Brice wissen.

»Zu Messen, Hochzeiten, Beerdigungen – und auch, damit ich den Segen spreche, wenn sie ein Haus bauen. Und natürlich zur Beichte …«

Pater Jean führte das Leben eines Landpfarrers, nur dass er ein paar Dörfer zu viel zu betreuen hatte, die Wege während der Regenzeit nicht befahrbar waren und natürlich überall die Malaria und andere mysteriöse Viren lauerten, von denen man nur hoffen konnte, dass sie den Dschungel niemals verließen. Und er musste wohl manchmal einsam sein, dachte Hector.

»Hier findet man noch den ursprünglichen Glauben«, sagte Pater Jean. »Es ist ein großes Privileg, in dieser Gegend Pfarrer zu sein.« Und es klang, als würde das schon vollauf erklären, weshalb er so weit entfernt von seinem Heimatland lebte.

»Haben Sie dieses Dorf zum Christentum bekehrt?«

»Aber nein, ganz und gar nicht«, meinte Pater Jean, als hätte Brice gerade etwas sehr Amüsantes gesagt. »Diese Dörfer sind schon lange vor meiner Ankunft christlich geworden, sogar schon vor der Ankunft von Pater Robert. Manchmal möchten sich uns noch andere Dörfer anschließen, aber wir streben nicht aktiv danach. Es sind die animistischen Dörfer, die konvertieren wollen. Die buddhistischen Dörfer bleiben buddhistisch. Wir haben exzellente Beziehungen zu den Mönchen und auch zu den protestantischen Dörfern.«

»Aber warum wollen die Dörfer zum Christentum übertreten?«, fragte Valérie.

»Sie beobachten, wie das Leben bei uns läuft«, sagte Pater Jean mit einem Lächeln. »Es gibt viele Gründe, aber das ist ein weites Feld …«

»Und wenn Sie Lust auf etwas Abwechslung haben?«, fragte Brice.

»Natürlich kommt das vor. Manchmal würde ich gern mit Landsleuten bei einer Flasche Rotwein über alles Mögliche reden. Vor allem abends … Aber auch das geht vorüber. Wissen Sie, all diese sehr natürlichen Wünsche verblassen, wenn man eine Mission hat.« Und dabei schaute er Brice ruhig und eindringlich an.

»Diese Erfahrung habe ich nicht gemacht«, sagte Brice.

»Vielleicht haben Sie noch nicht herausgefunden, was Ihre Mission ist?«

»Oder ich habe sie nicht erkannt, als ich sie vor Augen hatte.«

»Das ist möglich. Wir sind oftmals blind – gegenüber unseren Mitmenschen, aber auch gegenüber uns selbst.«

»Ich glaube, ich bin es gewesen«, sagte Brice.

Hector konnte kaum glauben, welche Wendung das Gespräch genommen hatte, und dabei kannten sich Pater Jean und Brice erst seit wenigen Minuten. Aber da wandte sich der Pater ihm selbst zu: »Ich muss heute noch in ein anderes Dorf. Dort liegt jemand im Sterben ...«

Er führte Hector auf den Balkon. Weil es keine Fensterscheiben gab, änderte es nichts daran, dass Brice und Valérie das Gespräch mithören konnten, aber den Pater schien das wenig zu kümmern. »Wie Sie vielleicht wissen, habe ich bei den Filmleuten nur eine Ausnahme gemacht.«

Sie schauten beide auf ein Haus, das ziemlich weit oben am Hang lag, im Schatten einer riesigen Banyan-Feige, die es mit ihren Luftwurzeln zu umfassen schien. Auf dem Balkon war ein eleganter Safarianzug zum Trocknen aufgehängt.

»Sie leidet sehr«, sagte Pater Jean.

Hector geht in die Schule

Die Lady litt gewiss sehr, aber die Hitze schien ihr nichts auszumachen. Ohne Make-up, in einer Art von langem Polohemd oder sehr kurzem Kleid, das so ziemlich alles von ihren unwirklich weißen Beinen sehen ließ, lief sie im Zimmer hin und her, um Tee zu kochen. Hector hatte sich auf einen Schemel gesetzt, gleich neben dem Ventilator, den sie bei seiner Ankunft eingeschaltet hatte. Das Haus wirkte größer als das von Pater Jean (immerhin war sie ja die Lady), aber es bestand auch aus zwei Zimmern – der Wohnstube, deren hölzerner Balkon auf den Fluss hinausging, und einem Schlafraum, in den Hector durch die halb offene Tür spähen konnte und der zur bewaldeten Bergflanke hin lag. Auf dem niedrigen Bett, das eigentlich mehr ein Stück Fußboden auf Beinen war und auch keine richtige Matratze hatte, sah er ein ziemliches Durcheinander von Unterwäsche und ungebügelten Kleidungsstücken.

»Die kleinen Alltagspflichten helfen mir durchzuhalten«, sagte die Lady, als sie die Teekanne brachte. »Von den Wohnwagen auf dem Set habe ich die Nase voll, die sind wie ein Hotel, bloß ein paar Sterne schlechter.«

Sie setzte sich ihm gegenüber auf eine Matte, wobei sie die Beine auf asiatische Weise kreuzte, und Hector musste sich zusammenreißen, um nicht auf ihren Slip zu starren, dessen Weiße wie ein Symbol jener Reinheit war, die die Lady wiederzufinden suchte. In einer Ecke des Zimmers bemerkte Hector eine zusammengefaltete Decke auf einer zweiten Schlafstätte.

»Meine Assistentin«, sagte die Lady. »Ihr gefällt das Leben hier auch. Außerdem ist sie sehr katholisch.«

Hector erinnerte sich, dass die Assistentin von den Philippinen stammte. Sie musste außergewöhnlich ausdauernd sein

oder außerordentlich verständnisvoll, um all die Stimmungsumschwünge der Lady zu ertragen. Wenn Hector daran
dachte, wie aggressiv die Lady ihm gegenüber manchmal
war, wollte er sich lieber nicht vorstellen, wie sie in schlechten
Momenten mit einer Assistentin umsprang.

Sie begannen so etwas wie eine Sitzung, nur dass die Ver-
hältnisse irgendwie auf dem Kopf standen. Diesmal war Hector zur Lady gekommen und nicht umgekehrt, und wenn sie
den Ventilator in seine Richtung drehte, schien sie ihm damit
besondere Huld zu erweisen. Die unprofessionelle Situation
löste bei Hector ein gewisses Unbehagen aus.

»Haben Sie Pater Jean schon getroffen?«, fragte sie.

»Ja, aber er ist gerade wieder abgefahren.«

»Ein wunderbarer Mann!«, sagte die Lady mit leuchtenden
Augen. »Er versteht einfach alles.«

Hector befürchtete, dass diese Anhimmelungsphase von
einer anderen abgelöst werden würde, die ebenso heftig war,
aber in die entgegengesetzte Richtung ausschlug.

»Wie können Sie eigentlich überhaupt den Anspruch erheben, den Leuten zu helfen, ohne sie zum Glauben aufzufordern?«

»Das ist nicht mein Metier«, sagte Hector. »Dafür gibt es
Pater Jean und seinesgleichen. Wir teilen uns die Arbeit.«

»Das ist doch absurd!«, sagte die Lady entrüstet.

»Moment mal ... Inwiefern kann Ihr Glauben Ihnen helfen?«

»Aber ich weiß doch gar nicht, ob ich einen Glauben habe!«

»Haben Sie nicht eben noch gesagt, dass Pater Jean ...«

»In seiner Gegenwart glaube ich, dass ich glaube ... Aber
bei Ihnen ...« Und sie musterte Hector mit einem zweifelnden
Blick.

Hector beschloss, dieses heikle Thema schnell zu verlassen
und lieber zu den aktuellen Problemen zu kommen. »Wie geht
es Ihnen, seit wir am Telefon miteinander gesprochen haben?«

»Hier im Dorf geht es mir besser, hier erwartet niemand
etwas von mir. Die Kinder freuen sich einfach, wenn ich sie
besuchen komme; sie wissen nicht mal, dass ich berühmt bin;

das Fernsehen ist noch nicht bis in dieses Dorf vorgedrungen. Außerdem habe ich in diesem Haus meine Ruhe – und zugleich fühle ich mich auch nie allein.«

Durch das Fenster konnte Hector sehen, wie die Dorfbewohner ihrem Alltag nachgingen: Sie holten Wasser, wuschen ihre Kleider, legten im Fluss Reusen aus oder ernteten an den Abhängen den letzten Bergreis. Es stimmte schon, in diesem Dorf konnte man allein sein, ohne sich allein zu fühlen. Hector hatte auch neben der Schlafdecke der Assistentin jene Zeitschrift gesehen, auf deren Titelseite die Lady den reizenden kleinen Kindern gerade die Arme entgegenstreckte.

»Aber sobald ich wieder bei den Dreharbeiten bin, wird es schauderhaft. Die Erwartungen an mich sind viel zu hoch. Ich hasse die Rolle inzwischen.«

Hector hatte noch im Ohr, wie enthusiastisch es geklungen hatte, als die Lady ihm zum ersten Mal von dieser Rolle erzählt hatte.

»Aber jetzt muss ich gleich in die Schule«, sagte sie plötzlich. »Kommen Sie doch mit, und schauen Sie sich das mal an.«

Sie verzog sich ins Schlafzimmer, um sich eine Jeans anzuziehen, und damit war Hector endlich klar, was sie die ganze Zeit über getragen hatte: kein ultrakurzes Kleid, sondern ein ultralanges Polohemd.

Das Klassenzimmer befand sich in einem etwas größeren Haus, das weiter oben am Hang lag. Auf der Schwelle wurden sie von zwei jungen Frauen mit langen Zöpfen erwartet. Sie waren ein paar Jahre auf das Gymnasium jener Region gegangen und hatten jetzt die Rolle von Grundschullehrerinnen übernommen und brachten den Kindern bei, in ihrer eigenen Sprache zu schreiben, außerdem in der Landessprache, die eine ganz andere Schrift hatte. Und auch ein wenig Englisch lernten sie, wobei die Ankunft der Lady den Unterricht bereichert hatte: Jetzt lernten sie singend Englisch.

Die Kinder, etwa dreißig Mädchen und Jungen zwischen fünf und zwölf Jahren, saßen still und brav da, und ihre kleinen braunen Gesichter waren angespannt vor Aufmerksamkeit, wenn sie auf die Lady und Hector schauten. Aber sobald die Lady eine Melodie zu summen begann, lächelten alle so sehr, dass es den Raum erhellte – es war für sie jedes Mal wie ein Wunder.

»Old MacDonald had a farm …«

»Old MacDonald had a farm«, antworteten die kleinen Stimmen beglückt, und die beiden jungen Frauen schrieben den Text des Liedes an die Tafel.

Hector beobachtete die Lady. Sie hatte ein leichtes Lächeln auf den Lippen und blickte mal ins Leere, mal auf die Kinder, um sie zum Singen zu ermuntern. Man hatte den Eindruck, dass sie einen Glückszustand erreicht hatte, den sie nicht mehr verlassen wollte.

Die Kinder wussten natürlich nicht so genau, wer sie war, aber schließlich war sie nicht umsonst ein Star – selbst hier, wenn sie in einem Klassenzimmer mit Bretterwänden mitten im Dschungel ein Kinderlied sang, rührte sie etwas auf, das die Luft im ganzen Raum zum Flimmern brachte.

Hector trinkt ein Glas Wein mit Freunden, Buddha und dem heiligen Thomas von Aquin

Beim Abendessen saßen sie alle mit Pater Jean zusammen – außer der Lady, die eine Nachtszene drehen musste. Ihre Abwesenheit konnte man spüren, ganz als hätte sie die Fähigkeit, ein Vakuum zurückzulassen, das die Gedanken automatisch wieder auf sie lenkte. Der Generator war für Hector und seine Freunde angeworfen worden, und während das übrige Dorf schon lange schlief, erhellte eine schwache Glühbirne ihren Tisch. Die K'rarangfrauen hatten ihnen Salate aus exotischen Gemüsesorten zubereitet, dazu eine Menge Reis und eine Art Wildragout. Pater Jean erklärte, dass es sich um Fleisch von einer Hirschkuh handele, eine Speise, mit der die Gäste geehrt werden sollten, denn meistens kamen die Jäger eher mit Eichhörnchen nach Hause oder sogar mit Ratten. Hector und seine Freunde hatten aus der Stadt der Engel ein paar Flaschen kalifornischen Shiraz mitgebracht, deren Anblick Pater Jean sehr erfreute.

»Sehen Sie«, sagte er, »heute Abend darf ich der Versuchung endlich mal nachgeben. Eine Flasche Rotwein und Freunde, die meine Muttersprache sprechen.«

Brice wirkte befangen, als fürchtete er sich vor einem weiteren tiefschürfenden Gespräch mit Pater Jean. Valérie hingegen schien ganz in ihrem Element zu sein: Sie hatte den Nachmittag damit verbracht, mit den K'rarangfrauen zu sprechen, denn auch wenn sie deren Sprache nicht richtig konnte, so beherrschte sie doch eine verwandte, und überhaupt lernte sie schnell dazu.

Hector fühlte sich wohl; er glaubte sich endlich an die Hitze gewöhnt zu haben – bis das erste halbe Glas Shiraz ihm den Schweiß aus allen Poren trieb.

Pater Jean fragte Valérie, welchen Eindruck sie vom Dorf habe. Er wusste, dass sie auch andere Dörfer kannte, in denen die Leute unter ähnlichen Umständen lebten.

»Die Frauen wirken ziemlich glücklich auf mich«, sagte sie. »Natürlich ist es eine Subsistenzwirtschaft, aber anscheinend stellt sie alle einigermaßen zufrieden.«

»Genau«, sagte Pater Jean. »Ihre Lebensumstände haben sich sehr verbessert. Wenn sie krank sind, können sie in die Ambulanz unserer Region gehen und dort sogar ihre Babys zur Welt bringen. Durch die Schule, die wir hier eingerichtet haben, erhalten ihre Kinder ein wenig Bildung. Und auf dieser Seite der Grenze haben sie auch das Gefühl, in Sicherheit zu sein.«

»Gesundheit und Sicherheit«, sagte Hector, »das sind die beiden Grundzutaten des Glücks, vor allem wenn man schon das Gegenteil erlebt hat.«

»Natürlich sind sie immer noch sehr arm«, meinte Valérie. »Für das ganze Dorf gibt es nur zwei Mobiltelefone, und um Empfang zu haben, muss man zwanzig Kilometer zurücklegen.«

»Dank eines großzügigen Spenders konnten wir uns gerade ein Satellitentelefon anschaffen«, sagte Pater Jean, »aber der Betrieb ist sehr teuer, und so benutzen wir es nur im Notfall.«

»Die Leute hier haben also keinen Zugang zu Konsumgütern?«, fragte Brice.

»Nein«, antwortete Pater Jean, »fast keinen. Die Entfernung, über die man die Waren heranschaffen müsste, die Kosten … Sie träumen auch noch nicht so sehr vom Konsum, sie haben ja kein Fernsehen. Aber das wird nicht ewig so bleiben …«

»Ein Leben nach Epikur«, meinte Hector. »Natürliche und notwendige Vergnügungen – Freundschaft, Familie, ausreichend Nahrung und die Schönheit der Natur.«

»Mit einem Unterschied«, sagte Pater Jean. »Epikur und seine Freunde hatten ihre Hausssklaven, während hier jedermann den ganzen Tag arbeitet. Bauen Sie mal Reis an einer Bergflanke an …«

»Aber wird sich das nicht alles bald ändern?«, fragte Valérie.

»Natürlich. Wir versuchen ihnen zu helfen, sich auf diese Veränderung vorzubereiten. Sie sollen gewappnet sein für das Leben in der Stadt. Aber im Moment ist es noch so, dass selbst die jungen Leute, die zum Studieren oder Arbeiten in die Stadt gehen, alle wieder zurückkehren, um hier zu heiraten und im Dorf zu leben. Anfangs hat mich das erstaunt. Noch haben die Menschen hier *sentosa*.«

»*Sentosa?*«

»Eine der buddhistischen Tugenden«, sagte Valérie. »Die Zufriedenheit mit dem, was man hat.«

»Ja«, sagte Hector, »und Fernsehen und Werbung sind für nichts anderes geschaffen, als in uns das Verlangen nach Sachen zu wecken, die wir nicht haben.«

»Meine lieben Freunde«, bemerkte Brice, »die gesamte Weltwirtschaft beruht auf dem Gegenteil von *sentosa*!«

»Also indem man den Leuten einredet, dass sie mit einem neuen Handy glücklicher wären – und erst recht, wenn sie es früher als die Nachbarn haben?«, fragte Valérie.

»Genau.«

»Hier teilen die Menschen noch alles«, sagte Pater Jean. »Fürs Erste sind sie noch geschützt. Wer in die Stadt geht, kehrt nicht allzu verändert zurück. Bisher jedenfalls … Möchten Sie noch ein wenig?«, fragte er Brice, der auf das Ragout gestarrt, aber nicht gewagt hatte, sich die letzte Portion zu nehmen.

Hector sagte sich, dass Pater Jean bestimmt eigene Ansichten über die Freundschaft und über den heiligen Thomas von Aquin hatte. Er wollte das Thema gerade anschneiden, als Valérie das Foto von Édouard hervorholte und vor Pater Jean auf den Tisch legte.

»O Barmherzigkeit!«, sagte Pater Jean.

»Finden Sie auch, dass unser Freund krank aussieht?«

»Ich weiß nicht. Vielleicht muss man das sein, um ausgerechnet dorthin zu gehen.«

»Sind das Varak?«, wollte Valérie wissen.

»Ja. Kennen Sie die?«

»Nein. Ich hatte zwar schon Kunstgegenstände von ihnen in der Hand, aber selbst bin ich nie dorthin gereist.«

»Die Varak sind ein Volk von Kriegern«, sagte Pater Jean. »Die K'rarang haben Angst vor ihnen. Eigentlich haben alle Angst vor ihnen, selbst die Generäle der Regierung dort jenseits der Grenze. Im Grunde bilden sie einen kleinen Staat für sich, und die nationale Armee setzt ihren Fuß nicht in diese Region. Sie haben lieber Abkommen mit ihnen ausgehandelt.«

Was für eine exzellente Idee, sich bei Leuten zu verstecken, die aller Welt Angst machen, dachte Hector. Édouard war wirklich noch genauso verrückt und genauso intelligent wie früher. Seine eigenen Fragen zum heiligen Thomas von Aquin blieben wohl bis auf Weiteres unbeantwortet. Aber nach dem Essen konnte Hector dank des Satellitentelefons eine Mail von Clara lesen.

Mein Liebster,
Du hast kürzlich erwähnt, dass Du Dich mit jemandem über den heiligen Thomas von Aquin unterhalten hast. Ich hab mein Abiturwissen wieder hervorgekramt, und es stimmt, er hat wirklich über die Freundschaft geschrieben. Ich hab noch mal nachgelesen; die Passagen über die Freundschaft stecken in seinen Schriften über die caritas, *die zusammen mit dem Glauben und der Hoffnung eine der drei christlichen Kerntugenden ist. (Entschuldige, dass ich hier so doziere, aber ich weiß doch, dass Du dieser Materie eher fernstehst.) Die* caritas *bezeichnet im Grunde die Liebe zu Gott und auch die Liebe zum Nächsten, und um es auf einen Nenner zu bringen: Wir alle sind die Freunde Gottes. Das ist ziemlich schwer zu erklären, also gehe ich jetzt lieber ins Bett.*

Gottes Freund, dachte Hector – das würde Roger bestimmt gefallen.

Hector kann nicht schlafen

In der Dunkelheit des Schlafraums erklärte Brice Hector, weshalb die Lady seiner Ansicht nach eine heftige bipolare Störung hatte, die einzige Erklärung für ihre plötzlichen und schnell aufeinanderfolgenden Stimmungsumschwünge.

Brice wollte gern mit zu den Dreharbeiten kommen, er wollte die Lady unbedingt kennenlernen. Hector spürte, dass es seinen Freund an sein früheres Leben erinnerte, als er der Psychiater der Berühmtheiten gewesen war und man ihn zu Premieren eingeladen hatte, weil die Leute aus der Filmbranche bei ihm in Behandlung waren.

»Nach dem, was du mir erzählt hast, hat sie sogar eine bipolare Störung mit Rapid-Cycling-Verlauf«, sagte Brice, »und nicht bloß eine Persönlichkeitsstörung.«

Hector musste zugeben, dass dies eine ziemlich gute Idee war. Brice konnte immer noch exzellent diagnostizieren, sogar wenn er den Patienten nicht direkt erlebt hatte. Aber natürlich spürte Hector bei ihm auch einen so heftigen Wunsch, der Lady zu begegnen, dass er es beinahe bedrückend fand.

»Hör mal, ich werde ihr davon erzählen, dass du hier bist, und dann werden wir sehen, ob sie einverstanden ist.«

»Nimm mich doch einfach mit und stell mich ihr vor«, meinte Brice, »so ist es leichter.«

»Ich finde das ein bisschen aufdringlich«, sagte Hector.

»Aber ich bin sicher, dass ich ihr sofort gefallen würde.«

»Schon möglich. Weißt du, wir entscheiden das morgen.«

»Okay«, sagte Brice, und seine Stimme klang hoffnungsfroh.

Hector wäre gern eingeschlafen, aber man muss dazu sagen, dass sie beide auf dem Fußboden des Klassenzimmers lagen; man hatte die Tische und Stühle einfach an die Wände gerückt. Zwei oder drei übereinandergelegte Matten mussten als Matratze herhalten und ließen Hector das banale und deshalb zu selten beachtete Glück, auf einer richtigen Matratze schlafen zu dürfen, schmerzlich vermissen. Das Moskitonetz, das er sich vors Gesicht gezogen hatte, verströmte einen widerlichen Geruch nach Insektentod; er hatte das Gefühl, gleich ersticken zu müssen. Er schwor sich, seine Ausrüstung für die nächste Reise sorgfältiger zusammenzustellen, aber würde es überhaupt eine nächste Reise geben? Vielleicht mit Clara und Petit Hector?

Er wälzte sich auf die andere Seite und begann an Édouard zu denken und an die Varak. Nachdem Valérie und Pater Jean das Foto noch einmal ausgiebig inspiziert hatten, waren sie nämlich übereingekommen, dass sich Édouard bei einem ganz besonderen Stamm des Volkes der Varak befand – bei den Varak Lao, welchen die britischen Entdecker den Beinamen »die wilden Varak« verpasst hatten.

Die Varak Lao gehörten zu den Völkern, für die sich die Forschungsreisenden des vergangenen Jahrhunderts sehr interessiert hatten, und Beispiele ihrer Kunst konnte man in zahlreichen Museen Europas finden. Diese Kunstwerke waren von den cleversten Forschern heimgebracht worden – jenen, welchen die Varak Lao die Rückreise gestattet hatten, statt sie zu Sklaven zu machen und/oder ihnen den Kopf abzuschlagen, denn so ein schöner frischer Kopf verhieß eine gute Ernte und fruchtbare Frauen.

Die Zentralmacht ließ die Varak in Ruhe, solange sie nicht offiziell ihre Abspaltung erklärten und einen eigenen Varak-Staat gründeten. Ihre Tradition als Krieger (und, geben wir es ruhig zu, auch ein bisschen als Kannibalen) und die besonderen geografischen Gegebenheiten ihrer Region – dschungelbedeckte Hügel, bei denen es sich selbst eine Großmacht zweimal überlegt hätte – hielten die Generäle der weit entfernten Hauptstadt davon ab, Händel mit ihnen zu suchen. Außerdem wussten die Varak schon lange, dass sie sich Freunde in der Regierung schaffen konnten, wenn sie ihre Einnahmen aus dem grenzüberschreitenden Handel mit Holz, Menschen,

Edelsteinen und Drogen gerecht mit ihnen teilten. Solche realistischen Verbindungsleute würden die *law-and-order*-Fanatiker schon beruhigen, falls diese auf die schlechte Idee kommen sollten, aus den Varak ganz gewöhnliche Staatsbürger machen zu wollen.

Édouard hatte sich vermutlich mit Bedacht dafür entschieden, ausgerechnet zu den Varak Lao zu gehen, die noch auf traditionelle Weise lebten – anders als ihre übrigen Varak-Verwandten, die sich in den Tälern niedergelassen hatten und deren Anführer in japanischen Geländewagen umhersausten und über ihre Satellitentelefone die neuesten Bestellungen aufgaben. Die Varak Lao hatten sich inmitten der Varak-Region eine eigene kleine Provinz geschaffen, denn ihre Kriegertradition und eine gerechte Beteiligung an den Einnahmen … aber jetzt wissen Sie ja schon, wie das läuft.

Allerdings war es kein guter Ort, um dreihundert Millionen Dollar so einfach auszugeben oder auch nur zu verwalten. Außer natürlich, man hatte ein gutes Satellitentelefon.

Er dachte an Édouard und dann an Jean-Michel, und er sagte sich, dass er seine *Beobachtung Nr. 5* vielleicht ein wenig umschreiben sollte:

Beobachtung Nr. 5 b: Ein Freund ist jemand, dessen Lebensweise du bewunderst.

Hector tut, was er kann

Maria-Lucia, die Assistentin der Lady, war klein und sehr zierlich; sie hatte einen strahlenden und intelligenten Blick, der Hector an die philippinischen Putzfrauen erinnerte, die er eines Tages in Hongkong dabei beobachtet hatte, wie sie ihren Sonntag im Schatten der Bürohochhäuser verbrachten, weil sie kein Geld hatten, ins Café zu gehen – sie schickten alles ihren Familien nach Hause. Bestimmt musste auch Maria-Lucia von ihrem Gehalt eine ganze Familie auf den Philippinen durchbringen.

»Es wäre wunderbar, wenn Sie bis zum Ende der Dreharbeiten bleiben könnten«, sagte sie.

»Das hatte ich so nicht vorgesehen.«

»Die Produktionsleitung bittet dringend darum ...«

Als Hector sah, welchen Komfort das Zelt bot (es hatte sogar eine generatorbetriebene Klimaanlage), sagte er sich, dass er für einen Aufenthalt von zwei Wochen so viel Geld verlangen könnte, wie er sonst in zwei Monaten mit seiner Arztpraxis verdiente, und selbst Clara würde sich darüber freuen. Aber er fragte sich, ob die Lady so glücklich über seine Anwesenheit wäre, wenn diese ihr offensichtlich von den Filmproduzenten auferlegt worden war. Bei jenem denkwürdigen letzten Telefongespräch vor Hectors Eintreffen hatte sie zunächst gesagt, sie wolle ihn sehen, dann gemeint, sie habe es satt, mit ihm zu sprechen, und schließlich befunden, die ganze Sache bringe sowieso nichts – und das alles im Zweiminutenabstand. Bei so etwas musste man als Psychiater auf seine Rolle achten. Außerdem war Hector ja eigentlich hergekommen, um Édouard zu suchen, und nicht um der Lady das Händchen zu halten.

»Ich werde mit ihr darüber reden«, sagte Hector. »Auf jeden Fall habe ich hier in der Gegend noch eine kleine Reise vor, aber auf dem Rückweg könnte ich ja noch mal vorbeischauen.«

Als er diese Worte aussprach, wurde ihm klar, dass er nicht die geringste Ahnung davon hatte, wie er diese »kleine Reise« bewerkstelligen sollte.

Der Vorhang des Zeltes wurde hochgehoben, und ein Mann und eine Frau traten ein. Sie waren noch recht jung, sahen unverkennbar britisch oder amerikanisch aus und wirkten erschöpft. Ann und George, so hießen sie, waren die verantwortlichen Produzenten. Eigentlich waren sie wohl ausgeglichen und überaus distinguiert, und Hector hätte sich gut vorstellen können, mit ihnen in einer edlen Bar der Upper East Side zu plaudern, aber in diesem Moment standen sie am Rande eines Nervenzusammenbruchs.

»Werden Sie ein paar Tage bleiben können?«, fragte Ann, und es klang so, als erwartete sie schon das nächste Problem.

»Wissen Sie, zunächst muss ich auf eine kleine Reise gehen …«

Ann und George schauten ihn konsterniert an.

»Ich glaube, wir sollten uns hier nicht in ihrer Abwesenheit versammeln«, sagte Maria-Lucia.

Hector war ganz ihrer Meinung und schickte sich an zu gehen, aber da hob sich der Vorhang des Zeltes erneut, und Brice kam herein. Er wirkte ziemlich fit und hatte, wie es Hector schien, schon ein wenig abgenommen.

Hector stellte alle einander vor, und in diesem Moment kam ihm ein Einfall. »Mein exzellenter Kollege Brice könnte ja hierbleiben! Natürlich nur, wenn er sich mit unserer Freundin versteht …«

Ann und George blickten Brice hoffnungsvoll an.

»Ob das so eine gute Idee ist?«, sagte Brice. »Sie hat schon eine Übertragung zu meinem lieben Kollegen Hector aufgebaut, und da scheint es mir schwierig, einfach so zu übernehmen.«

Hector war überrascht, denn er hatte gedacht, dass sein Freund einen solchen Vorschlag entzückt aufgreifen würde.

Er freute sich, dass Brice es trotz seines brennenden Wunsches, der Lady zu begegnen, doch vorzog, mit Hector gemeinsam auf die Suche nach Édouard zu gehen. *Ein Freund ist jemand, der sich Sorgen um dich macht*, dachte er.

Da schob sich der Vorhang des Zeltes schon wieder hoch, und die Lady erschien auf der Bildfläche. »Findet hier gerade eine Konferenz über mich statt?« Ihre Augen schleuderten Blitze.

»Nein«, sagte Hector, »ich habe Ihren Kollegen nur erklärt, dass ich ohne Ihr Einverständnis gar nichts entscheiden kann.«

»Die pfeifen doch auf mein Einverständnis«, sagte die Lady. »Die wollen unbedingt, dass Sie hierbleiben.«

Ann wollte etwas erwidern, aber George legte ihr beschwichtigend die Hand auf den Arm.

»Auf jeden Fall würde ich lieber mit Ihnen unter vier Augen darüber sprechen«, sagte Hector, der versuchte, die verfahrene Situation zu retten.

»Und wer ist das da?«, fragte die Lady und zeigte auf Brice.

»Ein Freund und Kollege«, sagte Hector. »Wir machen die Reise gemeinsam.«

»Sie sehen aber nicht wie ein Psychiater aus«, sagte die Lady zu Brice.

»Und dennoch …«, begann Brice mit seinem verführerischsten Lächeln.

»Ihnen würde ich nicht über den Weg trauen«, befand die Lady, machte auf dem Absatz kehrt und verließ das Zelt.

Maria-Lucia stand auf und folgte ihr nach draußen.

George und Ann hatten die Szene stumm verfolgt, und Brice wirkte ernstlich betreten.

»Na gut«, meinte Hector, »ich sollte wohl hinterhergehen.«

»Ich bitte Sie«, sagte George, »bleiben Sie ein paar Tage.«

»Ich werde mein Möglichstes tun.«

»Über die Höhe Ihres Honorars können wir noch mal reden.«

»Einverstanden. Ein andermal.«

Die Lady war bereits verschwunden. Hector lief einigen Technikern vom Filmteam über den Weg; wegen der Hitze machten sie schon einen leicht ausgezehrten Eindruck. Einer von ihnen wies nach rechts, und tatsächlich erblickte Hector dort die Lady und Maria-Lucia, die den Pfad in Richtung Dorf hinaufstiegen. Gleich darauf waren ihre Silhouetten vom dichten Blattwerk verschluckt. Hector marschierte ihnen hinterher.

Die Steigung war enorm, fast hätte er die Hände mit einsetzen müssen. Dass er die beiden Frauen nicht mehr sah, war nicht weiter beunruhigend, denn es gab nur diesen einen Weg. Es sei denn, sie verliefen sich … Hector hätte auf den Orientierungssinn der Lady nicht viel gegeben und schon gar nicht, wenn sie wütend war. Er war allerdings sicher, dass Maria-Lucia selbst dann ins Dorf zurückfinden würde, wenn es überhaupt keinen Pfad gäbe.

Jetzt hatte er einen kleinen Zwischengipfel erreicht – und erblickte sie, wie sie bleich und außer Atem an einem Baumstamm lehnte.

»Kleines Problem …«, sagte sie. »Ich werde bald operiert.«

»Das Herz?«

»Ja. Sie ist da vorn …«

Die Lady hatte nicht gewartet. Auch Hector ging weiter; er wusste, dass Maria-Lucia es verstehen würde. Während er den steilen Pfad erklomm, gingen ihm medizinische Überlegungen durch den Kopf, und das half ihm über die Qualen des anstrengenden Aufstiegs hinweg. Maria-Lucia litt wahrscheinlich an einem Herzfehler, der in Ländern, wo die Kinder bei Angina keine Antibiotika bekommen, noch immer häufig ist. Manche reagieren auf einen bestimmten Typ von Streptokokken mit einer Entzündung, das schädigt dann die Herzklappen. Den erforderlichen Eingriff kann die Familie aber meist nicht bezahlen. Maria-Lucia hatte wohl das Glück, dass sich die Schädigung bei ihr in Grenzen hielt, denn immerhin hatte sie das Erwachsenenalter erreicht, und dank ihrer Krankenversicherung oder der Großzügigkeit der Lady würde ihr so nützliches Leben bald verlängert werden können – unter der Bedingung, dass sie sich vor allzu heftigen körperlichen Anstrengungen hütete, beispielsweise vor dem überhasteten Erklimmen von Bergpfaden.

Jetzt war Hector ganz oben auf dem Hügel angelangt, und er konnte den Weg bis ins Dorf hinab überblicken. Aber wo war die Lady? Sollte sie schon angekommen sein? Nein, das war unmöglich. Mit einem Schlag wurde ihm klar, dass der schlimmstmögliche Fall eingetreten war: Die Lady musste sich verirrt haben.

Hector hat Angst vor der eigenen Courage

Er ging in Richtung Maria-Lucia zurück und suchte nach einer Stelle, an der die Lady abgebogen sein konnte. Endlich wurde er fündig: Vor einem Felsen gabelte sich der Weg und führte zu einer Seite in einem Schlenker vom Dorf weg. Hector folgte diesem Pfad und suchte auf dem Boden nach Fußspuren, aber er sah nur, dass die Pflanzen hier kürzlich zertrampelt worden waren – ob es nun ein Mensch gewesen war oder ein Tier, ließ sich unmöglich sagen.

Dieser Weg stieg ein bisschen weniger steil an als der andere, aber allmählich wurde aus ihm ein schmaler Trampelpfad, und dann verschwand er vollends, und Hector schob sich durch dichtes Blattwerk von Pflanzen, deren Namen er nicht kannte, einmal abgesehen von den zerschlitzten Wedeln der Bananenstauden. Die Lady musste doch inzwischen mitbekommen haben, dass sie sich verirrt hatte? Gerade hatte Hector beschlossen, nach ihr zu rufen, als er sie erblickte. Sie stand wie angewurzelt vor einem großen Blättervorhang. Als er weiter auf sie zuging, hörte er ein dumpfes Knacken. Die Bäume vor ihr rauschten, und die Blätter wogten hin und her. Hinter den Stämmen glitt ein massiger Schatten vorbei.

Ein Elefant. Ein wilder Elefant. Hector erstarrte. Die Lady drehte sich zu ihm um, und er sah die Panik in ihrem Blick, eine Panik, die viel größer als alles war, was er von ihr kannte. Er gab ihr mit einem Zeichen zu verstehen, dass sie sich nicht rühren solle. Der Elefant war im Halbschatten kaum zu erkennen; er war nur ein riesiger Umriss, der ein wenig dunkler war als der Rest und der sich bewegte. Die Lady zitterte am ganzen Leib und begann zu wimmern. Gleich würde sie losrennen oder anfangen zu schreien. Hector näherte sich ihr ganz langsam und versuchte alle abrupten Bewegungen zu vermeiden. Er musste an Clara und Petit Hector denken und er versuchte, alles auszublenden, was er über Begegnungen mit wilden Elefanten gehört hatte. Sie waren neugierig. Sie waren furchtsam. Sie konnten in Zorn geraten. Sie konnten dich mir nichts, dir nichts zertrampeln. Männchen in der Brunftzeit und Weibchen mit Jungen waren am gefährlichsten.

Endlich war er neben der Lady angelangt. Als sie ihm in die Arme sank, sah er, dass der Elefant stehen geblieben war. Durch eine Lücke im Blattwerk konnte er das Auge erkennen, ein kleines glänzendes Juwel inmitten schwarzer runzliger Haut, und dieses Auge beobachtete sie.

Hector nahm die Lady bei der Schulter, kehrte dem Elefanten den Rücken und begann, sich langsam mit ihr zu entfernen. Hinter ihnen knackten wieder Zweige. Er war darauf gefasst, dass die Erde jeden Moment unter seinen Füßen erzittern würde, weil das Tier mit voller Wucht auf sie losgestürmt kam. Die Lady umklammerte ihn weinend, und ihre abgehackten Schluchzer klangen wie die eines Kindes, das sich sehr wehgetan hat. Jeder Meter schien unendlich weit zu sein, jede Sekunde von unglaublicher Länge. Noch etwas, das die therapeutische Bindung zwischen Arzt und Patient gründlich verfälschen wird, dachte Hector, während die Lady ihn partout nicht loslassen wollte und er ihre Tränen auf seiner Wange spürte.

Er fand auf den Weg zurück, und ein paar Augenblicke später stand bereits Maria-Lucia vor ihnen, die noch ganz außer Atem, über ihrer beider Anblick aber sichtlich erfreut war.

»Ein Elefant«, flüsterte Hector, als könne das Tier sie immer noch hören.

Maria-Lucia benötigte keine weiteren Erklärungen. Schweigend gingen sie ins Dorf zurück.

Am Abend hatte Hector die große Freude, Claras und Petit Hectors Stimme zu hören, und zwar über das Satellitentelefon der Filmproduzenten, denn das von Pater Jean wollte er nicht schon wieder benutzen.

»Alles ist bestens, mach dir keine Sorgen«, hatte er zu Clara gesagt.

»Ich mache mir doch gar keine Sorgen. Ich weiß ja, dass du mit Freunden unterwegs bist.«

Zum Glück wusste Clara nicht, was aus Brice geworden war, und die Frage, ob er weiterhin sein Freund war, beschäftigte Hector noch immer ein bisschen.

»Papa, bist du im Dschungel?«, wollte Petit Hector wissen.

»Ja, mittendrin.«

»Gibt es dort Tiger? Oder Elefanten?«

»Tiger weiß ich nicht, aber Elefanten habe ich schon gesehen. Sogar wilde Elefanten.«

»Wow, wilde Elefanten! Kann man die zähmen?«

»Ja, selbstverständlich.«

»Zähmst du vielleicht einen?«

»Dein Vater kann Menschen zähmen, aber keine Elefanten«, sagte Clara.

Wenn das nur wahr wäre, dachte Hector beim Gedanken an die Lady. Plötzlich fiel ihm ein, dass er Clara unbedingt eine Frage stellen wollte.

»Ich merke gerade, dass ich etwas über die Freundschaft unter Männern sagen kann und über die Freundschaft zwischen Mann und Frau. Aber wie steht es mit Freundschaften unter Frauen? Glaubst du, dass sie sich von Männerfreundschaften unterscheiden?«

»Das ist eine gute Frage …«, meinte Clara.

»Wir Jungs unternehmen gern was zusammen«, sagte Petit Hector, der alles mitgehört hatte, »aber die Mädchen hocken immer nur rum und quatschen die ganze Zeit.«

Hector und Clara mussten laut loslachen.

»Warum macht ihr euch über mich lustig?«, fragte Petit Hector, und es gefiel ihm ganz und gar nicht.

»Aber nein, wir machen uns überhaupt nicht lustig«, sagte Hector.

»Es ist sogar eine sehr gute Antwort«, meinte Clara.

»Vielen Dank«, sagte Hector, »und lasst euch beide umarmen!«

Später dachte er daran, dass Petit Hectors Antwort zu sehr ernsthaften Studien zu diesem Thema passte. All seine Beobachtungen über die Freundschaft blieben zwar gültig, aber man musste auch über den Unterschied zwischen den Geschlechtern sprechen.

Er schlug sein Notizbüchlein auf und schrieb:

Beobachtung Nr. 14: Wir Jungs unternehmen gern was zusammen, aber die Mädchen hocken immer nur rum und quatschen die ganze Zeit.

Hector zieht Bilanz

Am nächsten Morgen stand er mit Valérie und Brice fast am höchsten Punkt des Hügels.

Pater Jean hatte ihm erklärt, dass der Elefant zu einer kleinen Herde gehören musste, die von jenseits der Grenze gekommen war, aber den Fluss seitdem wieder überquert hatte. »Um hier zu leben, braucht man immer ein bisschen Glück«, hatte der Pater resümiert, und noch während er das sagte, hatte er eine Mücke zerquetscht, die auf seinem Unterarm gelandet war.

Von diesem Hügel aus konnte man zur einen Seite hin das Dorf der K'rarang sehen, zur anderen das Zeltlager der Filmleute. Eine Lichtung hatte sich in einen Parkplatz für Hummer-Geländewagen verwandelt, unter den Bäumen hatte man moderne Zelte aufgeschlagen und Generatoren in Gang gesetzt – es war wie ein zweites Dorf aus einem anderen Zeitalter. Schon zu dieser frühen Stunde konnte man Zeichen von Geschäftigkeit erkennen, Leute liefen hin und her, und ein Filmteam stieß in den dichten Wald vor, wo eine Szene an einem Wasserfall gedreht werden sollte.

Nach Westen hin erstreckte sich ein Meer von Hügeln und richtigen Bergen. Die in der Nähe sahen dunkel und grün aus, während sie mit wachsender Entfernung verblassten. Das lag an den Morgennebeln, die sich aber schon zu zerstreuen begannen.

So weit das Auge reichte, gab es nichts als Wald, einen Wald, der von einer großartigen und unerschütterlichen Riesenhaftigkeit war. Ein herrlicher Anblick, aber die Idee, sich einen Weg durch all das Grün bahnen zu müssen, war erschreckend.

»Die Varak Lao leben dort hinten«, sagte Valérie und zeigte

auf einen Punkt ihrer Landkarte, »und wir befinden uns jetzt hier.«

»Macht gut und gern fünfzig Kilometer«, meinte Brice.

»Und eine Straße gibt es nicht«, ergänzte Valérie.

»Aber wenn wir dem Fluss folgen?«

»Der fließt in die andere Richtung«, sagte Valérie.

»Weiß ich ja«, sagte Hector, der nicht als Trottel dastehen wollte, vor allem nicht, wenn er schon mal versuchte, seinen Sinn fürs Praktische unter Beweis zu stellen. »Aber wenn wir bis an diesen Punkt dort flussabwärts fahren, kommen wir dicht an eine Straße, die dann wieder nach hier oben in die Region der Varak Lao führt!«

»Ja, aber wenn wir auf einer Straße unterwegs sind, könnten wir von der Armee kontrolliert werden. Die Region ist für Touristen gesperrt.«

Durch den Dschungel wäre man, wie Pater Jean erklärt hatte, allerdings mehrere Tage auf dem Rücken von Elefanten oder Maultieren unterwegs. Oder zu Fuß, falls die Truppe gut durchtrainiert war. Aber außer Valérie, die normalerweise jeden Morgen acht Kilometer joggte, waren sie nicht ebendas, was man eine »durchtrainierte Truppe« nennt, auch wenn der Lebenswandel von Brice auf seine Weise natürlich ebenfalls ganz schön sportlich war.

»Also müsste Édouard eigentlich uns besuchen«, meinte Hector. »Wenn wir es schon bis hierher geschafft haben, könnte er uns das letzte Stückchen ruhig entgegenkommen.«

Brice seufzte: »Aber wie kommst du auf die Idee, dass er Lust dazu hätte?«

»Denk doch mal an das, was Pater Jean gesagt hat – der Wunsch, seine Freunde zu sehen und eine Flasche Wein mit ihnen zu trinken. Stell dir doch mal vor, wie das Leben für Édouard dort aussehen muss ...«

»Da hast du recht.«

Und sie betrachteten wieder den sich endlos dehnenden Dschungel und die bis an den Horizont reichenden, dicht aufeinanderfolgenden Barrieren der Bergketten, die wie riesige Rückgrate wirkten. Wie hatte ein Mann, der vorher in einer

Welt aus klimatisierten Büros, Luxusrestaurants und *business lounges* zu Hause gewesen war, es geschafft, in einem solchen Universum neu anzufangen?

Jenes Feuer vor mir ist erloschen. Hector fragte Valérie, ob dieser Satz sie an etwas erinnere.

»Das sind Worte aus dem Pali-Kanon. Sie stehen für die Überwindung jeglicher Versuchung.«

Vielleicht hatte Édouard also gar keine Lust mehr, mit seinen Freunden einen guten Tropfen zu probieren? Aber das mochte Hector dann doch nicht so richtig glauben. Anders als manche Buddhisten war er davon überzeugt, dass unsere Persönlichkeit nicht bloß ein Hirngespinst ist, das man einfach so abstreifen kann.

»Aber er müsste erst mal erfahren, dass wir hier sind«, meinte Brice, und Hector fand, damit habe er den Nagel wirklich auf den Kopf getroffen.

Später am Tag stießen sie wieder auf Pater Jean, der mit zwei Gemeindemitgliedern die Baupläne für eine neue Kirche begutachtete.

»Die jetzige wird allmählich zu klein«, erklärte er. »Außerdem kommt man bei Hochwasser schwer dort hin.«

Die beiden K'rarang-Männer betrachteten den Bauplan mit großem Ernst, dann tauschten sie sich in ihrer Sprache mit Pater Jean aus. Man spürte, dass diese neue Kirche für sie ein wichtiges Anliegen war. Hector dachte, dass es in seinem Land einstmals so ähnlich gewesen sein musste, als man in den Dörfern begonnen hatte, Gotteshäuser zu errichten. Draußen schickte sich die Sonne an, die Landschaft bis zur Weißglut zu erhitzen; die angenehmste Zeit des Tages war vorüber.

»Wir haben ein Problem und möchten Sie um Rat bitten«, sagte Valérie. »Es geht um unseren Freund.«

Pater Jean hielt ein und hörte ihnen zu. Dann sagte er: »Ihr Freund weiß bestimmt schon, dass Sie hier sind. Die Grenze ist sehr durchlässig … Die Elefanten der K'rarang passieren sie beispielsweise, um beim Holztransport zu helfen, es gibt ein ständiges Hin und Her. Und Ihre Ankunft bei uns war ja kein gewöhnliches Ereignis. Aber wenn Sie wollen, kann ich mit einigen Leuten reden und ihnen die Botschaft mitgeben, dass Sie gern ein Zeichen von Ihrem Freund hätten ...«

»Das wäre großartig«, sagte Valérie.

»Da bin ich mir nicht sicher«, meinte Pater Jean. »Aber wenn Sie es so wünschen ...«

Hector sagte sich, dass sie jetzt endlich ein wenig Muße hatten.

»Hochwürden«, begann er, »ich denke in letzter Zeit ein wenig über das Thema Freundschaft nach. Man hat mir gesagt, dass der heilige Thomas von Aquin etwas darüber geschrieben hat. Können Sie sich vielleicht daran erinnern?«

»Ah«, sagte Pater Jean mit einem Lächeln, »das nenne ich doch einen guten Gesprächsstoff.«

»Hat der heilige Thomas von Aquin beispielsweise ein anderes Verständnis von Freundschaft als Aristoteles?«

»Im Grunde bezieht er sich immerzu auf den alten Griechen, für den es drei Formen von Freundschaft gab – die Zweckfreundschaft, die Vergnügensfreundschaft und die Freundschaft zwischen tugendhaften Menschen.«

»Ja, ich weiß. Aristoteles erkennt alle drei als Freundschaften an, aber die höchste Form ist natürlich die dritte.«

»Unglaublich«, sagte Valérie zu Hector. »Ich hatte das alles total vergessen. Woher holst du das nur?«

»Ich habe eine Frau«, meinte Hector. »Und eine, die in die Kirche geht«, fügte er an Pater Jean gewandt hinzu.

»Das muss sie nicht daran hindern, eine Anhängerin von Aristoteles zu sein«, sagte Pater Jean. »So wie für Aristoteles die tugendhafte Freundschaft die wichtigste der drei Formen ist, bildet die *caritas* für den heiligen Thomas von Aquin die wichtigste der drei christlichen Tugenden.«

»Und die beiden anderen sind Glaube und Hoffnung«, sagte Valérie.

»Von wegen alles vergessen ...«, meinte Hector.

»Die *caritas* ist so etwas wie die Mutter der beiden Übrigen«, sagte Pater Jean, »und sie lässt sich nicht auf die eingeschränkte Bedeutung reduzieren, welche das Wort heutzutage hat. Wir denken dabei doch zunächst einmal an Wohltätigkeit jemandem gegenüber, dem es nicht so gut geht wie uns. Aber eigentlich bezeichnet das Wort die Liebe zu Gott und, um der Liebe zu Gott willen, die Liebe zu unserem Nächsten …«

Plötzlich waren auf den hölzernen Treppenstufen eilige Schritte zu vernehmen. Maria-Lucia trat ein, und sie sah beunruhigt aus. »Es geht ihr sehr schlecht …«, sagte sie.

Und so musste das Gespräch über den heiligen Thomas von Aquin einmal mehr verschoben werden.

Der General saß auf einem kleinen, hölzernen Balkon, der zum Fluss hin aus dem Haus ragte. Zwei geschminkte junge Frauen in Longyis hockten ihm zur Linken und zur Rechten und reichten ihm, sobald er es wünschte, Tee oder eine der Speisen, die auf einem Tablett vor ihm aufgebaut waren. Die Sonne ging gerade unter; sie verwandelte das Wasser in flüssiges Gold und den Himmel in eine Feuersbrunst aus purpurfarbenen und violetten Wolken – eine herrliche Neige des Tages für einen Mann, der in der Neige seines Lebens angelangt war und dessen Augen nur noch das Licht einer solchen Abendstunde ertragen konnten.

Leutnant Ardanarinja trat näher und kniete vor ihm nieder. Die beiden jungen Frauen warfen ihr böse Blicke zu. Es hieß, dass der General keinen Alkohol trank, weil er sich seine Potenz erhalten wollte, und dass er trotz seines Vertrauens in die traditionelle Heilkunde die Pülverchen aus Rhinozeroshörnern, Hirschgeweihen und Tigerpenissen aufgegeben hatte und jetzt lieber die neuen westlichen Medikamente nahm. Leutnant Ardanarinja sagte sich mit einem innerlichen Lächeln, dass die amerikanischen Pharmalabore unwissentlich eine Menge für die Rettung bedrohter Tierarten getan hatten. Ihr war aber auch klar, dass der General, einer der Hauptprofiteure der Waldvernichtung, sich kaum um die Umwelt scherte.

Aber sie gebot diesem Strom aus unverschämten Gedanken sofort Einhalt, denn das alte Krokodil, das da vor ihr saß, würde trotz seines schwindenden Augenlichts vielleicht einen ganz leichten Mangel an Respekt in ihren Gesichtszügen ausmachen, und niemand wollte so genau wissen, was mit den Menschen passiert war, denen es an Respekt vor dem General gemangelt hatte oder die jedenfalls in diesen Verdacht geraten waren.

Der General befahl mit einer Kopfbewegung, man solle Leutnant Ardanarinja Tee servieren, und eine der Frauen stellte eine Schale vor ihr ab. Die andere verschwand im Inneren des Hauses, um etwas zu Essen zu holen. Leutnant Ardanarinja fiel dabei auf, dass die beiden Frauen hinter ihren bemalten Lidern und ihren weiß geschminkten Wangen noch ganz jung waren – höchstens sechzehn. Wahrscheinlich hatte man sie in einem Nachbardorf rekrutiert, und ihre Familien fühlten sich geehrt, dass die Töchter einem der mächtigsten Männer des Landes dienten; auf jeden Fall war es das einzige Gefühl, das sie offen zeigen durften. Aus der Feindseligkeit, die Leutnant Ardanarinja bei ihnen beobachtet hatte, konnte sie ablesen, dass man sie als Konkurrentin betrachtete, als die vielleicht nächste Kurtisane. Die armen Kleinen waren sich ihres größten Trumpfes gar nicht bewusst: Der General mochte nur sehr junges Gemüse.

Jetzt ergriff er das Wort, um Leutnant Ardanarinja aufzufordern, die Landschaft zu bewundern. Es hatte sich ein Wind erhoben, und an den Flussbänken rauschte das Blattwerk. All die Ländereien, die sich rundum erstreckten, gehörten dem General – die Dörfer und deren Bewohner inbegriffen, auch wenn das so in keinem Gesetz stand. Zwei Damhirsche tauchten am Waldsaum auf, hielten inne und hoben ihre anmutigen Hälse, um die Menschen auf dem Balkon zu beobachten; dann näherten sie sich vorsichtig dem Ufer und begannen zu trinken.

»Mögen sie unbeschwert weiden, und möge der Wind ihr Fell streicheln«, sagte Leutnant Ardanarinja in Pali. Der General lächelte. Dieses Zitat aus dem Lotos-Sutra in der Sprache des Buddhas erfreute ihn, denn er hielt sich für einen glühenden Buddhisten, und gleichzeitig schmeichelte es seinem Stolz, so gebildete Mitarbeiter zu haben.

Leutnant Ardanarinja sah, dass auch eine der jungen Frauen das Zitat erkannt hatte und sie mit neuem Respekt anblickte.

»Und unser Freund, wo weidet der gerade unbeschwert?«

»Wir haben ihn gefunden, mein Gebieter.«

Der General schob die Teetasse zurück, die ihm eines der Mädchen gerade reichte. »Wo?«

»Bei den Varak Lao.«

»Wie bitte?«

»Ja, mein Gebieter«, sagte Leutnant Ardanarinja und begann sofort mit ihren Erläuterungen, damit dem General keine Zeit blieb,

seine Fassungslosigkeit zu zeigen – einem solchen Verlust an Würde wollte sie keine Sekunde zu lange beiwohnen, denn sonst hätten ihr später vielleicht Repressalien gedroht. Sie erklärte, wie sie der Spur der Freunde gefolgt war.

»Aber die Varak Lao sind Fremden überaus feindlich gesinnt«, sagte der General. »Sogar die Varak haben Angst vor ihnen.«

»Ja.«

Der General saß in Gedanken versunken da. Sie hatten Englisch gesprochen, aber auch die jungen Frauen hatten gemerkt, dass es um wichtige Dinge ging. Sie wagten nicht mehr, ihnen Tee nachzuschenken. Schließlich sagte der General: »Dieser Mann ... der muss über gewisse Kräfte verfügen ...«

»Bestimmt, mein Gebieter.«

Der General war sehr abergläubisch; er konsultierte Zauberer, gab sich magischen Ritualen hin und spendete den Klöstern hohe Summen, um sich von manchen seiner Taten freizukaufen. Es freute Leutnant Ardanarinja, dass ihn offenbar ein Gefühl beschlich, das wohl nur die übernatürliche Welt in ihm auslösen konnte – Angst.

Sie sprach schnell weiter, denn auch die Angst des Generals wollte sie keine Sekunde zu lange miterleben. Und so berichtete sie ihm alles: von Édouards Freunden bei den K'rarang, von Hector und der Lady.

Die beiden Frauen hatten begonnen, ihnen Früchte zu servieren; sie schälten sie direkt vor ihren Augen, was wahrscheinlich eine vom General angeordnete Vorsichtsmaßnahme war: Mangos von zartem Gelb, Mangostanen mit ihrem elfenbeinfarbenen Herzen im blutroten Schrein, Zimtäpfel, deren Saft zwischen ihren Fingern hinabtropfte.

»Das wird nicht leicht«, sagte der General schließlich.

Die Varak hatten eine Art Nichtangriffspakt mit der Regierung. Es würde schwierig und vielleicht sogar unmöglich sein, Truppen in ihr Territorium zu schicken, selbst wenn es darum ging, einen Verbrecher festzunehmen. Die Rivalen des Generals würden eine solche Expedition nicht gutheißen. Und die Varak selbst würden nicht den geringsten Enthusiasmus zeigen, ihre Leute zu den Varak Lao zu schicken, denn deren Ruf als Kannibalen und Kopfjäger löste noch immer Schrecken aus, auch wenn ihre Sitten sich inzwischen geändert haben mochten.

Wenn man nämlich gegessen wird, kann die Seele in aller Ewigkeit keine Ruhe finden.

Hector schläft bei der Arbeit ein

Die Lady weinte.

»Ich möchte sterben«, sagte sie zwischen zwei Schluchzern. Sie lag auf ihrer Matte, das Gesicht in den Händen, und hin und wieder warf sie Hector den Blick eines waidwunden Tieres zu.

Er war erschöpft, es war sein dritter Tag in diesem Dorf – die Hitze, die schlaflosen Nächte auf dem Fußboden –, er konnte keinen klaren Gedanken fassen, um etwas zu finden, womit sich vielleicht ein konstruktives Gespräch beginnen ließe.

Maria-Lucia hatte sich neben die Lady gesetzt und begnügte sich damit, ihr die Hand auf die Schulter zu legen und beruhigende Worte ins Ohr zu flüstern, wie man es sonst bei Kindern tut. Letzten Endes schien das auch wirkungsvoller zu sein als das Eingreifen eines Psychiaters, der nach den allerneuesten Techniken der kognitiven Psychologie ausgebildet war.

Schließlich richtete die Lady sich auf und blieb in Maria-Lucias Armen sitzen, während die Assistentin selbst mit dem Rücken an der Zimmerwand lehnte. Maria-Lucia war kleiner und zierlicher als die Lady, aber jetzt hatte sie die besänftigende und umhüllende Präsenz einer Mutter, und zu alledem warf sie Hector über die Schulter der Lady auch noch einvernehmliche Blicke zu.

Die ganze Szenerie erinnerte immer weniger an eine richtige psychiatrische Sitzung, aber Hector sagte sich, dass es immerhin mildernde Umstände gab.

»Außer ans Sterben – woran denken Sie noch?«

Schluchzer. Schweigen.

»Ich fühle mich leer … Ich bin einfach nichts.«

»Wie vor dem Elefanten?«

»Ja.«

Im Grunde hatte er bereits verstanden, weshalb die Lady sterben wollte. Die Angst vor dem Elefanten musste ihr Gefühl, unbedeutend und verletzlich zu sein, wiedererweckt und auf die Spitze getrieben haben. Sie brachte ihr ganzes Leben damit zu, genau dieses Gefühl zu verdrängen: durch den Erfolg, durch Drogen, durch Männer. Wahrscheinlich hatte sie dasselbe damals als Kind gefühlt, als ein Partner ihrer Mutter zu ihr ins Kinderzimmer gekommen war und die Tür hinter sich zugemacht hatte.

»Ich kann nicht mehr ... Diese Leere ...«

Auch der plötzliche Abbruch der Dreharbeiten hatte es nicht besser gemacht; der männliche Filmpartner der Lady war gerade von einem hundsgemeinen Fieber niedergestreckt worden, und man hatte ihn mit dem Hubschrauber ausfliegen müssen. George und Ann schienen sich damit abgefunden zu haben, die Dreharbeiten aussetzen zu müssen, und suchten auf der Weltkarte nach einem Dschungel, in dem die Regenzeit später begann. In zwei Tagen würde die ganze Crew in Richtung Hauptstadt abziehen, aber diese Programmänderung schien die Seelenlage der Lady vollends durcheinandergebracht zu haben, denn unvorhergesehene Ereignisse mochte sie nur, wenn sie von ihr selbst ausgelöst worden waren.

Hector sagte ihr noch ein paar Dinge wie: »Aber nein, Sie sind nicht nichts, sehen Sie doch mal, wie sich Maria-Lucia und ich um Sie kümmern«, aber er hatte den Eindruck, dass seine Worte weniger nützten als Maria-Lucias Taten: Sie wiegte die Lady sacht hin und her. Die Sängerin war in den Zustand eines von Panik ergriffenen Kindes zurückgefallen, und solch eine unerschütterliche Bemutterung konnte Hector ihr nicht bieten.

In diesem Moment überkam ihn die Müdigkeit, und Maria-Lucias besänftigendes Gemurmel gab ihm den Rest. Hector versank in einen Schlaf.

Hector hat einen Traum

Er träumte, dass er auf dem Rücken eines Elefanten durch eine weite Ebene streifte, die bis zum Horizont mit Pagoden gesprenkelt war. Anders, als Valérie prophezeit hatte, spürte er kein Ruckeln und Schaukeln, aber das war auch nicht verwunderlich, denn der Elefant schwebte mehrere Meter über dem grasbewachsenen Boden. Hector wandte sich um und erblickte hinter sich im Reitkorb einen alten General in Uniform und mit großer Schirmmütze und dunkler Sonnenbrille. Der General lächelte ihm zu. Hector begriff, dass er den Elefanten führen sollte, und das machte ihm schreckliche Angst, denn er wusste ja, dass er davon überhaupt keine Ahnung hatte. Und plötzlich wurde die Sonne am Himmel gleißend hell ...

Eine Taschenlampe leuchtete Hector in die Augen.

Er vernahm unverständliche Worte, und um ihn herum spürte er die schweren Schritte mehrerer Männer. Aber dann half man ihm ziemlich behutsam auf.

»Hector!«

Das war Valéries Stimme, die von draußen kam. In diesem Augenblick knipste Maria-Lucia auf ihrer Matte eine große Taschenlampe an, und Hector sah sich von drei Männern umgeben, die ganz schwarze Sachen mit roten Ärmelaufschlägen trugen, außerdem Sturmgewehre. Zwei von ihnen hatten goldene Schneidezähne, und das von unten zu ihnen heraufscheinende Licht verlieh ihrem Lächeln etwas Dämonisches.

Die Lady saß auf ihrer Matte und beobachtete das Schauspiel mit Interesse, Maria-Lucia wirkte beunruhigt.

Auf dem Treppenabsatz wurde Valéries Schatten sichtbar. »Sie nehmen uns mit.«

»Das hatte ich schon verstanden.«

»*Go with we*«, sagte einer der Männer und ließ seine goldenen Schneidezähne wieder zum Vorschein kommen.

»Édouard?«, fragte Hector.

»*Idwa, yes! Idwa!*«

Die anderen nickten zu diesen Worten und schienen begeistert zu sein, dass die Verständigung so gut funktionierte. Hector wandte sich der Lady und Maria-Lucia zu: »Tut mir wirklich leid, aber wir gehen mit ihnen mit. Wir müssen einen Freund besuchen.«

Er sah, wie in den Augen der Lady Panik aufblitzte.

»Sie reisen ab? Sie lassen mich hier allein?«

»Hören Sie …«

Die Lady fuhr auf wie ein zorniger *naga*. »Das können Sie nicht mit mir machen!«

Die drei Varak Lao schauten sie an, und selbst sie merkten, dass diese weiße Frau anders als die Übrigen war. Vielleicht spürten sie ja den *naga* in ihr – die Riesenkobra, die einst Buddha beschützt hatte, indem sie ihre Haube über ihm aufgespannt hatte. Für diese Leute gehörten Reinkarnationen und Geister zum Alltag.

»Ich komme mit!«, rief die Lady. »*I go with you!*«

»Aber das geht nicht«, sagte Hector.

»Doch, natürlich. Hier habe ich sowieso nichts mehr zu tun.«

»Es ist unmöglich, es ist verboten! Sie dürfen uns nicht folgen …«

Aber an der verschreckten und demütigen Haltung der Varak Lao konnte er ablesen, dass die Schlacht schon verloren war. Er musste an ein Kriterium aus der Definition der Borderline-Persönlichkeit denken: Neigung zu impulsivem Verhalten, mit dem sie sich in Gefahr bringen kann.

Es war, als habe Hector es vorausgeträumt. Die Varak-Lao-Krieger führten ihn und seine Freunde ans Ende des Dorfes, und dort warteten im bleichen Licht des Morgengrauens drei Elefanten. Mit ihren Rüsseln streiften sie vorsichtig Früchte von einem Baum. »Tamarinden«, erklärte Valérie, »Elefanten sind ganz verrückt danach.«

Auch Pater Jean stand bei ihnen. »Ich wollte sie auffordern, so rasch wie möglich wieder zu gehen«, meinte er. »Die K'rarang haben große Angst vor den Varak Lao.«

Man hörte kein Geräusch, das Dorf lag wie ausgestorben da.

»Wir machen uns auf den Weg zu unserem Freund«, sagte Brice.

»Ich weiß«, sagte Pater Jean, »aber ist Ihnen eigentlich klar, dass Sie die Grenze völlig illegal überschreiten werden?«

»Sie haben doch gesagt, das machen alle so.«

»Die Einheimischen … Möchten Sie, dass ich im Falle eines Falles Ihre Botschaft benachrichtige?«

»Die Botschaft? Nein.« Und Hector reichte Pater Jean einen Zettel mit dem Namen und den Kontaktdaten von Jean-Marcel. »Aber benachrichtigen Sie ihn bitte nur, wenn wir nicht zurückkehren oder wenn Sie schlechte Neuigkeiten über uns hören.«

»Aber Sie wollen doch nicht etwa mit?!« Pater Jean war gerade bewusst geworden, dass auch die Lady und Maria-Lucia dabeistanden.

»Doch«, meinte die Lady. »Die anderen sind einverstanden.«

»Von wegen«, sagte Hector.

»Aber die da haben nichts dagegen«, sagte die Lady und zeigte auf die Varak Lao, die schon einen Elefanten für sie ausgewählt hatten.

»Es kann gefährlich werden!«, warnte Pater Jean.

Der Elefant kniete anmutig nieder und beugte der Lady seine enorme Masse entgegen. Ohne jedes Zeichen von Furcht hob sie ihren Fuß und setzte ihn auf den Nacken des Tieres. Dann drehte sie sich noch einmal zu Pater Jean um und sagte: »Hochwürden, ich glaube an das ewige Leben.«

Hector reitet

Hector fühlte sich in eine andere Welt versetzt, als das riesenhafte Geschöpf seinetwegen die Knie beugte und er es wie einen großen Felsen besteigen musste, um in den hölzernen Reitkorb zu gelangen, zwei V-förmig ineinander verschränkte Gitterroste, die absichtlich so entworfen zu sein schienen, dass in ihnen trotz der Kissen jede erdenkliche Körperhaltung unbequem war. Der Mahut nahm ohne Sattel auf dem Nacken des Elefanten Platz. Von Zeit zu Zeit versuchte Hector, sich anders hinzusetzen, aber dabei streiften seine Füße jedes Mal die Ohren des Tieres, und er konnte nur hoffen, dass der Dickhäuter ihm das nicht übel nahm. Vor sich sah er den Elefanten von Brice und Valérie, der sich gelassen den Weg durchs üppige Grün bahnte. Brice drehte sich mit entzückter Miene um, während Valérie eine Unterhaltung mit ihrem Mahut begonnen hatte. Seit ihrer Abreise aus der Stadt der Engel hatte sie die meiste Zeit damit verbracht, die Anfangsgründe der Varak-Sprache zu erlernen, wobei ihr ein Wörterbuch half, das ein Missionar im vergangenen Jahrhundert erstellt hatte – ein Pater, der, wie dem Vorwort zu entnehmen war, den Märtyrertod gestorben war. Natürlich gaben die Varak Lao vor, nicht dieselbe Sprache zu sprechen wie ihre Verwandten, die Varak, jene schwächlichen Wesen, die in den Tälern lebten, aber eigentlich war es doch dieselbe, wenn man von einigen Ausdrücken absah, die sich auf die Spezialität der Varak Lao bezogen: das Ritual mit den erbeuteten Häuptern. Die Kopfjagd war nämlich kein Freizeitvergnügen und auch kein Wirtschaftszweig, sondern eine richtige Religion, und der hübsche Kopf eines Fremdlings ließ todsicher den Wohlstand ins Dorf einziehen.

Ganz vorn ging der Elefant mit der Lady und Maria-Lucia. Von hinten wirkte die Lady seltsam zart; es musste die Eindringlichkeit ihres Gesichts sein, die einem das Gefühl vermittelte, sie würde den ganzen Raum allein einnehmen. Maria-Lucias langes schwarzes Haar wiederum erweckte den Eindruck, die Assistentin würde, anders als die anderen, in diesen Wald gehören.

Jetzt wurde das Gelände abschüssig und holprig, und Hector begann sich zu fragen, ob sie es schaffen würden; es schaukelte ganz furchtbar, und er hatte ständig das Gefühl, gleich aus dem Reitkorb zu rutschen. Vielleicht kam der Elefant ja auch ins Straucheln und rollte den Abhang hinab … Der Mahut jedoch schien mühelos das Gleichgewicht, ja eine Gleichmut zu bewahren, die eines meditierenden Buddhas würdig gewesen wäre.

Allmählich gelang es Hector, die in Wellen in ihm aufkeimende Übelkeit zu unterdrücken.

Plötzlich blieb der Elefant an der Spitze wie angewurzelt stehen, und auch die anderen gingen nicht weiter. Die Mahuts schienen zu lauschen. Hector konnte zunächst nichts vernehmen, nur irgendwo in der Ferne ein paar Vogelrufe, aber dann hörte er, wie Zweige brachen und Laub raschelte. Und dann Elefantenschreie.

Zu ihrer Rechten sah er die Bäume erzittern, das Blattwerk rührte sich, und große Schatten strichen durch den Schatten. Wilde Elefanten. Diesmal spürte Hector, wie sein Herz jubilierte. Er hatte das Gefühl, in das Königreich seiner Kindheit zurückzukehren, in die Welt der Forschungsreisenden und der unentdeckten Urwälder.

Die Schatten verschwanden, und die Zweige brachen jetzt in größerer Entfernung. Die Arbeitselefanten nahmen ihren Kurs wieder auf.

Allmählich gewöhnte sich Hector an den Eindruck, nur ein Packen Ballast zu sein, und spürte jetzt die Hitze wieder. Sie knallte ihm auf den Kopf. Er sah, dass der Rücken von Brice' Hemd durch einen Schweißstrom zweigeteilt war. Und gleich darauf sah er gar nichts mehr, denn es hatte begonnen zu regnen – oder vielmehr, es schüttete, es prasselte auf sie nieder. Die Regenzeit war da.

Unter dieser gigantischen Dusche mussten alle lachen, Brice und Valérie drehten sich zu ihm um, weil sie ihre Freude mit ihm teilen wollten, und selbst die Lady schien entzückt zu sein und Maria-Lucia sowieso. Hector spürte, wie dieses Abenteuer eine Bindung zwischen ihnen allen schuf, die genauso stark war, als wenn sie viele Stunden miteinander nur geredet hätten.

Beobachtung Nr. 15: Es ist gut für die Freundschaft, wenn man gemeinsam Abenteuer erlebt.

Natürlich konnte auch das Gegenteil passieren, aber trotzdem …

Hector betreibt vergleichende Ethnologie

Es war ein Schock für Hector, als er ein Standbild von Édouard entdeckte.

Sie waren den dritten Tag unterwegs und in einem solchen Zustand von Schlafmangel und Erschöpfung, dass er zunächst an eine Halluzination glaubte. Aber nein, dort stand es am Fuße einer riesigen Banyan-Feige. Was man von Weitem für einen Klotz aus rohem Holz hätte halten können, entpuppte sich eindeutig als Darstellung seines Freundes im groben und beinahe geometrischen Stil der Varak-Lao-Kunst. Um noch den letzten Zweifel zu zerstreuen, hatte der Künstler für die Augen zwei blaue Steine eingesetzt.

Valérie machte ihm ein Zeichen; auch sie hatte Édouard erkannt. Der Elefant schritt weiter voran, aber Hector hatte noch gesehen, dass sein Freund wie ein Buddha in der Abhaya-Mudra-Haltung dargestellt war. Die rechte Hand war bis in Schulterhöhe erhoben, der Handteller zeigte nach vorn – eine Geste, die Schutz ausdrückte und Befreiung von der Angst.

Das Dorf erreichten sie kurz vor Sonnenuntergang. Die Unterschiede zwischen den Behausungen der K'rarang und der Varak Lao sprangen einem sofort ins Auge: Hier waren die Häuser aus geflochtenem Bambus, an den Eckpfeilern hatte man Amulette befestigt, und ein bisschen abseits lag ein langes Haus, das von einer Reihe reich geschnitzter Baumstämme umgeben war. Mehrere dieser Skulpturen stellten Männer mit Erektionen dar, andere zeigten Frauen, deren Geschlecht fast ebenso deutlich herausgearbeitet war.

Und anders als die K'rarang lächelten die Dorfbewohner den Neuankömmlingen nicht zu. Männer, Frauen und Kinder standen stocksteif da, was jede Freundschaftsbekundung unmöglich machte. Ihre Haut war heller als die der K'rarang, ihre Augen waren ein wenig mehr geschlitzt, und vor allem hatte ihr Blick nicht jene freundschaftliche Wärme, der Hector jetzt schon nachzutrauern begann.

Die Elefanten blieben vor einem Haus stehen, das ebenfalls ein wenig länger war als die übrigen; es war mit Büffelhörnern geschmückt, oder eigentlich waren es Hörner des Gaur, der wilden Version des Büffels. Die Elefantenführer forderten ihre Tiere mit gutturalen Lauten auf, sich hinzuknien. Hector und seine Freunde setzten den Fuß auf die Erde und fühlten sich sofort wie Eindringlinge: Hinter ihnen erhob sich die raue und bewegliche Mauer der Elefanten, und vor ihnen stand im Halbkreis die Dorfbevölkerung und starrte die Fremden ohne ein Lächeln und ohne einen Gruß an.

Hector erkannte die Kleidung der jungen Frauen und Männer von Édouards Foto wieder, und selbst einige der Gesichter kamen ihm vertraut vor. Aber wo war der – zumindest spirituelle – Herr des Ortes? Wenn Édouard sie hatte herkommen lassen, warum zeigte er sich dann nicht, um sie zu empfangen?

Hector bemerkte, dass sich alle Blicke auf Valérie richteten, die mit ihren blauen Augen und ihren blonden Haaren womöglich so wirkte, als würde sie demselben Geschlecht entstammen wie Édouard.

Zwei junge Frauen, die offenbar weniger zurückhaltend waren als die Übrigen, näherten sich mit stolz emporgerecktem Kinn, um die Fremden besser mustern zu können.

Brice tat ein paar Schritte auf sie zu: »*My name is Brice, what is your name? Why are you so beautiful?*« Und dann sagte er es noch einmal auf Thai und setzte eine entzückte und bewundernde Miene auf.

Die beiden Frauen brachen in Gelächter aus, und bald mussten alle Frauen lachen. Sie sprachen weder Englisch noch Thai, aber Brice gelang es selbst in einer unverständlichen Sprache, die Frauen zum Lachen zu bringen. Hector fiel allerdings auf, dass die Männer nicht erheitert wirkten – ganz im Gegenteil.

Aber da begann Valérie schon, ihr Varak Lao auszuprobieren und mit den Dorfbewohnern zu sprechen.

Das Lachen der jungen Frauen brach ab, und auf allen Gesichtern machte sich sprachlose Verblüffung breit. Die Führer hatten noch keine Gelegenheit gehabt, die anderen Varak Lao über Hector und seine Freunde aufzuklären. Angesichts des totalen Schweigens fragte sich Hector, ob Valérie wohl das richtige Wörterbuch konsultiert hatte, aber dann begriff er, dass es für die Varak Lao einfach unglaublich und sogar schreckenerregend war, wenn sich eine blonde, blauäugige Frau in ihrer Sprache an sie wandte. Das ganze Dorf schien einen Augenblick lang wie versteinert. Vielleicht würde man dieses Ereignis zur Erbauung künftiger Generationen in einen Baumstamm schnitzen.

Schließlich bekam Valérie Antwort von einer der jungen Frauen, und es entspann sich ein Gespräch. Idwa meditiere, erklärten sie Valérie. Bis er fertig sei, sollten sie sich in dem langen Haus einrichten.

Und wann würde Idwa kommen?

Morgen. Vielleicht.

»Morgen oder vielleicht?«, fragte Brice.

»Bei den Varak Lao ist das ein und dasselbe Wort«, meinte Valérie.

Die Lady ertrug es nicht länger, dass sich nicht alles um sie drehte. »Wie süß die sind!«, rief sie aus und zeigte auf die Kinder. Und ehe Hector sie aufhalten konnte, marschierte sie schon mit ausgestreckten Armen auf eine Gruppe von Kindern zu. Eine Varak-Lao-Frau stellte sich brüsk dazwischen, während die Kleinen ohne ein Lächeln zurückwichen. Die Lady blieb verdrossen und auch ein wenig erschrocken stehen.

»Ich glaube, dass Fremde die Kinder nicht berühren dürfen«, sagte Valérie. »Auf jeden Fall haben Frauen nicht das Recht, die Jungs anzufassen.«

»Und haben fremde Jungs das Recht, die Frauen der Varak Lao anzufassen?«, wollte Brice wissen.

»Hör doch auf, das ist wirklich nicht der richtige Moment.«

»Hier ist es schrecklich!«, sagte die Lady mit Zorn in der Stimme. »Ich will …« Aber mitten im Satz brach sie ab.

Hector vermutete, dass sie es sich verkniffen hatte zu sagen: »Ich will wieder fort!«, also verkniff er es sich, ihr zu entgegnen: »Habe ich es Ihnen nicht gleich gesagt?«

»Sie sagen, dass Idwa vor dem Tod meditiert«, erklärte Valérie. »Oder vor einem Toten? Ich habe das nicht richtig verstanden …«

»Édouard hat sich wirklich verändert«, meinte Brice.

»*Jenes Feuer vor mir ist erloschen*«, sagte Hector.

Ein anderes Feuer war hingegen geschürt worden, und zwar unter einem Loch im Dach jenes Hauses, das man für Hector und seine Freunde vorbereitet hatte. Ein Kessel mit Suppe wurde gerade warm. Sie befanden sich jetzt tausend Meter höher als zu Beginn ihrer Reise, und die Kühle der Nacht zog heran. Vorsichtig bewegten sie sich über den Bambusfußboden, der unter ihren Schritten schwankte. Hector dachte sehnsüchtig an den Bretterboden der K'rarang. Aber er wusste ja, dass Glück eine relative Sache war.

Hector nimmt ein Bad

Hector erwachte. Der Himmel im Türausschnitt begann blasser zu werden. Seine Reisegefährten schliefen – die Glücklichen!

Am Vorabend hatten sie den verfügbaren Raum unter sich aufgeteilt. Die Lady, Maria-Lucia und Valérie hatten den hinteren Teil des Hauses bekommen, während Brice und Hector in der Nähe des Eingangs lagen – ein Versuch der Geschlechtertrennung (über ein quer durch den Raum gespanntes Seil hing eine Matte, um die Frauenecke abzuschirmen) und ein Zeichen dafür, dass die Männer die Gruppe beschützten, auch wenn weder Brice noch Hector ernsthaft glaubten, dass ausgerechnet aus Richtung Tür Gefahr drohte.

Jetzt verspürte Hector das dringende Bedürfnis, sich zu waschen, woran man deutlich sah, dass er noch nicht an Abenteuer – an richtige Abenteuer – gewöhnt war. Er kroch zur Bambusleiter und stieg sie vorsichtig hinab. Er erinnerte sich, unter den Pfeilern des Nachbarhauses eine Art Badewanne gesehen zu haben, einen ausgehöhlten Baumstamm, in den Wasser lief, das man mittels einer Reihe ineinandergesteckter Bambusstangen von einem Bach abgeleitet hatte. Im heller werdenden Morgenlicht fand er die Waschstelle wieder. Zwei kleine schwarze Schweine waren gerade dabei, ihren Durst zu stillen; als sie Hector sahen, hoben sie ihm zuerst ihre Rüssel entgegen und nahmen dann Reißaus. Es war mehr ein Trog als eine Badewanne, aber in dieser Gegend sollte man lieber keine Ansprüche stellen.

Hector entkleidete sich und stieg ins Wasser. Er musste einen Aufschrei unterdrücken, weil es so kalt war. Gerade hatte er begonnen, die morgendliche Stunde, in der er noch ganz allein sein konnte, zu genießen, als sich auf einem kleinen Weg zwischen den Pfahlhäusern eine Gruppe junger Varak-Lao-Frauen im Gänsemarsch näherte. Sie waren mit ihren geschmückten blauroten Tuniken bekleidet, als wären sie unterwegs zu einer Zeremonie, aber auf dem Rücken trugen sie große Kiepen. Wahrscheinlich gingen sie an den Bergflanken irgendwelches Getreide ernten. Hector versuchte, noch ein wenig tiefer einzutauchen und ganz still dazuliegen, aber sie erspähten ihn trotzdem. Mit unterdrücktem Gekicher kamen sie näher. Hector hätte das ganz amüsant gefunden, aber sein Vergnügen wurde beträchtlich geschmälert, wenn er daran dachte, wie wohl die Reaktion der Varak-Lao-Männer ausfallen mochte, denn der bukolische Charakter der Szene oder auch die Parallele zur Odyssee, in welcher der Titelheld von Nausikaa und ihren Gefährtinnen nackt überrascht wurde, würde sich ihnen wahrscheinlich nicht erschließen.

»Ach, das ist wohl deine neue Masche, um Frauen anzubaggern?«

Das war glücklicherweise Valérie, und die Varak-Lao-Mädchen entfernten sich respektvoll. Vielleicht machten sie sich ihrerseits Sorgen über die Reaktion jener riesengroßen Fremden, die vielleicht die Frau des splitternackten Weißen war. Schade, die Zeit hatte nicht gereicht, um so richtig zu erkennen, ob er wie ihre eigenen Männer beschaffen war!

»Ich räume die Wanne für dich«, sagte Hector.

»Das ist nett von dir. Und würdest du vielleicht in Reichweite bleiben?«

Hector stemmte sich aus dem Trog und war ein bisschen überrascht, dass Valérie ihren Blick erst abwendete, nachdem sie ihn aufmerksam gemustert hatte. Er trocknete sich mit dem Hemd vom Vortag ab und zog sich mit großer Befriedigung das saubere an, das er seit dem Beginn der Reise gehütet hatte.

Valérie hatte sich nun ihrerseits ausgezogen, aber Hector wagte es nicht, sich zu ihr umzudrehen, ehe sie nicht bis zum Hals untergetaucht war. Er setzte sich auf einen Baumstumpf, sodass er das übrige Dorf und den Pfad, den die jungen Frauen eingeschlagen hatten, gut überschauen konnte und Valérie gerade noch so im Blickfeld behielt.

»Denkst du immer noch über die Freundschaft nach?«, wollte Valérie wissen.

»Ja, ziemlich viel. Warum beispielsweise sind wir Freunde geblieben – du, ich, Édouard und sogar Brice?«

»Brice würde ich da eher außen vor lassen, jedenfalls, was mich betrifft …«

»Einverstanden. Aber versuch bitte trotzdem mal, dich in mich hineinzuversetzen: Ich weiß, wie er lebt, ich weiß von seinen Nummerngirls, und trotzdem habe ich immer noch Zuneigung für ihn.«

»Ich doch auch!«, sagte Valérie.

»Und woran liegt das deiner Meinung nach?«

»Er ist wie ein Kind. Man kann ihm nicht lange böse sein. Allerdings schließt man mit Kindern auch keine Freundschaft.«

»Bis zu einem gewissen Grad sind wir doch alle Kinder.«

»Ja, aber manche sind es mehr als andere.«

»Ich frage mich, ob es nicht noch einen anderen Grund gibt«, sagte Hector. Und er verriet Valérie seine *Beobachtung Nr. 6: Alte Freunde sind so rar wie Baumriesen.*

»Du meinst also, dass wir mit Brice befreundet bleiben, weil er zu unseren wenigen alten Freunden zählt?«

»Ja, ich frage mich das ernstlich. Glaubst du nicht, dass dieselben Verhaltensweisen bei einem Freund, den du erst seit zwei Jahren kennst, dich davon abschrecken würden, sein Freund zu bleiben?«

»Wahrscheinlich.«

»Siehst du, ein hohes Dienstalter ist bei Freunden von Vorteil.«

»Aber warum bloß? Die Jahre sind doch kein Wert an sich!«

»Das stimmt, aber die Tatsache, dass wir Brice schon so lange kennen, macht aus ihm einen selteneren, einen kostbareren Menschen. All die gemeinsamen Erinnerungen, da fällt es schwer, einen Schlussstrich zu ziehen. In gewisser Weise ist er ein Teil des Stoffes, aus dem unser Leben bis zum heutigen

Tag gewebt worden ist. Wenn wir mit ihm brechen würden, wäre es so, als würden wir einen Riss in dieses Tuch machen.«

Er sah, dass das aus dem Trog laufende Wasser zu schäumen begonnen hatte: Valérie hatte Seife mitgebracht, und meine Güte, sie hatte sich hingestellt und seifte sich den ganzen Körper ein! Wie wundervoll sie aussah, auch wenn manche Männer sie vielleicht etwas zu athletisch gefunden hätten … Hector wagte es nicht, sich wieder abzuwenden, denn das hätte Valérie das Gefühl gegeben, sie hätte etwas Unschickliches getan.

Valérie schaute ihm direkt in die Augen und lächelte.

Plötzlich wurde ihm klar, was ihre beiden Körper seit Beginn der Reise wussten: Sie begehrten einander. Es geschah nicht zum ersten Mal, aber bisher war es immer flüchtig gewesen und ohne Aussicht auf Verwirklichung. Diesmal jedoch hatten die Isoliertheit und das Gefühl geteilter Gefahr irgendein verborgenes Feuer angefacht.

Hector rief sich verzweifelt seine *Beobachtung Nr. 10* ins Gedächtnis: *Wahre Freundschaft setzt man nicht für die Liebe aufs Spiel.*

Und vielleicht dachte Valérie gerade etwas Ähnliches, denn sie hüllte sich in ihr Handtuch und erklomm eilig die Leiter ins Haus.

Um sich zu beruhigen, kam Hector auf seine Reflexion über die Freundschaft zurück:

Beobachtung Nr. 16: Langjährige Freunde sind in den Gobelin unseres Lebens eingewoben.

Und deshalb war es so schwer, sich von ihnen zu trennen – denn wer flickte schon gern?

Hector findet einen besten Freund wieder

Der Gestank war bestialisch. Keiner von ihnen hatte einen Krieg erlebt oder eine große Naturkatastrophe, und hätte daher die unauslöschliche Erinnerung an den Geruch von unter freiem Himmel verwesenden menschlichen Körpern gehabt. Und trotzdem ahnten sie, woher der Pesthauch rührte.

»Sollen wir umkehren?«, meinte Brice.

»Nein. Den ganzen ... den ganzen Aufstieg ... für nichts«, keuchte Hector außer Atem.

Den Hinweisen eines ihrer Führer folgend, waren sie dorthin aufgebrochen, wo Édouard sein musste. Sie waren einem schmalen Weg gefolgt, der sich rasch auf einem Gebirgskamm über das Dorf erhob. Linker Hand sahen sie die jungen Varak-Lao-Frauen an einer Bergflanke ihre Kiepen mit dicken Kolben füllen, die wie Mais aussahen. Die Männer behielten sich, wie Valérie erklärt hatte, das Jagen und Fischen vor. Hector und seine Freunde hatten es dem wolkenverhangenen Himmel zu verdanken, dass sie unterwegs nicht von der Sonne geröstet wurden, aber die Temperatur begann schon zu steigen, und seit jener Geruch in Schwaden zu ihnen hinübergeweht kam, umgab ihre Expedition etwas Infernalisches.

Endlich stieg der Weg nicht weiter an, und sie waren in einer Zone angelangt, wo es keine Bäume mehr gab, aber dafür überall hohe Gräser, die ihnen die Sicht versperrten. Plötzlich standen sie vor einer großen Felsplattform, die über den beiden Abhängen des Bergkammes thronte. In der Mitte erhob sich ein kleines Gestell aus Bambus, auf dem eine menschliche Gestalt lag. Die Quelle des Gestanks.

Ein Mönch mit rasiertem Schädel kniete dort in einer schmutzig braunen Tunika mit dem Rücken zu den Wanderern so nahe an dem Körper, dass man hätte glauben können, er flüstere ihm etwas ins Ohr. Der Mönch war extrem mager; der unbedeckte Teil seines Rückens ließ die hervortretenden Rippen sichtbar werden, und seine Schulter war die eines ausgemergelten Greises.

Beim Näherkommen sah Hector, dass die Leiche schon in einem fortgeschrittenen Zustand der Verwesung war. Um die Augenhöhlen und den Kieferbereich herum zeigten sich bereits die Knochen, die Augen waren verschwunden, und die Kleidung, welche den übrigen Körper bedeckte, schien von Eiter und getrocknetem Blut zu starren. An der Stelle des Bauches gab es einen ekelhaften Krater, aus dem sich die Raben bereits ihre Nahrung geholt haben mussten. Die Füße waren nur noch zwei schwärzliche Krallen.

Meditation im Angesicht des Grausigen – Hector fiel dieser Brauch der Waldmönche wieder ein.

Valérie und Brice waren zurückgeblieben: Das konnten sie nicht ertragen.

Hector hoffte, dass ihm die Erinnerung an die Autopsien seiner Studienzeit helfen würde, sich dem Mönch und der Leiche weiter nähern zu können. Nach ein paar Schritten stieß er an einen Stein, der mit einem leisen Geräusch fortsprang.

Der Mönch drehte sich um. Er schien wie aus einem Traum zu erwachen und schaute Hector an, ohne ihn wirklich zu sehen.

Aber dann erkannte Hector in den Schattenhöhlen dieses Gesichts, das schon einem Totenschädel ähnelte, das Lächeln seines Freundes, und er schien glücklich, ihn wiederzusehen.

Leutnant Ardanarinja beobachtete das Dorf durch ihr Fernglas.

Sie trug einen Tarnanzug und Fallschirmspringerstiefel (zu dieser Truppe hatte sie tatsächlich einmal gehört), und in ihrer Gürteltasche steckte eine automatische Pistole. Hinter ihr kauerten zehn Männer im Buschwerk: fünf vom Spezialeinsatzkommando der nationalen Armee, genauso gekleidet wie Leutnant Ardanarinja, und fünf Krieger der Varak-Armee in dunkelgrüner Uniform und Mützen mit langem Schirm.

All dies war die Frucht langer Verhandlungen gewesen. Die Männer des Generals durften das Gebiet der Varak nur betreten, wenn sie von Soldaten dieser Volksgruppe begleitet wurden. Und diese wiederum hätten es ohne das Gefühl von offizieller Unterstützung aus der fernen Hauptstadt nicht gewagt, bei ihren Vettern von den Varak Lao einzudringen. Wahrscheinlich hatten Geld und Handelsvereinbarungen auch eine Rolle gespielt, aber diese Aspekte des Einsatzes fielen nicht in Leutnant Ardanarinjas Zuständigkeit.

Sie waren ursprünglich mit dem Ziel aufgebrochen, den Stammesältesten aufzusuchen und mit ihm über die Auslieferung des fremden Gastes zu verhandeln, aber alle Auskünfte, die Leutnant Ardanarinja unterwegs erhalten hatte, hatten sie von diesem Plan abgebracht.

Die Einwohner dieses Dorfes und noch ein paar anderer in der Nähe waren Animisten gewesen; jetzt aber beteten sie einen neuen Buddha an.

Idwa hatte Kinder geheilt.

Idwa hatte einen wütenden Elefanten besänftigt.

Idwa konnte den Gang der Gestirne weissagen.

Idwa war unendlich gut und frei von jeder Angst.

Aus seinem Munde strömten die Worte des Erleuchteten; die

Waldmönche hatten es bestätigt, denn zum Ärger ihres Obersten kamen sie selbst manchmal herbei, um Idwa zu lauschen.

All diese Ereignisse ließen eine Prophezeiung der Varak-Lao-Mythologie wahr werden: Eines Tages würde ein Mann aus dem Westen kommen und den richtigen Weg weisen, und eigentlich würde es gar kein Mann sein, sondern ein Gott, der auf die Erde herabgestiegen war, um dem Volk der Varak Lao zu helfen.

Leutnant Ardanarinja wusste, dass die Varak Lao, die ohnehin ziemlich abergläubisch waren und beispielsweise an magische Rituale zur Abwendung feindlicher Kugeln glaubten, bis zum letzten Mann kämpfen würden, um sich ihres lebendigen Gottes würdig zu erweisen. Selbst mit kampferprobten Männern rechnete sie sich gegen die Krieger der Varak Lao auf deren eigenem Terrain kaum Chancen aus. Bei einem Überraschungsangriff würde es ihrem Trupp vielleicht gelingen, Édouard zu entführen, aber ganz sicher würden sie es nicht bis zurück ins erste Varak-Dorf schaffen, von wo aus vielleicht Verhandlungen möglich gewesen wären.

Plötzlich erblickte sie den lebendigen Gott, der im Mönchsgewand einen Pfad in Richtung Dorf herabstieg. Hinter ihm gingen der Psychiater, dessen Kollege und die große, schlanke Ethnologin.

Seine Freunde.

Während Leutnant Ardanarinja die vier weiter beobachtete – der lebendige Gott sah beunruhigend mager aus, der Psychiater wirkte erschöpft, seinem Kollegen ging es auch nicht besser, und nur die junge Frau schien völlig munter zu sein –, konnte sie sich ein Lächeln nicht verkneifen.

Gerade hatte sie sich an die Worte des Generals erinnert: Freunde sind eine Schwäche.

Hector hört eine Bergpredigt

Die Lady war von Édouard fasziniert – oder vielmehr von Idwa, denn so hieß er in seinem neuen Leben.

»Darf ich danach mit Ihrem Freund sprechen?«, flüsterte sie Hector zu.

»Natürlich. Wenn er einverstanden ist …«

Hector hatte niemals den Instinkt gehabt, sein Jagdrevier eifersüchtig zu hüten, es sei denn, seine Patienten verkündeten ihm, einen Kollegen konsultieren zu wollen, dessen Verrücktheit oder Inkompetenz allgemein bekannt war. Und Idwa gehörte sowieso einer anderen Welt an, hier handelte es sich um alles andere als um Konkurrenz unter Therapeuten.

Der Abend brach herein, und sie wurden Zeugen einer Predigt von Idwa. Er hatte sich wie Buddha selbst an den Fuß einer riesigen Banyan-Feige gesetzt, deren Luftwurzeln eine Art Stuhl bildeten. Um ihn saßen die Frauen, Greise und Kinder der Varak Lao im Halbkreis, die Männer standen dahinter. Weil der Baum an der Flanke einer kleinen Anhöhe stand, überragte Idwa sie sogar im Sitzen. Wie der Buddha selbst ließ auch Idwa seine Anhänger zunächst Fragen stellen, dann antwortete er mit anderen Fragen, und dann, nach einem Wortwechsel, bei dem man auf den Gesichtern der Fragenden oft Erstaunen lesen konnte, predigte er, wobei er von Zeit zu Zeit die Augen schloss, als suche er seine Gedanken.

»Verstehst du, was er sagt?«, fragte Hector Valérie.

»Ein bisschen, aber er spricht zu schnell für mich.«

»Worum geht es?«

»Um das Mitgefühl. Eine Art Gleichnis. Er fragt die Gläubigen, was sie tun würden, wenn sie am Wegesrand einen Varak Lao aus ihrem Dorf fänden, den ein Tiger verletzt hat. Sie antworten, dass sie ihn natürlich versorgen und pflegen würden.

Dann weitet er die Fragestellung aus. Wenn es nun ein Varak Lao aus einem anderen Dorf wäre? Oder nicht mal ein Varak Lao, sondern ein Varak aus einer benachbarten Region? Oder ein Varak aus einer ganz fernen Region? Oder gar ein Lahu? Was, wenn es eine Frau wäre? Und so weiter und so fort.«

Idwa versuchte gerade, das universelle Mitgefühl zu erklären – und zwar einem Kriegerstamm, dessen altüberlieferte Kultur auf der Verteidigung des Territoriums beruhte und darauf, dass alle anderen Feinde waren, die man eventuell zum Abendessen servieren konnte, natürlich erst, nachdem man ihren Köpfen besondere Aufmerksamkeit geschenkt hatte.

»Vielleicht wird er ihnen ja das Gleichnis vom guten Samariter erzählen?«, meinte Brice.

»Sie verstehen ihn besser, wenn er als Beispiel die hiesigen Volksgruppen nimmt«, sagte Valérie. »Und dann glaube ich auch nicht, dass er ihnen sagen wird, sie sollten auch noch die andere Wange hinhalten, wenn sie geschlagen werden. Er will schließlich keine Mönche aus ihnen machen.«

Idwa hatte jetzt zu einer langen Rede angesetzt, und mit dem Feuer seiner blauen Augen, das aus den eingefallenen Augenhöhlen noch heftiger brannte, schien er seine Zuhörer zu hypnotisieren. Dann brach er abrupt ab und verneigte sich mit gefalteten Händen. Wie ein Feld von Lilien und Rosen, über das der Wind streicht, beugten sich nun alle Varak Lao tief hinab und verharrten mehrere Sekunden in dieser Haltung, während Idwa sich schon wieder aufgerichtet hatte. Dann zerstreute sich die kleine Menge, um ihrem Tagewerk nachzugehen, nur zwei junge Leute halfen Idwa dabei, sich wieder zu erheben.

Der lebendige Gott stand auf, richtete seinen Blick auf Hector und seine Freunde und lächelte ihnen zu. Die Lady kam ein paar Schritte näher und warf sich vor ihm zu Boden wie eine Varak Lao. Mit ihren schmalen Händen ergriff sie den Saum seines Umhangs, während die total verblüffte Maria-Lucia sie zurückzuhalten suchte.

»Ich brauche Hilfe«, sagte die Lady mit kläglicher Stimme.

Sie kniete jetzt zu Idwas Füßen und fixierte ihn mit jenem Blick, der die Massen zur Verzückung brachte.

Idwa schaute zu ihr hinab und reichte ihr seine Hand, als wolle er ihr beim Aufstehen helfen.

»Der Weg, den ich eingeschlagen habe, ist nicht für alle richtig«, sagte er. »Aber wenn Sie wollen, können Sie ihn ein Stück weit gehen.«

»Oh, ja … helfen Sie mir … bitte!«

»Die Hilfe ist in Ihnen, nicht in mir. Ich kann Ihnen nur die Richtung weisen. Aber dazu später.«

Ohne sich weiter mit ihr aufzuhalten, wandte er sich Hector, Valérie und Brice zu, wobei Letzterer wie aus Verlegenheit ein wenig abseits stand.

»Du hast dich überhaupt nicht verändert«, sagte Idwa zu Valérie.

»Was man von dir nicht gerade behaupten kann«, entgegnete sie.

»Es ist alles unbeständig, man merkt es nur nicht immer.«

Hector schaute auf Édouard: auf die faltige Haut seiner Unterarme, die Blutgefäße, die auf seinem Handrücken hervortraten, die eingesunkenen Schultern.

Er sagte sich, dass Idwa Édouard ganz sanft in den Tod führen würde – langsam, aber sicher.

»Sprechen wir doch bei einer kleinen Suppe miteinander«, sagte er und wies auf ihr Haus.

Idwa lächelte: »Mein lieber Hector, in dir steckt immer und überall der gute Onkel Doktor … In dir auch?«, fragte er plötzlich zu Brice gewandt.

»Ähm … ich glaube, dass er mich verlassen hat.«

»Vielleicht kommt er ja eines Tages zurück«, sagte Idwa.

»Nichts ist von Dauer, nicht wahr?«

»Ja, das dürfte stimmen«, meinte Idwa mit einem kurzen Auflachen, und erst da erkannte Hector seinen Freund Édouard wirklich wieder.

Clara und der Teufel

Clara öffnete die Haustür, stellte ihre Tasche auf dem Sessel im Flur ab und steuerte mit dem Obst und Gemüse, das sie gerade im Laden an der Ecke gekauft hatte, die Küche an.

Als sie am Wohnzimmer vorbeikam, nahm sie aus dem Augenwinkel wahr, dass dort jemand stand. Sie machte noch drei Schritte in Richtung Küche, dann hatte die Angst sie gelähmt.

Sie drehte sich um.

Da stand ein Mann am Fenster und schaute sie an.

»Ganz ruhig«, sagte er. »Ich will keinen Ärger.«

Er sprach Englisch mit Akzent, und dieses Detail – Clara war internationale Beratungen gewohnt – beruhigte sie für eine Sekunde. Niemand kann sich vorstellen, dass er von jemandem in Anzug und Krawatte, der auch noch gutes Englisch spricht, überfallen wird. Dann aber wurde ihr klar, dass er immerhin in ihr Haus eingebrochen war!

Außerdem sah sie nun seinen Blick, und in ihrer Erstarrung wurde sie von dem heftigen Verlangen gepackt, zur Eingangstür zu rennen. Der Mann merkte es und machte ein paar schnelle Schritte, um ihr den Weg abzuschneiden. Er war groß, massiv gebaut und sicher sehr stark.

»Ich glaube, Sie setzen sich lieber erst mal hin. Bevor Ihr Kleiner wieder da ist.«

Sie gehorchte. Zu der Angst gesellte sich nun noch ein Gedanke, der ihr Todesqualen bereitete: In wenigen Minuten würde Petit Hector aus der Schule heimkehren. Den Hund hatten sie bei den Nachbarn gelassen, sie würde ihn kläffen hören, wenn Petit Hector ihn abholen ging, ehe er nach Hause kam.

Als sie sich niederließ, war dem Mann klar, dass sie schon besiegt war. Er wusste längst, dass er andere Menschen in Angst und Schrecken versetzte ...

Außerhalb der Arbeit isolierte ihn diese Begabung von seinen Mitmenschen – er hatte keine Freunde, sondern nur Kollegen, die er bisweilen in dienstlicher Mission traf. Er hatte immer nur Bettgeschichten für eine Nacht. Im Beruf jedoch war diese Gabe ein großer Pluspunkt. Die Resultate waren garantiert, die Honorare stiegen.

Die Frau war unbestreitbar hübsch und hatte dabei jenes entschlossene und selbstsichere Auftreten, das man, wie er wusste, für das ganze restliche Leben zerstören konnte, wenn man es nur richtig anstellte. Aber heute war das gar nicht seine Absicht; er war nicht gekommen, um eine Persönlichkeit zu vernichten und für immer unschädlich zu machen. Er wollte nur ein paar Auskünfte einholen.

»Ich brauche eine Information«, sagte er. »Wo hält Ihr Mann sich derzeit auf?«

»Er ist auf Reisen.«

»Das weiß ich, und ich weiß sogar, wo er vor mehreren Tagen gelandet ist und welches Hotel er dort bezogen hat. Aber wo ist er im Moment?«

»Das kann ich Ihnen nicht genau sagen. Er hat mich schon seit einer Woche nicht mehr angerufen. Vielleicht ist er noch im Hotel?« Sie wagte nicht, ihn anzusehen.

»Nein, da ist er nicht mehr. Aber er hat Ihnen ganz sicher seine Pläne mitgeteilt.«

Clara konnte keinen klaren Gedanken mehr fassen. Mit all ihrer Willenskraft wollte sie Hectors Spur vor diesem Mann verbergen, und gleichzeitig verkrampfte sich in der Erwartung des Hundegebells aus dem Nachbarsgarten alles in ihr.

»Möchten Sie Ihrem Jungen nicht lieber einen Riesenschrecken ersparen?«

Er wusste Bescheid! Er musste sie seit Tagen beobachtet haben, er konnte voraussehen, wann Petit Hector am Samstagnachmittag vom Zeichenunterricht heimkommen würde.

Der Mann sah, dass der Schlag gesessen hatte. Jetzt musste

er aus ihrer Angst das größtmögliche Kapital schlagen, ihr dabei aber auch einen Ausweg lassen, indem er das mögliche Ende ihrer Qualen ankündigte. »Verstehen Sie mich bitte richtig. Ich will Ihrem Mann nichts tun. Ich will lediglich wissen, wo sich einer seiner Freunde aufhält. Dieser Freund verfügt über eine Information, die für meine Auftraggeber sehr wichtig ist. Ich werde Ihren Mann nur fragen, wo sein Freund sich befindet.«

Clara wollte nur noch, dass dieser Kerl so schnell wie möglich ging. Sie musste es unbedingt vermeiden, dass Petit Hectors Blick dem seinen begegnete.

Als sie zu reden begann, verzog der Mann die Lippen zu einem leichten Lächeln. Sparsamer Einsatz von Gesten und Hilfsmitteln – das Markenzeichen eines wahren Profis.

Draußen begann ein kleiner Hund zu kläffen.

Hector und der Mönch

Édouard sprach.

Der Schein der Taschenlampe, die sie auf den Bambusfußboden gelegt hatten, unterstrich noch die Schatten auf seinem Gesicht. Er hatte Valérie und Hector in seine Unterkunft geführt, eine Hütte auf kurzen Pfählen, das bescheidenste Haus im ganzen Dorf.

Brice war bei der Lady geblieben und versuchte wahrscheinlich gerade, so etwas Ähnliches wie eine psychiatrische Sitzung zu inszenieren. Die Lady hatte Idwas Weigerung, sie sofort zu empfangen, derart verletzt, dass sie nun überaus trostbedürftig war.

Édouard erklärte, dass alles mit seinem Aufenthalt im Kloster inmitten der höchsten Berge der Welt angefangen hatte. »Dort ist mir klar geworden, dass mein Leben nur eine Jagd nach Befriedigung meiner Wünsche war und dass mein Appetit niemals gestillt werden würde. Jedes Vergnügen steigerte nur mein Bedürfnis nach neuen Vergnügungen. Als ich damit anfing, richtig guten Wein zu trinken, war ich immer auf der Jagd nach noch besseren Jahrgängen, und Weine, die mich ein paar Jahre zuvor glücklich gemacht hätten, enttäuschten mich nun. Genauso verhielt es sich mit den Frauen, mit dem Geld, mit einfach allem. Jedes Abenteuer weckte in mir die Lust auf das nächste, selbst wenn ich schon verliebt war. Und meine Millionen Dollar stachelten mich dazu an, mich mit Leuten zu vergleichen, die das Doppelte oder Dreifache besaßen. Ich wollte ständig mehr, und wenn ich mehr erreicht hatte, war ich genauso unzufrieden wie zuvor. Ich war an das teuflische Rad der Begierde gefesselt …«

»Aber dann bist du doch zu einem humanitären Projekt in die Arktis gegangen«, sagte Valérie.

»Dadurch hat sich nichts geändert«, erwiderte Édouard, »oder jedenfalls fast nichts.«

Hector erinnerte sich, dass es dort immerhin aus Flechten gebrautes Bier gegeben hatte und ein paar sehr hübsche Eskimofrauen, die Édouard zum Lachen gebracht hatte.

»Dort oben war ich von den gleichen Wünschen erfüllt – nur dass sie sich schwerer befriedigen ließen, wenn die nächste Bar hundert Kilometer Packeis weiter lag«, sagte Édouard mit einem Lächeln. »Es war eine notwendige Etappe. Als wenn ich mich dort selbst in ein Gefängnis aus Eis gesteckt hätte, aber das Herz mir weiter vor unerfüllten Begierden brannte. Im Kloster habe ich es endlich begriffen …«

Und Hector fiel wieder ein, wie Édouard plötzlich beschlossen hatte, in jenem Kloster auf dem Dach der Erde zu bleiben, statt mit ihm in die Welt der großen Städte, der Bars und der schwindelerregenden Bonuszahlungen zurückzukehren. Später hatte Édouard ihm mitgeteilt, er lerne jetzt Pali, um die Mitschriften der Worte Buddhas im Original lesen zu können.

»Ich hatte gute Lehrmeister. Im Grunde habe ich es dir zu verdanken, dass ich in dieses Kloster am Ende der Welt gelangt bin. Danke, mein Freund.«

»Aber wie bist du dann hierhergekommen?«

»Einer der Mönche, die ich dort oben kennengelernt habe, kam aus dieser Region; er war ein Waldmönch. Eine ökumenische Begegnung zwischen dem großen und dem kleinen Gefährt … Ich bin mit ihm fortgegangen. Aber als ich dann in ihrem Kloster im Wald lebte, spürte ich, dass es nicht mein Weg war. Ich wurde von Zweifeln gepackt. Also kehrte ich in die Stadt zurück und suchte mir einen Job. In der Filiale einer Bank, die nicht so genau auf die Herkunft ihrer Gelder achtete. Und schmiedete Pläne …«

»Dann hast du dich davongemacht.«

»Ja, ich bin untergetaucht, als sie meinen kleinen Schabernack entdeckt hatten! Ich musste also wieder fortgehen, über die Grenze. Ich suchte einen Ort, an dem ich meditieren konnte und in Ruhe gelassen wurde, und am Ende habe ich dieses

Dorf gefunden. Oder eigentlich haben seine Bewohner mich gefunden.«

»Bist du ihr Häuptling geworden?«, wollte Valérie wissen.

Édouard lächelte wieder, aber da ging die Lampe aus, und sie saßen im Halbdunkel.

Und da sprach Idwa.

»Um den, der nicht auf seine Lebensführung achtet, werden die Gelüste sich schlingen wie Lianen.«

Es folgte ein längeres Schweigen. Schließlich sagte Valérie: »Und der wütende Elefant, den du besänftigt hast?«

Sie warteten einige Sekunden. Idwas Silhouette neigte sich nach vorn, und er schaltete die Lampe wieder an. In ihrem Licht verwandelte er sich in Édouard zurück, und seine Magerkeit wirkte umso erschreckender.

»Ihr werdet ihn sehen. Er war um das Dorf herumgestreunt, hatte die Leute in Angst und Schrecken versetzt, einen Büffel getötet und ein Haus plattgemacht. Eines Tages, als ich meditieren ging, bin ich ihm über den Weg gelaufen. Ich hatte keine Angst. Die Varak Lao konnten das sehen. Ich glaube, dass dieser Elefant schon einmal abgerichtet wurde und dann entflohen ist. Ich hatte bei den Waldmönchen eine Zeit lang die Grundlagen der Elefantendressur erlernt. Mit jedem Tag hat er sich mehr an meine Gegenwart gewöhnt. Dann auch an die Arbeitselefanten der Varak Lao. So schwierig ist es gar nicht gewesen … Ich glaube, er hatte das Leben in freier Wildbahn satt.«

»Also war es kein Wunder?«, fragte Valérie.

»Seht selbst und urteilt selbst«, sagte Édouard. »Aber jetzt sollten wir vielleicht schlafen gehen. Ich wache ziemlich früh auf … Möchtet ihr mich zu meiner morgendlichen Meditation begleiten?«

»Vor dem Leichnam?«

Édouard lächelte: »Nein, um das zu tun, muss man schon eine bestimmte Wegstrecke zurückgelegt haben … Ich schlage euch eine kleine Meditation oben auf dem Hügel vor.«

»Einverstanden.«

Sie erhoben sich, und Édouard knipste die Lampe aus.

»Ruht in Frieden.«

Drei Worte, die er mit Idwas Stimme gesprochen hatte.

Hector sorgt sich

Am Nachmittag wurde Hector dem Häuptling der Varak Lao vorgestellt, einem Mann in den besten Jahren, der Édouard gegenüber nicht ehrerbietig auftrat, sondern eine Art Komplizenschaft mit ihm zu pflegen schien. Wenn sie einander zulächelten, war das ein bisschen erschreckend, denn Édouards Lächeln war so, als käme es bereits aus einer anderen Welt, und das des Häuptlings lag um einen Mund, der wegen des ewigen Betelkauens wie blutverschmiert aussah.

In einem kleinen Zimmer im Haus des Häuptlings war ein modernes Satellitentelefon installiert, und es gab auch eine Internetverbindung und einen Computer. Ein Generator versorgte alle diese Geräte mit Strom.

»Von hier aus herrsche ich über die Welt«, sagte Édouard. »Oder vielleicht eher über meine Konten.«

Das Geld hatte ihm zunächst ermöglicht, den Varak Lao dieses Dorfes und einiger Nachbardörfer zu helfen, nicht mehr vom Opiumanbau abhängig zu sein.

»Die Zerstörung der Opiumfelder mag ja eine gute Sache sein, aber erst mal führt sie dazu, dass die Stammesvölker hier in den Bergen verhungern. Die unabhängigen Hilfsorganisationen und die UNO kennen das Problem, sie haben inzwischen alternative Anbauprogramme entwickelt. In Thailand hatte es der König schon vor allen anderen begriffen; ihm ist es zu verdanken, dass dort kein Mohn mehr wächst. Weil die unabhängigen Hilfsorganisationen ja nicht überall sein können und hier schon gar nicht, gebe ich den Varak Lao das, was sie brauchen, um ihre traditionelle Lebensweise aufrechtzuerhalten. Sie sollen sich aber nicht an Komfort gewöhnen und nicht diese verfluchte Gier entwickeln, immer mehr und mehr haben zu wollen.«

»Du möchtest also, dass sie ihr *sentosa* behalten?«

»Genau! Die Welt droht an einem Mangel an *sentosa* zugrunde zu gehen. Die Menschen hier haben es noch.«

»Und eigentlich wolltest du das auch die lehren, die du bestohlen hast!«, sagte Valérie. »Im Grunde hilfst du ihnen, den rechten Pfad zu finden, indem sie sich von unnützen Wünschen befreien.«

Édouard lachte. »Du hast meine Absichten verstanden!«

»Und das übrige Geld?«

»Hast du Jean-Michel gesehen?«

»Ja. Er ist dir sehr dankbar.«

»Ich unterstütze ein paar Dutzend Jean-Michels in aller Welt. Im Unterschied zu Jean-Michel kennen mich die anderen aber nicht. In der Stadt habe ich eine vorzügliche Frau, die für mich herausfindet, wer am wirkungsvollsten hilft und wer Mittel einsetzen kann, ohne dass jemand zu gründlich kontrolliert, woher sie kommen. Oft sind das Leute, die zunächst bei großen Hilfsorganisationen angestellt waren und dann beschlossen haben, vor Ort zu bleiben und auf ihre Weise weiterzuarbeiten.«

»Den Klöstern spendest du nichts?«

»Das tun schon so viele andere.«

»Und wo auf dem Achtfachen Pfad befindest du dich?«

»Du sprichst von Idwa ...«

»Ist Idwa denn nicht Édouard?«

»Weißt du, Idwa und Édouard sind zwei Trugbilder, aber das ist schwer zu erklären.«

»Trugbilder, an denen ich sehr hänge«, sagte Hector.

»Aber genau diese Bindungen sind die Quelle des Leidens.«

»Wenn ich nun aber das Leiden akzeptiere? Wenn ich bereit bin, diesen Preis zu zahlen, um lieben zu können?«

Édouard seufzte. »Das Mitgefühl schließt solche Bindungen nicht ein.«

»Ich spreche nicht von Mitgefühl, sondern von Liebe oder Freundschaft. Ich weiß, dass man niemanden lieben kann, ohne auch den Verlust und das daraus entspringende Leid zu riskieren. Aber wenn ich das in Kauf nehme?«

»Da wirfst du eine grundlegende Frage auf. Ich könnte dir sagen, dass du dich noch im Zustand der Unwissenheit befindest, aber das wäre nicht sehr freundschaftlich …«

»Ich könnte es verstehen.«

»Ja, aber der Achtfache Pfad ist sowieso nicht für jeden gemacht. Wenn du dich nicht selbst für ihn entscheidest, würde ich niemals versuchen, dich von ihm zu überzeugen.«

»Was ist mit den Varak Lao?«

»Das ist etwas anderes. Sie sind zu mir gekommen. Und sie haben den Animismus abgestreift, eine Religion, die wie eine Fessel ist. Du bist Christ, deine Religion preist ebenfalls das universelle Mitgefühl und die Mäßigung der Begierden – wenn auch aus einem völlig anderen Blickwinkel … Aber ich glaube, du stehst dem Achtfachen Pfad näher als ein Animist, der in ständiger Angst vor bösen Geistern lebt und sich ruiniert, um sie gnädig zu stimmen. Wer hier ein Huhn opfert, schmälert damit die Ressourcen seiner Familie, und alles nur, um sich vor umherstreunenden Geistern zu schützen. Dies ist übrigens auch einer der Gründe, warum sich die Minderheiten zum Christentum oder zum Buddhismus bekehren. Sie sehen mit Staunen, dass Opfer gar nicht notwendig sind und dass in den Dörfern, wo nicht mehr geopfert wird, auch keine Katastrophen passieren. Sie werden von ihrer Angst erlöst.«

»Ganz ähnlich hat mir das auch Pater Jean erzählt.«

»Pater Jean ist ein heiliger Mann. Obwohl uns eine Grenze und zweihundert Kilometer Dschungel trennen, höre ich bis in unser Dorf von ihm reden. Aber Wunder lässt er nicht geschehen …«

»Anders als du mit dem Elefanten.«

»Sieh selbst und urteile selbst.«

Édouard verstummte und schloss die Augen. Hector hatte den Eindruck, dass er kurz vorm Einschlafen war. Sobald das Feuer seines Blickes und seiner Worte erlosch, wurde sein äußeres Erscheinungsbild eines ausgemergelten Greises wieder übermächtig.

»Und das Fasten?«, fragte Valérie.

»Fasten ist für mich notwendig.«

»Wenn ich mich recht erinnere, hat sogar Buddha mit dem Fasten aufgehört«, meinte Hector. »Erst hat er gefastet, bis er beinahe daran gestorben wäre, und dann hat er befunden, dass es nicht der rechte Weg ist, oder?«

Édouard seufzte. »Für mich ist es notwendig zu fasten … um gewisse Begierden abzutöten.«

Was sollte man darauf antworten, fragte sich Hector, als er den Weg zu ihrem Haus hinanstieg. Édouard hatte ein Mittel gefunden, um gegen die Folgen der »natürlichen Auslese« anzukämpfen. Bloß dass er sterben würde, wenn er weiter so fastete. Jede neue Stufe des Fastens brachte wahrscheinlich seine sexuellen Begierden zunächst zum Erlöschen, aber dann gewöhnte sich der Körper daran, die Gelüste stellten sich wieder ein, er ging zu noch strengerem Fasten über, um sie erneut abzutöten, und gleichzeitig ruinierte er damit seinen Körper noch ein bisschen weiter. Hector war es wohlbekannt, dass man durchs Fasten zu einer außergewöhnlichen Klarheit des Geistes gelangen konnte und dass es für manche Menschen praktisch zu einer Droge wurde, an der sie – wenn auch in einem Zustand der Ekstase – starben.

Aber war aus Idwas Blickwinkel nicht ohnehin alles unbeständig und eine Wiedergeburt unvermeidlich? Auch wenn Hector das alles verstand, er wollte Édouard trotzdem davon überzeugen, wieder zu essen.

Und warum nahm er sich eigentlich keine Frau? Hector erinnerte sich an einen Satz aus seiner eigenen Religion: Jene, die nicht in Keuschheit leben können, sollen eher eine Frau nehmen, denn zu verbrennen. Später öffnete er sein Notizbüchlein und schrieb:

Beobachtung Nr. 17: Ein Freund ist jemand, der dich daran hindert, zu weit zu gehen.

Aber ob man das auch auf Brice anwenden konnte?

Hector versucht es mit einer Sitzung

In der Dämmerung des nächsten Morgens ging Hector nicht mit Idwa meditieren. Er blieb bei der Lady. Brice hatte ihr am Vorabend so lange zugehört, bis sie eingeschlafen war. Dann hatte er Hector gesagt, er sei nicht mehr sicher, ob sie wirklich eine bipolare Störung mit Rapid-Cycling-Verlauf habe; vielleicht war sie einfach eine Borderline-Persönlichkeit (sofern das Wort »einfach« sich auf die Lady überhaupt anwenden ließ). In jedem Fall war Brice der Meinung, dass ein Stimmungsstabilisator ihr helfen könnte. Hector wollte es nach seiner Rückkehr mit einem solchen Medikament versuchen, aber hier im Dschungel hatte er nichts zur Hand.

Es sei denn, er bat die Varak Lao um eine Kugel Opium … Idwas Anstrengungen zum Trotz hatten sie bestimmt noch irgendwo ein kleines Mohnbeet für den Eigenbedarf behalten. Hector war sich sicher, dass die Lady schon längst daran gedacht hatte, denn sie musste wissen, dass sie sich im Goldenen Dreieck befanden, das übrigens kein Dreieck war und für die Mohnbauern auch immer weniger golden, für die Produzenten von synthetischen Amphetaminen dafür aber desto mehr.

Hector hatte also wieder seinen Posten an der Seite der in Tränen aufgelösten, ganz vernichteten Lady bezogen. Er bedauerte es, Maria-Lucia nicht bei sich zu haben. Sie war Édouard zum Meditieren gefolgt – gemeinsam mit Brice, Valérie und allen Varak Lao, die nicht gerade Bergreis ernteten oder im Fluss fischten.

Die Reaktion der Lady auf Idwas Weigerung, ausführlicher mit ihr zu sprechen, gab gutes Material für eine Sitzung ab. Die Szene war eine Neuauflage dessen, was sich im Leben der Lady so oft wiederholt hatte: spontane Idealisierung einer Person – Wunsch nach sofortiger Nähe – dann Zurückweisung, sei es durch die Lady, die Intimität nicht lange ertragen konnte, oder durch die andere Person wie – zumindest in ihrer Wahrnehmung – in diesem Fall Édouard. Doch wenn Idwa zu jemandem sagte »Heute nicht ...«, stieß er ihn damit nicht von sich. Er selbst hatte wahrscheinlich Wochen oder Monate warten müssen, ehe er manche Meister treffen konnte. Man musste mit der Lady also in zwei Richtungen arbeiten: Zunächst sollte ihr bewusst werden, dass Idwas Distanznahme keine Zurückweisung bedeutete, und dann war zu ergründen, weshalb sie schon durch eine so klitzekleine Ablehnung in einen solchen Zustand geriet.

Obgleich Hector sich redlich mühte, ein Gespräch anzubahnen, hörte die Lady nicht zu weinen auf; ihr emotionaler Zustand schien gänzlich außer Kontrolle geraten zu sein. Das wiederholte sich in letzter Zeit ein wenig zu oft, und er fragte sich, ob es nicht die Anfänge einer handfesten depressiven Episode waren. In diesem Fall dürfte man die Lady keinen Augenblick mehr allein lassen, denn Borderline-Persönlichkeiten neigen bekanntlich zu impulsiven und spektakulären Selbstmorden.

Plötzlich standen zwei Männer im Eingang der Hütte. Es waren keine Varak Lao. Sie trugen Tarnanzüge. Und hatten Sturmgewehre bei sich. Und Handschellen. Und hielten Hector und der Lady Elektroschocker, die mit einem Knistern kleine Funken ins Halbdunkel sprühten, vor die Nase, um den beiden verständlich zu machen, dass jeder Widerstand zwecklos war.

Hector im Wald

Hector verstand die Sprache nicht, in der Leutnant Ardanarinja redete oder vielmehr fauchte, aber es war klar, dass sie
ihre Soldaten zurechtwies, und zwar mit einer Wut im Blick
und einer rauen Stimme, wie er es bei ihr noch nicht erlebt
hatte. Sie sah umwerfend aus in ihrem Tarnanzug – die perfekte Verkörperung eines Bond-Girls, und bestimmt hätte sie
den Schuljungen Hector zum Träumen gebracht. Im Moment
aber konnte er den Anblick nicht so richtig würdigen, denn
er saß in Handschellen am Fuß eines Baumes und hatte das
Gefühl, dass ihm Ameisen in die Hose gekrochen waren.

Die andere wütende Person war die Lady. Sie schwieg zwar,
aber Hector war klar, dass ihr Schweigen nichts Gutes verhieß:
Er sah die verächtlichen Blicke, die sie den Soldaten zuwarf –
und auch ihm, weil er sie nicht davor bewahrt hatte, ihrem
Psychiater in Handschellen gegenüberhocken zu müssen.
Unter dem Blätterdach des Waldes herrschte noch das Halbdunkel der zurückweichenden Nacht, aber wenn man den
Blick hob, konnte man sehen, wie die ersten Sonnenstrahlen
die Berggipfel erhellten.

»Ich wollte nicht Sie, sondern Ihren Kollegen«, sagte Leutnant Ardanarinja, als sie sich schließlich Hector zuwandte.
»Und statt der da wollte ich Ihre Freundin.«

Hector begriff, was geschehen war. Am Vorabend war Brice
bis nach Einbruch der Nacht mit Valérie in Édouards Hütte
geblieben, und die Soldaten mussten daraus den falschen
Schluss gezogen haben, dass man die zwei auch noch am frühen Morgen dort vorfinden würde. Weil der Einsatz schon vor
Tagesanbruch erfolgen musste, hatten sie nicht gesehen, dass
alle beide noch im Dunkeln mit Idwa zum Meditieren aufgebrochen waren. Und dass Asiaten, die in ziemlicher Entfer-

nung auf der Lauer gelegen hatten, die Lady und Hector mit Valérie und Brice verwechselten, war nicht weiter verwunderlich.

»Ich verstehe, warum Sie wütend auf Ihre Leute sind«, sagte Hector, »aber trotzdem scheint mir das Ganze eher ein Kommandofehler zu sein.«

Leutnant Ardanarinja machte einen schnellen Schritt auf ihn zu, und er rechnete schon mit einem Stiefeltritt, aber dann hielt sie sich doch zurück. Am Ende lächelte sie sogar: »Sie verstehen sich auf die Kunst, die Leute in Rage zu bringen.«

»Das haben Sie mir noch nie gesagt.«

Sie hockte sich neben ihn und sagte mit gesenkter Stimme zu ihm: »In unserem gemeinsamen Interesse müssen wir eine Lösung finden!«

Sie kam ihm so nahe, dass ihm eine Strähne ihres Haars über die Wange strich. Zum ersten Mal nahm er ihren Geruch wahr, denn der Marsch durch den Wald hatte sie schwitzen lassen. Das verwirrte ihn, denn es war, als würden sie eine neue Stufe von Intimität erreichen, und gleichzeitig überfiel ihn ein beunruhigendes Gemisch aus Anziehung und Abstoßung. »Was wollen Sie genau?«

»Dass Ihr Freund ein paar Überweisungen veranlasst. Das Geld muss wieder zurück aufs Startfeld.«

»Und Sie wollten Brice und Valérie als Geiseln?«

»Ich will offen zu Ihnen sein. Ihr Freund Idwa ist für uns wegen seiner getreuen Varak Lao unerreichbar. Außerdem glaube ich, dass er den Tod nicht fürchtet. Aber den seiner Freunde …«

»Da bin ich mir nicht sicher. Er sagt, dass jede Bindung eine Fessel sei. Mit Ihnen würde er genauso viel Mitgefühl haben wie mit mir.«

Sie lachte kurz auf – ein weißer Blitz in der Morgendämmerung.

»Wenn ich scheitere«, sagte sie, »dann kann ich jede Menge Mitgefühl gebrauchen.«

»Der General ist also nicht gerade sanftherzig?«

Sie warf ihm einen fassungslosen Blick zu.

Hector war Jean-Marcel von Herzen dankbar dafür, dass er ihn kurz vor seiner Abreise aus der Hauptstadt noch angerufen hatte, um ihm zu sagen, wer Leutnant Ardanarinja wirklich war und in wessen Dienste sie ihr Können und ihre Intelligenz stellte – in die eines Generals, der sich mit der Vergabe von Abholzungskonzessionen ans Ausland bereichert hatte und an hohen Provisionen für Rüstungsaufträge.

»Woher wissen Sie das?«

»Immer dasselbe – ich habe Freunde.«

»Ach, Freunde …«

Ihre Miene wurde nachdenklich, als würde sie über die Bedeutung dieses Wortes meditieren, aber vielleicht fragte sie sich nur, was das für Freunde sein mochten, die die Identität ihres Auftraggebers aufdecken konnten. Hector musste zugeben, dass er von Leutnant Ardanarinja fasziniert war, und aus irgendeinem Grunde hatte er das Gefühl, dass er von ihr nichts zu befürchten hatte.

»Störe ich Sie vielleicht?« Das war die Lady, die sich darüber ärgerte, dass Hector und Leutnant Ardanarinja so lange die Köpfe zusammensteckten.

Leutnant Ardanarinja erteilte einen kurzen Befehl; zwei Soldaten näherten sich der Lady, überwältigten und knebelten sie.

»Moment mal«, sagte Hector, »sie ist meine Patientin! Lassen Sie sie in Ruhe!«

Er versuchte aufzustehen, aber ein Stoß von Leutnant Ardanarinja ließ ihn mit dem Rücken an seinen Baum prallen. Die Lady zappelte mit verzweifelter Wut herum, aber ein Soldat setzte sich auf ihre Beine und fesselte ihr auch noch die Knöchel.

»So«, sagte Leutnant Ardanarinja. »Das war ein Vorgeschmack auf das, was ihr blühen könnte, wenn die Dinge nicht so laufen, wie ich will. Verstehen Sie, was Sie zu tun haben?«

Hector verstand.

Hector verhandelt

Die Hitze hatte den Höhepunkt erreicht, und der Luxus eines Ventilators schien bei den Varak Lao unbekannt zu sein. Der Dorfhäuptling führte ein lebhaftes Gespräch mit Édouard, und gelegentlich verneigte er sich am Ende eines Satzes, als wollte er zeigen, dass seine energischen Worte kein Zeichen mangelnden Respekts waren.

Es war ein Gipfeltreffen im Beisein von Hector, Brice, Valérie und Maria-Lucia.

Édouard drehte sich zu ihnen um: »Er sagt, dass der eine Typ von Uniform, den du gesehen hast, zum Militär der Zentralregierung passt und der andere zur Armee der Varak. Das bedeutet, dass sie mit mindestens einem Anführer der Varak eine Vereinbarung getroffen haben, um in der Gegend hier überhaupt einrücken zu dürfen. Unser Häuptling möchte einen Konflikt vermeiden. Er sagt, dass er zu Verhandlungen mit dem großen Chef der Varak aufbrechen wird. Er kennt ihn persönlich, sie sind über ein paar Ecken sogar angeheiratete Cousins.«

»Sie wollen, dass du das Geld zurückgibst«, sagte Hector.

Auf der Matte vor ihnen lag das Walkie-Talkie, das Leutnant Ardanarinja Hector mitgegeben hatte. Er brauchte es einfach nur einzuschalten, um ihr zu verkünden, dass Édouard das Geld überweisen werde. Die Lady würde sofort freigelassen.

Édouard wurde stocksteif: »Das Geld zurückgeben, das sie durch lauter Schandtaten zusammengerafft haben?! Und gleichzeitig so viele gute Projekte aufgeben? Niemals!«

»Sie ist meine Patientin«, sagte Hector. »Die könnten ihr was antun.«

»Und wie viele Menschen müssen leiden oder sogar sterben, wenn ich meine Hilfe stoppe?«

Hector musste an die junge Frau in ihrem Krankenhausbett denken, die er während seines Besuchs bei Jean-Michel gesehen hatte.

»Du könntest doch über die Summe verhandeln«, meinte Brice. »Dich mit ihnen einigen, dass du nur einen Teil zurückgibst.«

»Ja, warum nicht?«, rief Valérie.

Édouard wandte sich wieder dem Dorfhäuptling zu; sie redeten eine Weile miteinander, und dann sagte niemand mehr etwas.

»Würdest du uns einweihen?«

»Er sagt, dass er sie wahrscheinlich wiederfinden könnte; du bist ja weniger als eine Stunde hermarschiert, also sind sie nicht so weit entfernt, auch wenn sie ihren Standort inzwischen wohl gewechselt haben. Aber um die Lady zu befreien, würde es zu Kämpfen kommen, vielleicht mit Toten, und das könnte einen Krieg auslösen. Deshalb möchte er lieber mit dem Anführer der Varak verhandeln.«

»Und von deinem Geld nimmt er ein bisschen was als Geschenk mit, nicht wahr?«

»Selbstverständlich.«

Der Anführer der Varak war vermutlich nicht ganz so gierig wie der General. Aber würde er sich mit einem derart mächtigen Vertreter der Zentralregierung anlegen?

»Wie lange könnte das alles dauern?«

»Für den Hinweg braucht er mindestens zwei Tage. Dann die Verhandlungen, der Rückweg … Keine Woche.«

»Und per Satellitentelefon?«

»Solche Verhandlungen führt man nicht telefonisch.«

Maria-Lucia sagte mit sanfter Stimme: »Aber wir können sie …« Sie hatte seit Beginn der Beratung noch kein Wort gesprochen, und nun richteten sich alle Blicke auf sie. »Wir können sie doch nicht einfach dort lassen … eine Woche lang!«

Hector war ganz ihrer Meinung. Schon vor der Entführung war es der Lady außerordentlich schlecht gegangen, und Hector zweifelte sehr daran, dass eine Gefangenschaft im Dschungel ihr emotionales Chaos beruhigen würde. Als er fortgegangen war, hatte er Leutnant Ardanarinja gewarnt, dass er ihr mit der Lady eine entsicherte Handgranate zurücklasse.

»In meinem Dorf hat man die Verrückten irgendwo festgebunden«, war ihre knappe Antwort gewesen.

»Ich könnte ja zu ihr gehen«, schlug Maria-Lucia vor. »Mit mir wäre sie weniger allein.«

Und Hector fragte sich, ob das Freundschaft war. Maria-Lucia war die Angestellte der Lady, sie musste ihre Launen ertragen und kannte ihre Schwächen, und dennoch schien sie ihr Leben so sehr dem Ziel geweiht zu haben, die Lady zu beschützen, dass sie sogar als Geisel zu einem Söldnertrupp gegangen wäre, über den sie nichts wusste. Er sagte sich, dass die Menschheit wahrscheinlich nie überlebt hätte, wenn es nicht in jeder Generation einen beachtlichen Prozentsatz von Personen gegeben hätte, die diese Fähigkeit besaßen, sich für andere aufzuopfern. Aber er fürchtete auch, dass Leutnant Ardanarinja das Erscheinen von Maria-Lucia nicht akzeptieren würde. Ihr Druckmittel lag doch darin, dass sie die Lady so heftig wie möglich leiden lassen konnte – ganz abgesehen davon, dass sie Maria-Lucias Ankunft vielleicht als Falle deuten würde, mit der ihr Aufenthaltsort ermittelt werden sollte. Hector jedenfalls war mit verbundenen Augen geführt worden, bis das Dorf in Sichtweite gewesen war …

»Könnten wir mal ganz in Ruhe miteinander reden?«, sagte Hector zu Édouard. Er wollte nämlich genau das versuchen, wofür Leutnant Ardanarinja ihn freigelassen hatte – seinen Freund überzeugen.

Und noch eine andere Frage ging ihm wieder und wieder durch den Sinn: Wie hatte Leutnant Ardanarinja sie eigentlich ausfindig machen können?

Hector beherrscht sich

»Édouard, die Lady wäre sicher glücklich, dich bei deiner Hilfe für all diese Menschen zu unterstützen. Sie ist mindestens so reich wie der General.«

»Ich möchte nicht von ihr abhängig sein.«

»Leben Mönche denn nicht von Spenden?«

»Ich bin kein Mönch.«

»Ich dachte, das wäre das buddhistische Lebensideal?«

»Für mich ist es nicht der richtige Zustand. Buddha hat gesagt, dass jeder seinen eigenen Weg finden muss.«

»Ist dir ihr Schicksal denn ganz egal?«

»Nein, aber ich habe doch schon gesagt, dass zu viele andere Menschen leiden würden, wenn ich das Geld zurückgäbe.«

»Aber nicht, wenn die Lady dir hilft …«

»Nein, sie wird mir nicht helfen können. Vor dem Gesetz bin ich ein Dieb. Allenfalls könnte sie den Leuten helfen, denen ich helfe.«

»Siehst du, es gibt also doch einen Ausweg.«

»Aber dafür ist es zu spät. Der General wird keine Ruhe geben, auch wenn er das Geld zurückbekommt. Ich werde fortgehen müssen. Er wird weiterhin versuchen, Anführer der Varak auf seine Seite zu ziehen, und Deals mit ihnen zu machen, um meinen Kopf zu bekommen. Wenn ich hierbleibe, bringe ich alle diese Dörfer in Gefahr.«

Natürlich hatte er recht. Sein Fortgang würde aber auch das Ende von Idwa bedeuten, und vielleicht würde Édouard sogar wieder anfangen zu essen.

»Ihr hättet niemals kommen sollen«, sagte Édouard. »Hatte ich dir nicht geschrieben, dass du auf mich warten sollst? Euretwegen ist alles hin!«

»Édouard, du hast uns deine Elefanten geschickt …«

»Ja, aber nur, weil ich wusste, dass ihr sowieso schon ganz in meiner Nähe wart! Ich habe der Versuchung, meine Freunde zu sehen, nicht widerstanden, und deshalb wird alles, was ich hier erreicht habe, umsonst gewesen sein. Ich habe es nicht geschafft, die Bindungen zu zerreißen …«

»Die Varak Lao werden Buddhisten bleiben.«

»Da bin ich mir nicht sicher. Sie brauchen meine Präsenz, genau wie die K'rarang ihren Pater Jean brauchen. Aber davon verstehst du sowieso nichts, du hattest doch nie auch nur die geringste spirituelle Dimension!«

Édouard war wütend auf ihn. Seit sie sich kannten, war das noch nie vorgekommen.

»Wir sind hier, weil wir uns Sorgen um dich gemacht haben.«

»Aber weshalb denn? Schon wieder diese nichtigen Bindungen!«

»Vielleicht ist es ja auch Mitgefühl?«

»Mitgefühl für mich zu zeigen, hätte bedeutet, mich in Ruhe zu lassen, mich meinen Weg gehen zu lassen! Jetzt ist alles verdorben.«

Hector hätte beinahe entgegnet, dass Édouard für einen Buddhisten, der danach strebte, sich von allen Bindungen zu befreien, vielleicht ein wenig zu sehr an seinen Werken hing, aber er spürte, dass er den Zorn seines Freundes damit nur noch weiter angefacht hätte. Man konnte Édouard ja verstehen: Er hatte sich in diesem Dorf ein kleines Universum geschaffen, von dem aus seine wohltätigen Aktionen in die Welt strahlten, und das alles verlor er jetzt. Um das mit heiterer Gelassenheit zu akzeptieren, hätte er schon Buddha selbst sein müssen oder zumindest ein Bodhisattwa. Aber er konnte sich doch immer noch einen neuen Zufluchtsort suchen und das Geld des Generals weiterhin für gute Zwecke einsetzen.

Plötzlich gab das Walkie-Talkie einen Piepton von sich. Hector schaltete auf Empfang.

»Nun, was ist?«, ließ sich Leutnant Ardanarinjas Stimme vernehmen.

»Wir kommen voran«, sagte Hector und schaute Édouard dabei an.

Nach einigen Sekunden Stille sagte sie: »Lassen Sie sich nicht zu viel Zeit. Der General ist ungeduldig und hat schon neue Verhandlungen mit den Varak begonnen.«

»Das erstaunt uns nicht weiter.«

Édouard beugte sich über das Walkie-Talkie und sagte: »Der General soll seine Manöver sofort einstellen, sonst sieht er das Geld nie wieder.«

Von Neuem Stille. Dann fragte sie: »Sind Sie Édouard?«

Édouard antwortete nicht.

»Ja«, sagte Hector, »er ist es.«

»Richten Sie ihm aus, dass die Situation für ihn sehr gefährlich geworden ist.«

»Das weiß er. Aber er kennt keine Furcht.«

»Was ihn selbst betrifft, vielleicht. Aber vielleicht sollte er um seine Freunde fürchten. Und um seine Dörfer und deren Bewohner ...«

Hector sah, dass Édouard den Blick auf ihn geheftet hatte. Tränen rannen ihm aus den Augen.

»Pardon«, murmelte er.

»Und übrigens«, fuhr Leutnant Ardanarinja fort, »Ihre Freundin weigert sich, zu essen und zu trinken. Sie hat auch einen meiner Männer gebissen, und zwar ziemlich heftig. Ich konnte ihn gerade noch zurückhalten. Aber beeilen Sie sich lieber, denn sie ist wirklich eine entsicherte Granate, vor allem für sich selbst.«

»Ihre Assistentin wäre bereit, zu ihr zu kommen«, sagte Hector und schilderte die beruhigende Wirkung von Maria-Lucias Gegenwart.

»Ende des Gesprächs«, sagte Leutnant Ardanarinja, und man vernahm ein abschließendes Klicken.

»Pardon«, sagte Édouard noch einmal.

Hector kriegt die Wut

Der Tag war sehr zäh dahingeflossen, und zwischendurch, am Nachmittag, hatte es eine kleine Sintflut von zwei Stunden gegeben, die alle Wege des Dorfes in Schlammbahnen verwandelt hatte. Édouard hatte sich in seine Hütte zurückgezogen, um zu meditieren oder über sein bevorstehendes Abtauchen nachzudenken. Der Dorfhäuptling war verschwunden, er war bereits mit zwei seiner Männer unterwegs zum geheimnisvollen Anführer der Varak, der ein paar Täler weiter lebte.

Nach den beiden ersten Tagen, in denen sich die Dorfbewohner allmählich an die Neuankömmlinge gewöhnt hatten (vor allem dank der fröhlichen Ausstrahlung von Valérie und Brice' Talent als Fußballer), wehte ihnen jetzt Kälte entgegen. Valérie gelang es nur noch, mit den beiden mutigsten jungen Frauen zu reden, und wenn Brice bei einem Match mitmachen wollte, hatte zwar niemand etwas dagegen, aber wenige Minuten später war immer Schluss, denn die Spieler erinnerten sich plötzlich, dass sie etwas Dringendes zu tun hatten. Alle wussten, dass Hector und seine Freunde Unglück ins Dorf gebracht hatten. Nicht nur, dass ihnen niemand mehr zulächelte – wenn die Männer an ihnen vorbeigingen, wandten sie den Blick ab und murmelten etwas, das in Hectors Ohren ganz nach Bannformeln gegen bösen Zauber klang.

Er hätte selbst gern solche Beschwörungen ausgestoßen. Mit dem Satellitentelefon hatte er bei Clara anrufen können, um ihr mitzuteilen, dass selbstverständlich alles in Ordnung sei, dass Édouard sich über das Wiedersehen außerordentlich freue und dass sie in wenigen Tagen wohl wieder zurück am Drehort sein würden. Nach einigen Sekunden merkte er, wie still Clara war. Und dann, dass sie weinte. Und am Ende erzählte sie ihm von dem Besucher, der zu ihnen ins Haus gekommen war. Nach der Beschreibung erkannte Hector den Mann sofort – ein Blick, der einem Angst einflößte. Petit Hector war im Flur noch an ihm vorbeigegangen, und der Mann hatte Nestor, dem kleinen Hund, den Kopf gekrault, und dann hatte er Clara angeschaut und gesagt: »Sehr niedlich, die beiden. Was für ein Glück Sie haben …« Und dann war er gegangen.

Während Hector Mordgelüste überkamen, erklärte er Clara mit ruhiger Stimme, dass sie recht daran getan hatte, die Informationen zu liefern; es sei das einzig vernünftige Verhalten gewesen, und sowieso hätten er und seine Freunde hier nichts zu befürchten, schließlich seien sie umgeben von einer Armee aus wilden Varak Lao, die Édouard wie einen Gott verehrten.

»Komm zurück«, sagte Clara.

Sie hatte ihn die Reise überhaupt erst antreten lassen, aber nun verlangte sie seine Rückkehr.

Noch immer vor Zorn kochend, marschierte er schnurstracks zu Édouards Hütte. Idwa saß am Fenster und meditierte vor dem höchsten Berggipfel.

Dieser Anblick brachte Hector vollends in Rage. »He«, sagte er, »jetzt komm verdammt noch mal wieder auf den Teppich zurück! Wem außer dem General hast du noch Geld geklaut?«

Wie bei ihrer ersten Begegnung schaute ihn Édouard einige Sekunden lang an, ohne ihn wirklich zu sehen. Dann fragte er erstaunt: »Bist du wütend?«

»Ja. Deine guten Werke ziehen einen ganzen Rattenschwanz von schlimmen Dingen nach sich. Da steckt jede Menge mieses Karma drin, das kannst du mir glauben.«

Er war selbst überrascht, dass er, um Édouard zu verletzen, das buddhistische Vokabular bewusst parodierte

Aber sein Freund bewahrte die Ruhe. »Sag mir, was passiert ist.«

Hector erzählte, von wem Clara Besuch bekommen hatte und was Leutnant Ardanarinja über diesen Mann gesagt hatte.

»Das tut mir schrecklich leid«, sagte Édouard.

»Also, wessen Kohle hast du noch beiseitegeschafft?«

Édouard erklärte es ihm. Es handelte sich um zwei Minister einer Sozialistischen und Demokratischen Republik, die fanden, dass für die verdienstvollsten Mitglieder der Partei auch der Kapitalismus seine Reize hatte.

»Da die Investitionen des Auslands jedes Jahr wachsen, bekommen sie geheime Provisionen in so unverschämten Größenordnungen, dass sie das Geld außer Landes schaffen müssen. Für die Banken hat sich das zu einem neuen Markt entwickelt.«

Nun war klar, weshalb auch diese Leute keine Strafanzeige stellen konnten.

»Entschuldige bitte wegen vorhin«, meinte Édouard.

»Wegen vorhin?«

»Ja, als ich mich so über euch aufgeregt habe. Und als ich dir gesagt habe, du hättest nicht die geringste spirituelle Dimension.«

»Weißt du, das stimmt vielleicht sogar«, sagte Hector.

»Es steht mir nicht zu, darüber zu urteilen. Und erst recht nicht, wenn ich wütend bin.«

»Ich verstehe deinen Zorn doch«, sagte Hector. »Deine ganze Welt droht zusammenzukrachen ...«

»Ja«, meinte Édouard, »aber trotzdem tut es mir leid.«

Beobachtung Nr. 18: Ein Freund ist jemand, der dich um Entschuldigung bitten kann.

Hector hat eine Idee

Sie waren wieder ganz versöhnt, als Hector eine Idee hatte. Édouard und Idwa fanden sie eher gut. Und dann ließ Hector seinen Freund in Ruhe meditieren und machte sich auf die Suche nach Valérie.

Er entdeckte sie zwischen den Pfählen eines Hauses, wo sie mit zwei jungen Frauen saß und mit einem Knirps, der fasziniert mit ihren blonden Haaren spielte.

Als der kleine Junge Hector näher kommen sah, zog er sich sofort zurück, die jungen Frauen standen auf, und alle drei gingen davon.

»Also wirklich – von dir mal abgesehen, sind wir hier nicht mehr besonders beliebt ...«

»Stimmt«, sagte Valérie. »Ich glaube sogar, dass wir schleunigst abreisen sollten.«

»Wieso?«

»Ein kleiner Junge hat mir gesagt, dass sein Vater findet, ich hätte einen sehr schönen Kopf.«

»Ähm ... Und meiner, ist der vielleicht nicht schön?«

»Es freut mich, dass dir der Sinn für Humor nicht abhandenkommt, aber das alles hier finde ich nicht mehr lustig. Wenn du es genau wissen willst – dein Kopf rangiert hinter dem von Brice, blaue Augen stehen halt höher im Kurs. Aber du würdest vor Maria-Lucia drankommen; die finden sie nämlich überhaupt nicht interessant, sie ist eben unübersehbar auch Asiatin.«

»Also sollten wir abreisen und die Lady im Dschungel zurücklassen?«

»Nein, aber Édouard muss sich bald entscheiden.«

»Und dann sollen eben andere leiden und sterben?«

»Er hat schon viel geholfen. Er könnte doch aushandeln,

dass er nicht das ganze Geld zurückgibt. Findet Brice jedenfalls.«

Ohne zu wissen, weshalb, ärgerte es Hector, dass Valérie
eine Idee von Brice anführte. Wo steckte der eigentlich? Er
schlief, wie Valérie ihm erklärte.

»Na schön«, sagte Hector, »du kennst doch Journalisten,
oder?«

So war es. Im Laufe ihrer zahlreichen Reisen hatte Valérie
sich mit mehreren Reportern angefreundet, die Experten für
diese Weltgegend waren. Darunter waren auch die ständigen
Korrespondenten einiger großer Zeitungen.

Valérie und Hector gingen zusammen zu Édouard, und
dann machten sie sich zu dritt auf den Weg zum Satellitentelefon. Hector dachte, man könne der Welt nur wünschen, dass
sie wieder *sentosa* fand und sich sogar daran gewöhnte, mit
weniger auszukommen als heute, aber er sagte sich auch,
dass er jederzeit auf die Straße gehen würde, um zwei Errun-
genschaften zu verteidigen, die ihm fürs Glücklichsein unver-
zichtbar zu sein schienen: ein Gesundheitssystem, das allen
offenstand, und die Pressefreiheit.

Auch Valérie fand seine Idee vortrefflich.

Das bestätigte sich, als der Journalist akzeptierte, die Namen des Generals und der Minister nicht genannt zu bekommen. Das Damoklesschwert der Enthüllung war die Ab-
schreckungswaffe, mit der Hector und seine Freunde sich
schützen wollten. Aber für eine Veröffentlichung bestand man
zumindest auf Édouards Namen (der nicht sofort preisgege-
ben würde) und dem Namen der Bank (der allerdings von
Anfang an publik gemacht werden sollte).

Diese Informationen, verbürgt durch den Hauptakteur und
durch Valérie, der der Journalist vertraute, führten zu dem
von Hector erhofften Ergebnis: Schon am Folgetag würde ein
Artikel in einer großen europäischen Tageszeitung erscheinen, der natürlich in den Botschaften der betroffenen Länder
gelesen werden würde. Darin stünde, dass der Trader einer
Bank, die den Reichen der ganzen Welt wohlbekannt war, mit
einer beträchtlichen Summe verschwunden war und dass es

sich um Gelder handelte, die aus der Korruptheit von ranghohen Führungskräften zweier Staaten dieser Region herrührten. Das würde eine Menge Leute aufschrecken, und einige von ihnen würden überaus ängstlich auf den Folgeartikel warten, der detailliertere Informationen liefern sollte. Hector, Valérie und Édouard fanden alle drei, dass die Sache ein gutes Druckmittel für Verhandlungen war.

»Hinterher könnte ich ihnen immer noch einen kleinen Bonus gewähren, um guten Willen zu beweisen«, sagte Édouard. »Vielleicht einen Teil der ehrlich erworbenen Zinsen, die ihr unehrlich erworbenes Geld erbracht hat.«

»Weil du mit diesem Geld noch mehr Geld verdient hast?!«

»Na klar, das ist schließlich mein Job! Und weil sie ja nicht gerade richtige Kunden sind, bin ich ziemliche Risiken eingegangen, und siehe da, es hat sich gelohnt …«

Dieser Gedanke machte ihn ganz vergnügt, und Hector hatte fast das Gefühl, dem alten Édouard gegenüberzustehen. Vielleicht würde das seinen Freund ja dazu verleiten, ein bisschen mehr zu essen?

Gleichzeitig aber würde die Veröffentlichung des Artikels Édouard unwiederbringlich dazu verdammen, sein restliches Leben auf der Flucht zu sein …

Aber das war für ihn offensichtlich kein großes Opfer.

»Dann werde ich mich noch besser von allen Dingen lösen können«, meinte er, und Hector besann sich auf seine *Beobachtung Nr. 2: Ein wahrer Freund ist bereit, Opfer für dich zu bringen oder sich deinetwegen sogar in Gefahr zu begeben.*

Hector kann nicht verzeihen

Hector fand Brice schlafend vor. Seit ihrer Ankunft hatte sein Kollege dem Palmwein überreichlich zugesprochen – jener Flüssigkeit, die direkt aus den Palmwedeln rinnt, wenn man sie im milden Licht des späten Nachmittags oben an der Spitze des Baumes abschneidet. Ihr milchiges Aussehen und der etwas säuerliche, prickelnde Geschmack hatten Hector an Makgeolli erinnert und Brice wahrscheinlich an seinen unstillbaren Appetit auf jede Form des Rausches.

»Brice!«

Brice öffnete die Augen, aber wie Édouard, wenn er aus seiner Meditation trat, schien auch er Hector erst nicht zu erkennen.

»Ah, Hector ... Alles in Ordnung?«

»Ja ... oder eigentlich nein.«

Hector reichte ihm das Walkie-Talkie. »Hier, Leutnant Ardanarinja möchte dich sprechen. Ich glaube, ihr kennt euch.«

»Leutnant Ardanarinja?!« In Brice' Blick konnte man die Panik deutlich lesen. »Aber woher sollte ich die denn kennen?«

Die Leute beim Aufwachen zu überraschen, war überall auf der Welt ein beliebter Trick der Polizei. Und er funktionierte tatsächlich!

»Du kennst *die* nicht? Woher weißt du denn, dass Leutnant Ardanarinja eine Frau ist?«

Langsam dämmerte es Brice, dass ihn seine Worte und mehr noch seine Angst bereits verraten hatten. Trotzdem versuchte er, den Empörten zu spielen. »Hör mal, ich weiß gar nicht, wovon du sprichst! Du reißt mich einfach so aus dem Schlaf und redest von Leuten, die ich nicht kenne – was ist eigentlich in dich gefahren?«

»Ich habe mit Pater Jean telefoniert.«

Brice entgegnete nichts. Er sah Hector fassungslos an, als würde er miterleben, wie sein Freund langsam verrückt wird.

»Ich habe ihn gebeten, die Nummern zu überprüfen, die du von seinem Satellitentelefon aus angerufen hast. Zwei davon kannte ich nicht, vielleicht waren es die von Lek oder Nok. Aber eine kenne ich sehr gut – die einer schönen Offizierin …«

Brice schloss die Augen, und Hector rechnete damit, dass er versuchen würde, aufzuspringen und wegzurennen. Einen Moment lang stellte er sich vor, wie er sich dann mit Brice prügelte, und wütend, wie er war, hoffte er beinahe, dass es so weit käme. Wütend darüber, wie Clara bedroht worden war, wütend über Édouards Verrücktheit und noch wütender über Brice' Verrat, der sie alle in ernste Gefahr brachte.

Dann schlug Brice die Augen wieder auf. »Bitte verzeih mir«, sagte er.

Hector fand, dass sich sein Leben nicht gerade zum Besseren wendete: Erst hatte ihn alle Welt zur Vorsicht ermahnt, und jetzt baten ihn ein paar zu viele seiner Freunde um Entschuldigung!

Brice' Geständnis war ohne Umschweife. Er hatte kein Geld mehr gehabt. Seine Vergnügungen (oder vielmehr seine Beiträge zur Verbesserung der Lebensumstände von Nummerngirls) hatten die Summe, die er aus seinem Prozess und seiner Scheidung hinübergerettet hatte, rapide zusammenschmelzen lassen. Er hatte sich in diversen Dingen versucht – einem französischen Restaurant, einem Antiquitätenladen –, aber offensichtlich hatte ihn sein Geschäftssinn verlassen, oder er funktionierte nicht an diesem Ende der Welt. Schließlich hatte Brice verloren, was ihm geblieben war. Er konnte sich nicht vorstellen, nach Europa zurückzukehren, und wo hätte er dort auch praktizieren können? Da hatte er ernsthaft darüber nachzudenken begonnen, mit allem Schluss zu machen. Niemand brauchte ihn mehr, seine Kinder verabscheuten ihn für seinen Verrat an der Familie, und abgesehen von seinen Gefährtinnen für ein, zwei Nächte hatte er keine Freunde mehr und schon gar niemanden, auf den er hätte zählen können.

»Ich habe mir gesagt, dass kein Mensch mich vermissen würde.«

Es sah so aus, als ob Brice gleich losheulen würde, aber Hector konnte nur denken, dass die Tränen ihn erweichen sollten. Einmal mehr hatte Brice gehofft, sich etwas Gutes zu tun, ohne etwas Schlimmes anzurichten und ohne sich erwischen zu lassen. Man musste Valérie zustimmen: Brice hatte viel von einem Kind an sich.

Leutnant Ardanarinja – die auf Brice gestoßen sein musste, als sie Hectors oder Valéries E-Mails nachgegangen war – hatte all das begriffen, und sie hatte Brice genug Geld angeboten, dass er weiter den gewohnten Lebensstil pflegen konnte (und damit die Sozialversicherung ein paar entlegener Dörfer finanzierte).

»Hast du denn nicht an die Folgen gedacht?«

Brice überlegte, die Antwort fiel ihm schwer. »Nein, irgendwie nicht. Du weißt ja, das ist nicht gerade meine Stärke.«

»Mach mir und vor allem dir selbst doch nichts vor! Was du getan hast, ist nichts anderes, als einen Freund zu verraten!«

Brice fuhr hoch, als hätte Hector ihn schwer beleidigt. »Einen Freund? Wer sagt dir, dass Édouard mein Freund ist?«

»Ich erinnere mich, dass du …«

»Als ich bis zum Hals in der Scheiße steckte, warst du der Einzige, der den Kontakt zu mir aufrechterhalten hat!« Brice hatte sich regelrecht in Rage geredet.

»Damals lebte Édouard schon am anderen Ende der Welt«, sagte Hector.

»Aber er hat auf meine Kontaktversuche nicht geantwortet. Als er einmal in Europa war, hatten wir uns zum Abendessen verabredet, aber er hat abgesagt. Und dann ist er wieder weggeflogen.« Wie Brice das sagte, klang es, als wäre es erst letzte Woche geschehen. Es hatte ihn tief verletzt.

»Weißt du, Brice – ich glaube, dass Édouards Abendgestaltung damals ein bisschen so aussah wie deine eigene. Das hieß

199

aber nicht, dass du nicht mehr sein Freund warst. Ihr habt euch einfach aus den Augen verloren.«

»Du verteidigst ihn auch noch?«

»Das ist doch egal. Aber hast du dich nicht schäbig gefühlt, als du ihm diese Leute auf den Hals gehetzt hast? Hast du dich nicht gefragt, ob die Strafe für jemanden, der dich einfach aus den Augen verloren hat, nicht zu hart ist? Weißt du, was Édouard jetzt droht?«

Brice saß schweigend da. Hector spürte, wie er zögerte – genau wie manche seiner Patienten, wenn sie Angst davor hatten, ihm etwas zu enthüllen, für das sie sich schämten.

»Im Grunde glaube ich … weil, als ich Blödsinn gemacht habe … als alles den Bach runtergegangen ist … weil mein Leben von da an verpfuscht war – nein, nein, ich weiß, dass es verpfuscht ist, egal, was du sagst, ich versuche doch bloß noch, die Zeit herumzubringen, bis es sowieso endgültig aus ist – also habe ich mir gesagt, dass alles in allem … dass es nicht ungerecht wäre, wenn es Édouard genauso ginge wie mir. Das ist ein bisschen zum Kotzen, nicht wahr?«

»Es ist hundertprozentig zum Kotzen«, sagte Hector.

»Weiß Valérie Bescheid?«

»Nein.«

»Bitte sag ihr nichts davon.«

»Ist dir wichtig, was Valérie über dich denkt?«

»Ja«, meinte Brice, »ich glaube schon.« Und mit einem Mal fing er tatsächlich an zu weinen. Er verbarg sein Gesicht in den Händen, aber sein ganzer Körper wurde von den Schluchzern erschüttert. Wie bei einem Kind.

Hector fand es schwierig, einem Kind böse zu sein. Andererseits müssen Kinder bestraft werden, wenn sie Dummheiten anstellen. Aber es gelang ihm nicht, Brice zu verabscheuen, auch wenn ihn das, was sein Kollege getan hatte, bei jedem anderen angewidert hätte. Warum bloß? Vielleicht weil Brice schon so lange Teil seines Lebens war, weil sie schöne Stunden miteinander verbracht hatten und weil er immer ein verlässlicher Freund gewesen war. Aristoteles sagt, dass die tugendhafte Freundschaft aufhört, wenn einer der Freunde den Pfad der Tugend verlässt – es sei denn, er zeigt den Wunsch, für seine Fehler zu sühnen.

»Ich werde dir Gelegenheit geben, das wiedergutzumachen«, sagte Hector.

Später schaute er in sein Notizbüchlein und stieß dort wieder auf die *Beobachtung Nr. 18: Ein Freund ist jemand, der dich um Entschuldigung bitten kann.*

Brice hatte ihn um Entschuldigung gebeten, und seine Tränen zeigten, dass er über seine Taten ernstlich betrübt war. Hector fragte sich trotzdem, ob er Brice wirklich verzeihen konnte.

Sollte man Verrat bei einem Freund eher entschuldigen als bei einem anderen – einfach nur, weil er ein Freund ist und weil man das Wohl seiner Freunde will? Oder sollte man im Gegenteil schwerer verzeihen, eben weil er ja ein Freund ist und weil es umso schlimmer ist, wenn man von einem Freund verraten wird?

Und was würde Édouard darüber denken, wenn er es wüsste?

Hector ist dankbar

»Ihre Freundin macht uns das Leben schwer.« Leutnant Ardanarinja schien am Rande eines Nervenzusammenbruchs zu stehen. Selbst der näselnde Klang des Walkie-Talkies schaffte es nicht, ihre Gereiztheit zu überdecken.

»Sie ist keine Freundin, sondern eine Patientin.«

»Auf jeden Fall hat sie ein Problem mit Autorität. Haben Sie das mit ihr schon mal durchgesprochen?«

»Wissen Sie, sie ist ein Star …«

»Ja, das hat mir einer meiner Soldaten auch schon gesagt.« Leutnant Ardanarinja schien nicht viel fernzusehen, und sie war noch zu jung, um Kinder im Teeniealter zu haben – falls sie überhaupt je welche haben würde. Und wie Jean-Marcel erklärt hatte, war es unwahrscheinlich, dass sie bei ihrem Beruf viele Freunde hatte. »Wir wechseln regelmäßig den Standort, aber weil sie sich weigert zu gehen, müssen wir sie tragen.«

»Wie geht es ihr?«

»Sie weigert sich zu essen, und wir müssen sie die ganze Zeit gefesselt lassen.«

»So kann das nicht ewig weitergehen!«

»Genau. Wo ist das Geld?«

»Ich tue, was ich kann, aber mein Freund hat keine besonderen Sympathien für die Lady. Sie verkörpert nicht so richtig die buddhistischen Tugenden.«

»Da kann ich ihm nur zustimmen.«

»Ich glaube sogar, dass er denkt, ein wenig Askese würde ihr nicht schaden. Sie hätten lieber mich dabehalten sollen.«

Sie entgegnete nichts darauf. Hector wollte ihr klarmachen, wie sinnlos das Ganze war, wenn Édouard sich weigerte, das Geld zu überweisen. Was sollten sie dann mit der Lady anfangen? Sie konnten zwar immer noch versuchen, Édouard zu entführen, aber Idwa wurde von den getreuen Varak Lao beschützt.

»Ich werde Ihnen helfen«, sagte Hector.

Er hatte den Eindruck, ihr Lächeln durchs Walkie-Talkie hindurch zu spüren. »Lassen Sie hören.«

»Ich schicke Ihnen meinen Freund Brice. Er ist ein exzellenter Psychiater; er wird die richtigen Worte finden, wenn er mit der Lady spricht. Und da Sie ihn ja schon so gut kennen, können Sie sicher sein, dass es keine Falle ist.«

Stille. Hector hätte viel dafür gegeben, Leutnant Ardanarinjas überraschte oder wütende Miene sehen zu können. Ein Bond-Girl mit den eigenen Waffen zu schlagen, wäre ein köstliches Vergnügen gewesen, hätte Hector nur nicht ständig daran denken müssen, dass der Mann mit den leeren Augen sein Haus und seine Familie kannte.

»Außerdem wird Brice Ihnen erklären, was wir zu tun beschlossen haben. Ich reiche das Funkgerät mal weiter, damit Sie besprechen können, wo und wie Sie sich treffen.«

Später, die Nacht war schon hereingebrochen, kehrte er erschöpft in ihr Haus zurück. Dort saß Valérie, ganz ins Studium des Varak-Lao-Wörterbuchs vertieft. Sie hob den Blick und lächelte. »Nun, kommt Bewegung in die Angelegenheit?«

»Ja, ich hoffe schon. Wo ist Maria-Lucia?«

»Bei Idwa. Sie diskutieren gerade die Gemeinsamkeiten oder vielleicht auch die Unterschiede zwischen Buddhismus und Christentum.«

»Die Unterschiede sind gewaltig, aber in puncto alltägliche Lebensführung könnte man einen idealen Buddhisten nur schwer von einem idealen Christen unterscheiden.«

Plötzlich wurde Hector klar, dass er zum zweiten Mal seit Antritt der Reise mit Valérie allein war. Das erste Mal war der Moment am Vortag gewesen, als sie sich nackt gesehen hatten. Er durfte unter keinen Umständen ... Schnell streckte er sich in der Zimmerecke aus, in der er am weitesten von Valérie entfernt war. Aber vielleicht sollte er doch lieber zu Édouard gehen und mit ihm den grundlegenden Unterschied zwischen dem Parinirvana und dem himmlischen Königreich diskutieren? Er richtete sich wieder auf.

»Ich spüre, dass du verlegen bist«, sagte Valérie.

»Ähm … nein … wieso … überhaupt nicht …«

»Aber ja doch!«

Alle Untersuchungen hatten bestätigt, dass Frauen im Lesen nonverbaler Botschaften den Männern überlegen waren – eine nützliche Befähigung, wenn man sich um die Menschenjungen kümmern musste! Selbst ohne Spezialausbildung hatte Valérie nach all ihren Begegnungen mit Völkerstämmen, deren Sprache sie nicht immer konnte, wahrscheinlich ein ebenso scharfes Auge wie Leutnant Ardanarinja, wenn es darum ging, etwas vom Gesichtsausdruck eines Menschen abzulesen.

»Ist es wegen gestern?«

»Wieso wegen gestern?«

»Du weißt ganz genau, was ich sagen will.«

Er hatte den Moment genau vor Augen – wie ihnen in der Morgendämmerung, an einem rauschenden Bächlein, bewusst geworden war, dass sie einander begehrten – und absurderweise wurde er jetzt auch noch rot! »Ja, es ist wohl wegen gestern.«

Valérie lächelte, diesmal wie eine gute Kameradin. »Tut mir leid, dass es dich verlegen macht. Ich wollte dir sagen, dass ich es bedaure …«

»Was gibt es da zu bedauern?«

»Das weißt du genau.«

»Ähm … ich bedaure es auch …«

»Ich glaube, zuerst habe ich es gespürt. Wenn ich nichts unternommen hätte, wäre es dir vielleicht gar nicht bewusst geworden.«

»Hm, kann sein. Bei mir war es Verleugnung, wie der Psychiater sagt.«

»Natürlich.«

Er konnte Valérie nicht lange anschauen, er hatte das Gefühl, dass er, wenn sich ihre Blicke zu lange begegneten, zu ihr gehen und sie küssen würde. Aber das durfte er nicht …

»Mach dir keine Sorgen«, sagte sie. »Es war nur eine momentane Laune. Wenn du jetzt versuchen würdest, mich zu küssen, würde ich Nein sagen.«

»Ach so, wenn *ich* es versuchen würde?«

»Ich weiß genau, dass wir hinterher beide unglücklich wären.«

Hector schaute Valérie an, ihr offenes Lächeln, ihre strahlenden Augen, und er verspürte für sie eine Woge von Dankbarkeit. Sie war seine Freundin, daran gab es keinen Zweifel.

Beobachtung Nr. 19: Ein(e) Freund(in) ist jemand, dem (der) du oft dankbar bist.

Hector lernt dazu

Die Zeit floss noch immer so träge dahin, aber Hector begann sich daran zu gewöhnen. Solange er genügend Seife hatte, um sich zu waschen, ging es noch; er hatte sich sogar an das Klo gewöhnt, das heißt an die wacklige Hütte, die eine Grube umgab, aus der es so stank, dass man sich beinahe nach dem Geruch des Leichnams zurücksehnte. Übrigens war dieses Bauwerk auf Initiative von Idwa errichtet worden.

Aus dem Dschungel waren beruhigende Nachrichten gekommen: Brice hatte den Dialog mit der Lady aufgenommen, und sie zeigte sich, von seiner Ankunft gerührt, momentan ganz friedlich und kontaktfreudig. Natürlich wusste sie nicht, dass Brice einer der Verantwortlichen für ihre Geiselnahme war, und so konnte sie ihn nach Lust und Laune idealisieren – der tapfere Ritter, der in den Urwald geeilt war, um sie zu retten …

»Manchmal bedeutet Glück, nicht alles zu begreifen«, sagte Valérie.

»Nicht übel – woher hast du das?«

»Na, von dir! Du hast es mir letztens vorgelesen; es war einer der Sätze aus deinem Notizbüchlein.«

»Ich sollte meine eigenen Sachen mal wieder lesen.«

»Ich weiß noch gut, wie du damals aus China zurückgekommen bist und irgendwie verändert wirktest. Ich habe mich immer gefragt, was dir dort passiert ist.«

»Ach, das habe ich ganz vergessen«, meinte Hector.

»Also eine Frau! Wusste ich's doch!«

»Damals war ich noch nicht verheiratet.«

»Du bist einfach zu komisch«, sagte Valérie und brach in helles Gelächter aus.

»Aber warum?«

»Ich weiß nicht, du wirkst immer so verlegen, wenn es um dein Liebesleben geht. Die meisten Männer würden sich mit solchen Geschichten brüsten!«

»Vielleicht habe ich noch ein Bewusstsein für die Sünde«, sagte Hector. »Auf diesem Gebiet jedenfalls.«

»Davon könnte Brice sich eine Scheibe abschneiden.« Und bei diesen Worten lachte Valérie ganz und gar nicht mehr.

Weil sie das Land gut kannte, erzählte ihr Hector, was Brice über die Nummernmädchen und die Sozialversicherung für abgelegene Regionen gesagt hatte. Er wollte die Situation besser verstehen, und wenn er nur Brice' Standpunkt hörte, war es so, als würde man einen Heroinsüchtigen zum Thema Drogenfreigabe befragen. Aber Valéries Antwort überraschte ihn.

»Im Großen und Ganzen hat Brice nicht unrecht«, sagte sie.

»Ist das dein Ernst?«

»Ja, aber er vergisst zwei Dinge. Heute ist das Land entwickelter als früher, und auch auf den Dörfern herrscht nicht mehr das nackte Elend. Aber die jungen Frauen arbeiten immer noch, um den Lebensstandard ihrer Familien zu erhöhen. Es gibt da so ein Konkurrenzgehabe.«

»Ein was?«

»Ja, wenn so eine junge Frau regelmäßig aus der Hauptstadt zu Besuch kommt und ihre Familie sich bald ein neues Haus bauen oder Mopeds kaufen kann, dann sagen die Nachbarn zu ihrer eigenen Tochter: ›Hast du gesehen, wie nützlich Lek für ihre Familie ist?‹ Und oft braucht es keine weitere Aufforderung, damit die junge Frau loszieht, um in der Stadt ihre Pflicht zu tun. Schließlich kann sie dort, solange sie jung und hübsch ist, das Zehnfache von dem verdienen, was sie als Arbeiterin bekäme. Und im Dorf tut man so, als wüsste man von nichts. Eine der Hauptursachen für die Prostitution in Asien ist – neben der Armut und den Menschenhändlern natürlich – die Ergebenheit der Töchter ihrer Familie gegenüber. Das ist man seinen Eltern und seinen Geschwistern schuldig.«

Hector brauchte einen Moment, um diese Information zu verdauen.

»Und die zweite Sache, die Brice vergisst?«

»Das, was die Männer erzählen, nachdem sie diese jungen Frauen später geheiratet haben. Nach der Hochzeit haben ihre Ehefrauen oftmals keine große Lust mehr auf Sex – für sie gehören Sex und Liebe nicht mehr zusammen, im Gegenteil.«

Brice hatte also nicht alles begriffen, oder vielleicht hatte er nicht alles sagen wollen.

Erst als Brice schon unterwegs war, fand Hector den Mut, Édouard von dem Verrat zu erzählen. Er erklärte ihm auch, was Brice dazu bewogen hatte.

»Der Unglückliche«, sagte Édouard. »Der Unglückliche.«

»Bist du ihm denn nicht böse?«

»Doch, aber in seiner Haut möchte ich jetzt nicht stecken.«

Aber Édouard wirkte eigentlich nicht wütend, sondern einfach nur traurig. »Auf jeden Fall bin ich ein bisschen mitverantwortlich. In gewisser Weise habe ich ihn wirklich fallen lassen, als ich damals das Abendessen abgesagt habe, während er dringend den Trost eines Freundes gebraucht hätte. Und warum habe ich abgesagt? Damit ich meinen nichtigen Vergnügungen nachgehen konnte ...«

Hector dachte, dass Idwa in seinem Freund Édouard immer weiter heranwuchs.

Hector begegnet einem Wunder

Sie gewöhnten sich an die Geräusche des Waldes zu den verschiedenen Tageszeiten. Inzwischen konnten sie mindestens drei Arten von regelmäßig wiederkehrenden Vogelrufen unterscheiden. Am schwersten zu ertragen waren die Dorfhähne, die schon wie entfesselt zu krähen begannen, wenn die Morgendämmerung noch weit war. Hector hatte den Eindruck, dass es immer derselbe Hahn war, der seinen Schrei zu ungebührlich früher Stunde losließ, und dass sich die übrigen Hähne dann verpflichtet fühlten, ihm zu antworten. Zu gerne hätte er diesen gestörten Hahn ausfindig gemacht, um mit ihm ein kleines animistisches Opferritual zu veranstalten.

Tagsüber sahen sie auch graue Affen mit langen Schwänzen, und Édouard hatte ihnen erzählt, dass es hier noch Orang-Utans gab, aber dass man sich ihnen nur schwer nähern konnte.

»Und Tiger?«

»Durch all die verschiedenen Milizen laufen hier eine Menge Männer mit Gewehren herum, und natürlich gibt es auch Wilderer. Aber in der Abenddämmerung begegnet man manchmal noch welchen.«

Sie versuchten, sich die Zeit nicht allzu lang werden zu lassen, aber der Artikel würde bestenfalls am nächsten Morgen in Europa erscheinen, und dann war es hier schon früher Nachmittag, und vielleicht würde er ja auch erst ein, zwei Tage später gedruckt werden. Brice hatte die Neuigkeit gewiss schon an Leutnant Ardanarinja weitergetragen, aber die wollte sich, wenn Hector während ihrer kurzen Wortwechsel am Walkie-Talkie das Thema anschnitt, auf kein Gespräch darüber einlassen. Wahrscheinlich musste sie die Sache erst dem General melden und seine Befehle abwarten.

Am Nachmittag nahm Édouard sie zu dem Elefanten mit, für dessen Zähmung ihn sämtliche Varak-Lao-Dörfer der Umgebung verehrten. Sie hatten erwartet, das Tier bei den übrigen Elefanten zu finden, also angepflockt neben dem Gemeinschaftshaus, aber Édouard führte sie zu dem großen Bauwerk, das mit geschnitzten Pfosten umgeben war.

Die Tür ging auf, und Hector erkannte im Halbdunkel die Umrisse eines riesigen Körpers, der ganz gestreift aussah durch die Sonnenstrahlen, die durch die Zwischenräume der Bretter drangen.

Ihre Augen gewöhnten sich an die Dunkelheit, und Maria-Lucia bemerkte es als Erste: »Aber er ist ja ganz anders als die anderen!«

Édouard nickte nur. Tatsächlich zeigte dieser Elefant, der sie neugierig anschaute, nicht das schwärzliche Grau seiner Artgenossen. Er war … rosa! Er hatte beinahe die Hautfarbe eines Europäers, mit dunkleren Zonen an den Flanken und am Rand der Ohren. Seine Augen, mit denen er die Neuankömmlinge aufmerksam fixierte (auch für den Elefanten war es die erste Begegnung), waren von einem fahlen Gelb, wodurch er weniger menschenähnlich wirkte als seine Artgenossen.

»Er ist ein Albino«, sagte Édouard. »Er ist rosa, und solche Tiere nennt man, warum auch immer, weiße Elefanten.«

Der Elefant setzte einen Schlusspunkt hinter diese Erklärung, indem er ein paar enorme Kothaufen fallen ließ, die ganz normal gefärbt waren.

Ein weißer Elefant, das begehrteste Symbol des Königtums in dieser Weltgegend. Könige, die keinen weißen Elefanten besaßen, hatten bisweilen Kriege geführt, um einen zu erobern, denn ohne dieses mythische Tier wurde ihr Geschlecht weder von ihren Untertanen noch von den Nachbarn anerkannt. Hieß es nicht außerdem, dass der weiße Elefant eine der Inkarnationen des Glückseligen war? Nun begriff Hector, weshalb Édouard den Varak Lao wie ein Fabelwesen vorgekommen war, und wenn man so sah, wie sein Freund mit seiner knöchernen Hand den Kopf des Elefanten streichelte, der diese Liebkosungen sichtlich genoss, fragte man sich schon, ob das nicht wirklich ein Wunder war.

Ein Knacken und Spucken des Walkie-Talkies ließ sie und den Elefanten zusammenschrecken und riss sie aus ihrer Verzauberung. Es war Leutnant Ardanarinja.

Sie drückte sich kurz und bündig aus: Wenn der Zeitungsartikel erscheinen sollte, hätten die Varak Lao schon bald einen schönen und ganz frischen Männerkopf mehr für ihre Sammlung.

Hector tröstet eine Freundin

Hector verwünschte sich. Valérie weinte. Édouard war in seine Hütte gegangen, um zu meditieren.

Sie hatten sich für so clever gehalten. Jetzt sagte sich Hector, dass sie sich eher benommen hatten wie ein paar Pfadfinder, die glauben, sie könnten der Mafia einen Streich spielen. Bevor die nächsten Akte der Katastrophe eintreten konnten, war Hector zum Satellitentelefon gestürzt, um Clara zu sagen, sie solle mit Petit Hector und dem Hund einige Tage bei einer Freundin verbringen, die in einem gut gesicherten Gebäudekomplex wohnte.

Er fragte sich, was einen derartigen Idioten aus ihm gemacht hatte. Die Hitze vielleicht? Der Eindruck, in einer Parallelwelt gelandet zu sein? Der naive Gedanke, eine Beziehung zu Leutnant Ardanarinja aufgebaut zu haben? Die Nachbarschaft der Elefanten? Idwas spirituelle Präsenz, die ihnen allen ein seltsames Gefühl von Beschütztheit gab? Oder war es der Wunsch gewesen, Druck auf die Leute auszuüben, die es gewagt hatten, seiner Familie einen Todesboten zu schicken, einen Kerl, der sich in sein Haus eingeschlichen und den Kopf seines Sohnes gestreichelt hatte?

Buddha hätte dazu gesagt, er habe sich von Unwissenheit, Stolz und Wut verblenden lassen.

Valérie hatte sich vergeblich bemüht, den Journalisten anzurufen. Die Verbindung ließ sich nicht herstellen, das Netz war in diesen frühen Abendstunden überlastet. Und morgen wäre es zu spät, um den Artikel, der bereits im Druck sein musste, noch zurückzuziehen.

Hector hatte versucht, mit Leutnant Ardanarinja zu sprechen, aber sie hatte das Walkie-Talkie gleich an Brice weitergereicht.

»Brice?«

»Ja, ich bin's. Ihr wisst also schon Bescheid, wie die Dinge stehen. Ich bitte euch, stoppt das Ganze sofort. Als wahre Freunde werdet ihr mich doch nicht im Stich lassen?« Brice versuchte, in dem unbeschwerten Tonfall zu sprechen, den sie an ihm kannten, aber die Angst, die unüberhörbar aus ihm sprach, übertrug sich auf alle anderen.

»Nein«, sagte Hector, »natürlich nicht.«

»Wir lassen dich niemals im Stich, Brice«, rief Valérie.

»Tut mir leid wegen all der Missverständnisse«, sagte Édouard, »aber wir lassen dich doch nicht einfach fallen, alter Junge.«

»Ich bitte euch darum«, sagte Brice, »ich bitte euch darum.«

Hector spürte, dass er gleich zu weinen beginnen würde.

»Ende des Gesprächs«, sagte Leutnant Ardanarinja.

Hector konnte ihr gerade noch sagen, dass, falls Brice etwas zustieße, ein weiterer Artikel mit mehr Einzelheiten erscheinen würde, und Édouard hatte hinzugefügt, dass der General keinen einzigen Dollar wiedersehen werde, wenn seinem Freund auch nur ein Härchen gekrümmt würde. Aber Leutnant Ardanarinja hatte darauf mit keiner Silbe reagiert.

Danach ging sie, wenn Hector sie zu kontaktieren versuchte, nicht mehr ans Walkie-Talkie. Wahrscheinlich musste sie ihre Befehle abwarten, die nach dem morgendlichen Dienstbeginn der europäischen Botschaften eintreffen würden, wenn es in diesem Dschungel also Nachmittag war.

Édouard hatte mit den Varak Lao gesprochen, aber keine greifbaren Ergebnisse erzielt. Sie wollten die Rückkehr ihres Häuptlings abwarten. Und man konnte ja verstehen, dass sie keine Lust hatten, einen Krieg gegen die Varak und die Nationalarmee vom Zaun zu brechen, nur um das Leben eines Ausländers zu retten, der noch dazu die ärgerliche Neigung hatte, ihre Frauen zum Kichern zu bringen und viel zu viel Palmwein zu trinken – ein himmelweiter Unterschied zum Verhalten des heiligmäßigen Idwa, gelobt sei sein Name. Sie konnten Hector und seinen Freunden lediglich sagen, wo sich Leutnant Ardanarinja und ihre kleine Truppe gerade aufhielten, denn die Aufklärer der Varak Lao hatten sie natürlich längst aufgespürt und folgten jetzt all ihren Bewegungen.

Hector war klar, dass man ohne einen Varak-Lao-Führer keine Chance hatte, bis zu Brice vorzudringen. Aber selbst dann … was hätte man tun können? Profisöldner mit bloßen Händen angreifen? Leutnant Ardanarinja bezirzen? Er hatte ja gerade erst schmerzlich erfahren, was es brachte, wenn sie sich auf einem Gebiet versuchten, mit dem sie sich nicht auskannten.

Später lag Hector im Gemeinschaftshaus und schickte sich an, die längste Nacht seines Lebens zu verbringen. Maria-Lucia hatte es vorgezogen, mit Idwa beten zu gehen, und so war er wieder einmal mit Valérie allein.

»Schläfst du?«, fragte sie.

»Nein.«

Dann herrschte Stille.

»Was für eine Strafe …«, sagte Valérie nach einer Weile plötzlich.

Hector verstand, was sie damit sagen wollte. Brice hatte immer wieder Riesendummheiten gemacht und dabei geglaubt, er könne der Strafe entgehen, aber seine Taten hatten ihn doch eingeholt. Dann hatte er seine kleine ökologische Nische im Obergeschoss einer Go-go-Bar gefunden, wo er, wie er sagte, sein Lebensende abwartete, ohne noch jemandem Leid zuzufügen. Immerhin musste es seiner Eitelkeit schmeicheln, dass ihn viele der Mädchen für einen sympathischen Kunden hielten.

Aber nun hatte er für Geld seine Freunde verraten, wofür es auf der Skala der Riesendummheiten ziemlich viele Punkte gab. Für solch ein Verhalten gab es illustre historische Präzedenzfälle, wenngleich diesmal wenig Chancen bestanden, dass sein Verrat die Geburt einer neuen Religion auslösen würde.

Die Enthauptung war eine radikale Strafe, und in seinem kindlichen Universum hatte Brice es sich gewiss nie ausgemalt, dass sie ihn eines Tages treffen könnte. Und ebenso schrecklich war es, dass er die Nacht, in der er seine Hinrichtung erwartete, vermutlich ganz allein verbringen musste.

Hector hörte Valérie weinen, obwohl sie versuchte, ganz leise zu sein.

»Wie einsam er sich jetzt fühlen muss …«, sagte sie mit kläglicher Stimme.

Hector hatte gerade überlegt, ob sie bei Tagesanbruch nicht doch versuchen sollten, zu Brice vorzudringen, falls die Varak Lao ihnen ein paar Orientierungshinweise gaben. Schlimmstenfalls könnten sie dann noch eine Handvoll Stunden mit ihrem verurteilten Freund verbringen. Nein, schlimmstenfalls wären sie die Kandidaten für die nächste Enthauptung! Was sollte er also tun? Kontakt zu Jean-Marcel aufnehmen, der womöglich unbekannte Kräfte ins Spiel bringen konnte? Aber Jean-Marcel kannte Brice nicht einmal, und warum sollte er gewaltige Komplikationen riskieren, um einen tief gesunkenen Mediziner zu retten, der inmitten von Barmädchen lebte? Wie Leutnant Ardanarinja würde auch er seinen Vorgesetzten Bericht erstatten müssen. Und um die Lady freizubekommen? Ja, die Lady würde als internationale Berühmtheit ein Eingreifen rechtfertigen. Aber was könnte Jean-Marcel in so kurzer Zeit schon noch erreichen?

Ja, Brice war wirklich verdammt allein.

Valérie hatte wieder angefangen zu weinen.

»Kannst du mich vielleicht …«

»Ja?«

»Kannst du mich vielleicht in die Arme nehmen?«

Hector zögerte eine Sekunde, aber länger auch nicht, dann öffnete er die Arme, und Valérie drückte sich an ihn. Man hätte die Situation für heikel halten können, aber er hatte Vertrauen in Valérie, die ihn ihrerseits umarmte und einfach nur ihre Wange an die seine schmiegte. Es war ein Glück, dass er seiner Freundin vertrauen konnte, denn einem bestimmten Teil seines Körpers vertraute er ganz und gar nicht. Wie Hector nur zu gut wusste, scherte sich dieser kleine Körperteil überhaupt nicht um Moral, wenn sein Eigentümer die Moral vergaß, und schon fühlte er, wie dieser animalische Teil seiner selbst bei der Berührung mit dem Körper der schönen Frau erwachte. Aber Hector schaffte es, Valérie nichts davon merken zu lassen, und noch bevor einer in den Armen des anderen einschlief, fiel Hector eine neue Beobachtung ein, die er am nächsten Tag aufschreiben wollte:

Beobachtung Nr. 20: Ein Freund ist jemand, der dich zu trösten versteht.

Hector hat eine Vision

»Können Sie mal ein bisschen Platz machen?«

Hector fuhr aus dem Schlaf. War das nicht die Stimme der Lady? Das war doch unmöglich ...

Aber dann war sie es doch, und im Licht der Morgendämmerung betrachtete sie Hector und Valérie ganz von oben herab – mit ihrer struppigen Haarpracht und ihrer Pose einer erzürnten Königin wirkte sie wie eine Inkarnation des neuen Tages. Valérie und Hector lagen auf allen verfügbaren Matten und hatten sie während ihrer unruhigen Nacht gründlich durcheinandergeschoben. Valérie rieb sich die Augen, als könne sie nicht glauben, dass ein Wesen aus Fleisch und Blut vor ihr stand.

»Tut mir leid, wenn ich nicht gerade gut rieche«, sagte die Lady. »Ich wasche mich nachher.«

Sie ergriff eine Matte, zog sie ein wenig zur Seite und legte sich ohne weitere Umstände darauf.

»Ah, himmlisch«, seufzte sie und legte sich den Arm vor die Augen, damit die Helle des anbrechenden Tages sie nicht störte.

»Warten Sie«, sagte Hector, »was ist denn eigentlich passiert?«

Die Lady drehte ihm brummelnd den Rücken zu. »Bitte lassen Sie mich in Frieden, ich will nur noch schlafen.«

»Natürlich, aber sagen Sie uns kurz, was passiert ist. Wo ist unser Freund?«

Die Lady seufzte erneut: »Okay. Diese große Schlampe in Uniform hat mir gesagt, dass sie mich nicht mehr braucht und dass sie sogar glücklich ist, mich endlich loszuwerden. Also hat mich einer der Soldaten bis zum Dorf begleitet. Und hier bin ich nun.«

»Und Brice?«

»Als er angekommen ist, habe ich mich erst gefreut; ich fand ihn beinahe richtig toll. Aber dann habe ich gemerkt, dass die Schlampe und er sich offensichtlich kannten. Am Anfang schien es gut zwischen ihnen zu laufen, aber dann hat sich alles geändert. Sie haben uns aneinandergefesselt.«

»Wann war das?«

»Gestern Abend. Ich hatte den Eindruck, dass alles anders geworden ist, nachdem die elende Schlampe in ihrer Kanakensprache in ihr komisches Funkgerät geredet hatte. Na schön, und darf ich jetzt endlich schlafen?«

Mehr hatte die Lady ihnen nicht mitzuteilen, und gleich darauf schlief sie auch schon. Es schien ihr viel besser zu gehen als vor drei Tagen. Aber das hatte Hector schon bei anderen Patienten beobachtet: Wenn ihre Umgebung genauso verrückt und bedrohlich wurde wie ihre innere Welt, stellte das in ihnen manchmal einen Gleichgewichtszustand her, so zerbrechlich dieser auch sein mochte. Inmitten von Katastrophen fühlten sich Menschen wie die Lady nicht mehr so phasenverschoben gegenüber der Welt und den übrigen Leuten; ihre Realität entsprach zusehends der Realität. Der Realität einer Geisel, die im Dschungel von Unbekannten festgehalten wurde, die imstande waren, sie zu töten, und die schließlich Zuflucht fand bei einem Stamm ehemaliger Kopfjäger, deren Sprache sie nicht verstand und bei denen sie in Gesellschaft eines Irren lebte und eines Psychiaters, der von der Lage selbst sichtlich überfordert war.

Eigentlich bestätigte die Freilassung der Lady, dass der General (vielleicht beraten von Leutnant Ardanarinja) seinen Realitätssinn noch nicht vollkommen eingebüßt hatte. Das alte Krokodil hatte begriffen, dass es schnell gefährlich werden konnte, wenn man eine internationale Berühmtheit in Geiselhaft hielt – man konnte damit eine Intervention überlegener Streitkräfte auslösen.

Hector ärgerte sich schon wieder über sich selbst. Hätte er ihnen Brice nicht vorbeigeschickt, hätten sie die Lady vielleicht sowieso freigelassen. Und dann hätten sie hier alle vier zusammengesessen und sich über ihren Erfolg gefreut.

Aber so mussten sie etwas unternehmen. Er rollte sich von seiner Matte, stand auf und machte sich auf die Suche nach Édouard.

»Hector«, rief Valérie, »warte auf mich!«

Um sie herum erwachte allmählich der Dschungel; es war die Stunde, in der die Vögel am meisten sangen, und in den noch dichten Schatten herrschte beinahe so etwas wie Kühle.

Édouard saß in seiner Hütte und meditierte mit geschlossenen Augen. Zu seinen Füßen lag Maria-Lucia auf einer Matte und schlief. Vor ihm dampfte noch ein Schälchen mit Suppe. Wahrscheinlich war dies seine einzige Mahlzeit für den ganzen Tag.

Plötzlich schlug er die Augen auf. »Ich werde zu ihnen gehen«, sagte er.

Hector hatte schon damit gerechnet. Nachts, in einem Zustand zwischen Schlafen und Wachen, hatte er einen Traum gehabt oder vielleicht eine Vision, deren Bilder so ähnlich ausgesehen hatten wie die Szenen auf mittelalterlichen Kirchenfenstern: Édouard, der einem Heiligen der ganz frühen Christenzeit ähnelte, stieg einen steilen Pfad empor, um Leutnant Ardanarinja zu begegnen, die ihn mit dem zornigen Blick einer feindlichen Gottheit bereits erwartete.

Édouard erklärte, dass es die einzige Möglichkeit sei, den General zu besänftigen. Er werde ihm versprechen, das Geld überweisen zu lassen, aber erst, wenn alle seine Freunde in Sicherheit waren.

»Aber dann behalten sie dich als Geisel da!«

Édouard lächelte. »Ich muss die Folgen meiner Handlungen tragen. Schließlich habe ich diesen ganzen *samsara* in Gang gesetzt …«

»Aber man wird Sie am Ende bestimmt töten«, sagte Maria-Lucia.

Édouard seufzte, als wollte er ihnen zu verstehen geben, dass er über diese Aussichten selbst schon nachgedacht hatte.

»Vielleicht. Aber besser ich als Brice. Für ihn ist der Tod ein furchterregender Schlusspunkt und sonst nichts. Ich will ihm die Chance lassen, die Unwissenheit noch in diesem Leben zu überwinden.«

Was sollte man darauf antworten? Ein Freund hatte seine Freunde für Geld verraten, und jetzt wollte ein anderer Freund für das Heil seiner Freunde sein Leben opfern.

Valérie hielt es nicht mehr aus: »Édouard, uns muss etwas anderes einfallen! Du kannst das nicht tun. Denk an all die Leute, denen du mit deiner Arbeit hilfst!«

»Auf die eine oder andere Weise wird ihnen weiterhin geholfen werden. Sprecht darüber doch mal mit der Dame, die jetzt zu uns kommt.«

Édouard hatte gerade die Lady erblickt, die auf sie losmarschiert kam. Maria-Lucia stürzte aus der Hütte und rannte ihr entgegen. Für einen Augenblick hielten sich die beiden Frauen fest umschlungen. Dann näherte sich die Lady den anderen.

»Ich bin noch immer die Einzige, mit der Sie nicht sprechen«, sagte sie zu Édouard, als sie die Stufen zur Hütte emporstieg. »Was habe ich Ihnen nur getan?«

Édouard lächelte: »Beunruhigen Sie sich nicht, wir werden noch miteinander reden können, wenn auch wahrscheinlich nicht sehr lange.«

Die Lady blieb abrupt stehen und sah von einem zum anderen. Ihre empfindlichen Antennen hatten die Tragödie erspürt. »Was ist denn los? Ist jemand gestorben?«

Hector ist bewegt

Die Sonne war noch nicht aufgegangen, und man hatte die Elefanten vorbereitet, die Hector, Valérie, die Lady und Maria-Lucia zurück über die Grenze bringen sollten. Édouard stand inmitten der Varak Lao und erklärte ihnen, womit sie rechnen mussten, wenn er in den Dschungel zu seiner Begegnung mit Leutnant Ardanarinja aufbrach.

Und wieder hatte Hector den Eindruck, im bläulichen Morgenlicht eine Szene auf einem alten Kirchenfenster zu sehen: Idwa als Mönch sprach, umringt von Eingeborenen, in ihren altüberlieferten Trachten – Männern, Frauen und Kindern in stummer Bewunderung und oft mit Tränen in den Augen. Édouard versuchte seine Getreuen zu trösten, wobei er gewiss andere Worte wählte als für Hector und Valérie: Egal, wo er sich befinde, in dieser Welt oder einer anderen, er würde weiterhin unter ihnen sein ...

Den Freunden hatte Édouard erklärt, dass er mehrere Tage brauchen werde, um all die Überweisungen zu veranlassen; er sah auch keinen Grund, sich damit besonders zu beeilen, denn solange der General dachte, dass Édouard noch irgendwelche Gelder in der Hinterhand hatte, hatte dieser noch nichts zu befürchten. Und vor allem wollte er den General persönlich treffen. Natürlich verfolgte der General Édouard mit seinem Hass, aber vielleicht wäre er von Idwa beeindruckt? Während all dieser Vorbereitungen zu ihrer Abreise in die jeweilige Richtung zeigte Édouard beziehungsweise Idwa weder Angst noch Kummer, sie bald verlassen zu müssen, und er versuchte sogar, Valérie und Maria-Lucia zu trösten. Und die Lady, die von der Tragik der Situation ergriffen war, sagte kein Wort mehr und schien sich ganz im Hintergrund halten zu wollen.

Sie hatte sich, nachdem sie mit Idwa unter vier Augen gesprochen hatte, schon bereiterklärt, sein Werk weiterzuführen. »Ich habe verstanden, dass mich das Leben genau aus diesem Grund hierhergeführt hat«, hatte sie voller Leidenschaft zu Hector gesagt.

Die Stunde des Abschieds war gekommen. Die Lady warf sich Édouard zu Füßen, und Maria-Lucia tat es ihr nach.

Er gab ihnen lächelnd ein Zeichen, sich wieder zu erheben, und dann wandte er sich Hector zu. »Bis bald, mein Freund.«

Für Idwa bedeutete das: »Auf Wiedersehen in diesem Leben oder in einem anderen.«

Valérie wollte ihn in die Arme schließen, aber Édouard schob sie sanft zurück, und so ließ auch sie sich zu seinen Füßen sinken. »Ich verlasse euch doch nicht«, sagte er.

Um sie herum aber knieten die Varak Lao, alle in Tränen und erfüllt vom Feuer ihres Glaubens.

Hector fühlte sich von seinen Emotionen emporgetragen: Er stellte sich vor, dass er Édouard vielleicht nie wiedersehen würde, aber andererseits hatte er das Gefühl, dass da mit den ersten Sonnenstrahlen etwas hinaufstieg, das größer war als sie alle zusammen. War es möglich, dass er zum ersten Mal jene spirituelle Dimension spürte, an der es ihm nach Édouards Worten seit jeher gänzlich gefehlt hatte? Gott im Himmel, dachte er, mach, dass wir alle gerettet werden.

Plötzlich hörte man vom anderen Ende des Dorfes her einen Schrei. Drei Männer kamen angerannt, und ihre Leichtfüßigkeit verriet, dass sie es gewohnt waren, die Hügel zu überwinden und den Dschungel zu durchstreifen.

Alle Varak Lao erhoben sich mit einem freudigen Raunen. Es war ihr Häuptling, begleitet von zwei seiner Getreuen. Er lief auf Édouard zu, grüßte ihn mit gefalteten Händen und begann schon im selben Moment mit hastigen Erklärungen, die immer wieder durch Ausbrüche von Heiterkeit unterbrochen wurden.

Später, als Hector im Schatten des Waldes auf seinem Elefanten dahinschaukelte und vor sich die beiden anderen Dickhäuter sah, auf denen die Lady und Maria-Lucia, Brice und Édouard saßen, fragte er sich, ob das nicht alles ein Traum war. Vielleicht würde er gleich auf seiner Matte erwachen und einen langen, langen Tag vor sich haben, an dessen Ende man einen seiner Freunde enthauptet hätte?

Der Häuptling der Varak Lao hatte mit dem großen Anführer der Varak verhandelt. Dieser hatte einen Boten zu Leutnant Ardanarinja geschickt und also auch zu den Varak-Soldaten in ihrer Begleitung. Man hatte ihnen erklärt, dass keiner von ihnen das Territorium der Varak lebend verlassen würde, wenn sie versuchten, einen der fremdländischen Freunde Idwas oder Idwa selbst mitzunehmen. Und dass ihre Körper mit Ausnahme des Kopfes gegessen würden.

»Und was hat man ihm dafür geboten?«, hatte Hector gefragt.

Édouard hatte gelächelt und auf das große Haus mit den geschnitzten Stämmen gezeigt.

Dort würde der große Anführer der Varak das Wahrzeichen aller königlichen Geschlechter vorfinden.

Hector kehrt zurück

Im Land der Morgenstille war der Schnee auf den Straßen der Hauptstadt geschmolzen. Aus dem Fenster der Botschaft konnte Hector erkennen, dass die ganz nahen Bergkämme aber noch immer schneebedeckt waren – jene Berge, über die fünfzig Jahre zuvor die Armeen des Nordens in einem Überraschungsangriff in die Stadt eingefallen waren.

Während er gerade im Büro des Gesundheitsattachés war (ein ganz selbstverständlicher Besuch für einen Psychiater auf Reisen), tauchte plötzlich Jean-Marcel auf, und der Gesundheitsattaché verzog sich unauffällig, um die beiden allein zu lassen.

»Sie hätten mich ja auch benachrichtigen können«, sagte Jean-Marcel.

»Es war dort schwierig mit der Kommunikation.«

Jean-Marcel zuckte mit den Schultern, als wollte er zu verstehen geben, dass es nur für Laien schwierig war.

»Immerhin habe ich gute Nachrichten für Sie«, sagte er. »Natürlich wird nichts davon in den Zeitungen stehen. Aber unsere Dienste arbeiten nicht schlecht, das muss man schon sagen.«

Zwei Tage nach Erscheinen des Artikels in Europa war der General bei einer Zeremonie des Regimes nicht mehr zu sehen gewesen. »Wir wissen, dass er unter Hausarrest steht. Seine Stellung war längst nicht so gefestigt, wie er gedacht hatte. Das ist das Problem mit dem Älterwerden – die Freunde sterben dir weg, und die nächste Generation wartet nur auf eine Gelegenheit, dich vom Thron zu schubsen. Natürlich hat er den ganzen Ärger nicht etwa bekommen, weil er seine Macht zur persönlichen Bereicherung eingesetzt hat …«

»Aber warum sonst?«

»Ich schätze mal, weil er seinen Kumpanen nicht genug ab-
gegeben hat. Sie müssen gelb vor Neid geworden sein, als sie
aus dem Artikel erfuhren, um was für Summen es ging. Bei
Korruptionsgeschichten kommt man fast immer zu Fall, weil
man zu wenig Geld weitergereicht hat …« Jean-Marcel klang
so, als würde er einem blutigen Anfänger das allersimpelste
Basiswissen vermitteln. »Genauso ist es für unsere beiden
Parteikader gelaufen, die gleicher waren als die anderen.«

Auch die beiden Minister hatten plötzlich auf Tagungen
gefehlt, bei denen ihr Erscheinen angekündigt gewesen war.
Jean-Marcel wusste noch nicht, ob sie vor Gericht gestellt werden würden. »Sie stehen zu weit oben in der Hierarchie, als
dass man sie öffentlich belangen könnte; so etwas würde das
ganze System in Gefahr bringen. Es wird bestimmt irgendein
Arrangement geben … oder einen Unfall. Auf jeden Fall dürften jetzt so einige Leute wütend auf Ihren Freund sein. Er
sollte von dem ganzen Geld ein bisschen was wieder abgeben,
damit Ruhe einkehrt.«

»Genau das habe ich ihm auch gesagt.« Aber Hector fragte
sich, ob Idwa das tun würde, was in Édouards Augen sehr
vernünftig gewesen wäre. Wenn die Lady die Nachfolge bei
der Finanzierung von Idwas guten Werken antrat, durfte man
zumindest darauf hoffen.

»Eines ist an der ganzen Sache ziemlich spaßig: Ihre kleine
Bande hat es unfreiwillig geschafft, Entwicklungen auszulö-
sen, die wir uns seit Jahren gewünscht hatten. Unsere eigenen
Versuche hatten da nichts gebracht. In ihren jeweiligen Regie-
rungen waren diese Leute nicht unsere Freunde, sondern die
Freunde von anderen Ländern. Aber mit denen, die ihre Posten übernehmen, wird sich die Waage zu unseren Gunsten
neigen.«

»Krieg ich jetzt einen Orden?«

»Den weißen Elefantenorden am Band?«

Darüber mussten sie beide sehr lachen, und dann fiel Hector ein Satz für sein Notizbüchlein ein:

Beobachtung Nr. 21: Ein Freund ist jemand, mit dem du gerne und oft lachst.

»Trotzdem ist es eine unglaubliche Geschichte«, sagte Jean-Marcel zum Schluss. »Diese Länder sind die letzten magischen Weltgegenden.«

»Vielleicht kann ich ja einen Roman daraus machen?«

Jean-Marcel zögerte einen Augenblick. »Warten Sie lieber zwanzig Jahre, dann bin ich im Ruhestand.«

Mademoiselle Jung-In Park erwartete ihn zum Mittagessen. Hector sah, dass sie sich über das Wiedersehen genauso freute wie er. Aber seit seiner keuschen Nacht mit Valérie und dem letzten Telefongespräch mit Clara kam er sich außerordentlich tugendhaft vor. Sie sprachen über die Kultur und die Poesie ihrer beiden Länder, und Mademoiselle Jung-In Park fragte ihn, wo man in seinem Heimatland am besten Philosophie studieren konnte.

»Und der heilige Thomas von Aquin?«, hakte er nach. »Beim letzten Mal haben Sie mir gesagt, dass er zum Thema Freundschaft eine andere Meinung hatte als Aristoteles.«

»Ja, natürlich. Thomas von Aquin spricht über Freundschaft in Zusammenhang mit der *caritas*. Gott liebt uns, wir lieben ihn, und Gott liebt alle seine Geschöpfe. Und wenn wir ihn lieben, müssen wir auch alle seine Geschöpfe lieben – nach dem Prinzip, dass die Freunde unserer Freunde auch unsere Freunde sind.«

»Also können wir sogar Personen lieben, die nicht tugendhaft sind?«

»Genau. Und sogar unsere Feinde, denn auch sie sind Gottes Geschöpfe. Wenn wir sie nicht lieben, würden wir gewissermaßen unsere Freundschaft mit Gott beleidigen.«

»Aber das finde ich in einem anderen Sinne ebenfalls ziemlich elitär: Man muss ein Heiliger sein, um selbst seine Feinde zu lieben.« Oder man muss Idwa sein, dachte er.

»Ach, wissen Sie«, sagte Mademoiselle Jung-In Park, »die Philosophie gibt uns ein Ideal vor, eine Richtung …«

»Und was ist Ihre Richtung?«

»Sagen wir, mir hilft die Philosophie beim Nachdenken. Ich habe Freunde, die glauben, sie hätten dreihundert Freunde auf Facebook ... Aristoteles sagt aber, dass es schwierig sei, Freud und Leid von vielen Freunden zu teilen, und da stimme ich ihm völlig zu. Andererseits hilft uns das Internet natürlich auch, den Kontakt zu unseren wirklichen Freunden aufrecht-zuerhalten ... Sind Sie eigentlich auf Facebook?«, fragte sie Hector.

Eine einzige Sorge hinderte ihn daran, das Mittagessen rundum zu genießen.

»Lassen Sie uns in Kontakt bleiben«, hatte Jean-Marcel zum Abschied zu ihm gesagt. »Ich informiere Sie, wenn ich Neuig-keiten von dieser Ardanarinja habe oder von dem anderen Typen, diesem Harald.« (Das nämlich war der Vorname des Mannes mit dem Furcht einflößenden Blick.) »Die haben jetzt keinen Auftraggeber mehr, und Leute in dieser Lage interes-sieren uns ganz besonders.«

»Glauben Sie, dass uns noch was Unangenehmes passiert? Mir oder meiner Familie?«

»A priori nein. Das sind Profis, die rational vorgehen. Im Moment ist deren einzige Sorge vermutlich, wieder irgendwo unterzukommen.« Aber dann hatte er hinzugefügt: »Eine Ga-rantie kann ich Ihnen allerdings nicht geben. Manchmal ver-halten sich die Leute eben nicht rational, und gerade Sie als Psychiater dürften das ja wissen.«

»Allerdings«, hatte Hector erwidert, und irgendetwas in ihm war sicher, dass er Leutnant Ardanarinja nicht zum letz-ten Mal gesehen hatte.

Was diesen Harald anging, so wäre Hector seinem Blick am liebsten nie wieder begegnet. Er erinnerte sich, dass »Harald mit den Kinderlein« der Spitzname eines Wikingeranführers gewesen war, der seine wilden Krieger eines Tages in Erstau-nen versetzt hatte: Er hatte ihnen verboten, die kleinen Kinder der eroberten Städte zu durchbohren und mit ihnen auf den Lanzenspitzen herumzuparadieren, obwohl das lange Zeit so

Brauch gewesen war und allen Kriegsleute sehr viel Spaß gemacht hatte. Ob sein moderner Namenvetter wohl ein wenig von der Mildherzigkeit seines berühmten Vorgängers zeigen würde?

Hector geht ins Krankenhaus

Als Hector in der Stadt der Engel von Bord des Flugzeugs gegangen war, schaltete er sein Mobiltelefon ein und fand eine Nachricht von Brice vor, der ihn bat, zu ihm in ein Krankenhaus zu kommen. Im Taxi, das durch die erleuchtete Nacht sauste – Neonreklamen, Hotellounges, riesige Werbetafeln, das ganze Vergnügen der Zivilisation nach Tagen inmitten von Wäldern und Bergen –, fragte er sich, welchen Grund dieses Treffen wohl haben mochte.

Seit ihrer Abreise aus dem Gebiet der Varak Lao hatte er mit Brice kaum gesprochen. Sie waren immer noch mit Valérie unterwegs gewesen, und Hector hatte ihr vom Verrat des Freundes nichts gesagt. Noch dazu war Brice ihnen nicht von der Seite gewichen, ganz als wollte er so verhindern, dass Hector das Thema anschnitt.

Und dann waren sie auch sehr mit der Lady beschäftigt gewesen, die gleich nach ihrer Rückkehr ins Dorf von Pater Jean in eine Phase großer Niedergeschlagenheit verfallen war. Sie schlief viel und wachte oft in Tränen auf. Maria-Lucia hatte in ihren Kleidern eine Kugel Opium gefunden – wahrscheinlich das Abschiedsgeschenk eines Varak-Lao-Verehrers, der mit dem sicheren Instinkt der für ihre Neigung von der Mehrheit verachteten Außenseiter gespürt hatte, dass sie diesen unheilvollen Hang teilten. Aber das bisschen Opium, das die Lady heimlich konsumiert hatte, konnte nicht die ganze Erklärung sein.

Es waren die einzigen Augenblicke, in denen Hector und Brice unter vier Augen miteinander gesprochen hatten, und sie hatten sich strikt auf eine medizinische Erörterung beschränkt.

»Ist sie in diesem Zustand, weil sie Opium genommen hat,

oder hat sie Opium genommen, weil sie in diesem Zustand war?«

»Die Schläfrigkeit kommt vom Opium, aber das Erwachen in Tränen entspricht ihrer derzeitigen Stimmung.«

»Zum Glück sind wir nicht in Südamerika, da hätte sie Kokain genommen, und dann würden wir ganz schön dumm dastehen.«

»Also lassen wir ihr das Zeugs?«

»Solange wir nicht in der Stadt sind und keine Medikamente haben, ist es vielleicht besser. So ist sie wenigstens sediert.«

»Aber wenn wir in eine Straßensperre der Miliz kommen und durchsucht werden?«

Nachdem sie gerade der Enthauptung entronnen waren, wäre es einfach zu dumm gewesen, für lange Jahre in einer überfüllten Zelle zu landen, wo es keine anderen Zerstreuungen gab als Kakerlakenwettrennen und den allwöchentlichen Besuch der Gattinnen im Sprechzimmer. Als sie die erste asphaltierte Chaussee erreicht hatten, warfen sie die Opiumkugel in den Straßengraben.

Seitdem hatten sie nicht mehr miteinander gesprochen. Weshalb also diese Nachricht, dieses Treffen im Krankenhaus? Hector rief Valérie an, die viel damit zu tun hatte, die kleinen Schätze zu katalogisieren, die sie von den Varak Lao mitgebracht hatte – silberne Armreife und Anhänger, Stoffe, Masken, alles Dinge, die für Sammler so schwer zu ergattern waren.

»Davon werde ich mindestens ein Jahr leben können.«

»Versuch mal, zwei Jahre herauszuschlagen«, sagte Hector. »Vergiss nicht, dass seit Jahrzehnten niemand mehr dort gewesen ist.«

»Du hast recht. Ich werde mir Mühe geben. Vielleicht sollte ich Brice fragen, wie man es richtig anstellt.«

Man merkte, dass sie immer noch nicht Bescheid wusste. Hector wusste nicht recht, was er erwidern sollte, aber da war das Taxi glücklicherweise schon in die palmengesäumte Allee eingebogen, die auf das Krankenhaus zuführte, und er beendete das Gespräch.

Die Eingangshalle des Krankenhauses war so schön und luxuriös wie das Foyer eines großen Hotels, nur dass man hier von weiß gekleidetem Personal empfangen wurde und dass noch ein paar mehr Leute in Rollstühlen umherfuhren als in einem Hotel für herumreisende westliche Rentner.

Die liebenswürdige Angestellte an der Rezeption führte ihn in die Notfallambulanz, die sich in einem benachbarten Gebäude befand. Alles war blitzsauber und fast menschenleer; man hätte meinen können, es wären die Krankenhauskulissen für eine Fernsehserie, und die Dreharbeiten hätten noch nicht begonnen. Ein stämmiger Krankenpfleger brachte ihn in einen Raum, in dem sich, durch Vorhänge voneinander getrennt, mehrere Notfalleinheiten befanden.

Der Pfleger zog einen der Vorhänge beiseite, und Hector fuhr überrascht zurück.

Auf dem Wiederbelebungsbett lag eine junge Frau in tiefem Schlaf. Ihr nackter Körper war nur annäherungsweise mit einem Laken zugedeckt. Hector erfasste mit einem Blick die an ihrer Brust befestigten Elektroden, die Magensonde und die Infusionsschläuche, mit denen der reizende Körper mit diversen Fläschchen und Apparaturen verbunden war. Alles deutete auf eine Medikamentenvergiftung hin.

An ihrer Seite saß Brice, völlig in sich zusammengesunken, den Kopf auf den Armen, die gekreuzt über der Seitenstange des Bettes lagen. Er merkte nicht einmal, dass Hector hereingekommen war.

»Brice!«

Brice richtete sich auf und sah Hector an. Er hatte geweint. »Lek ...«, sagte er und wies auf die schlafende Frau.

Dann folgten die Erklärungen. Wie eine Beichte, dachte Hector, während er schweigend danebenstand und nur hin und wieder nickte, wenn Brice noch ein bisschen mehr von seiner Geschichte preisgab.

Nach seiner Rückkehr hatte er die Bar, in der Lek tanzte, gemieden; er war mit anderen Mädchen fortgegangen. Sie hatte davon erfahren und ihn unbedingt treffen wollen. Es hatte eine Auseinandersetzung gegeben, und Lek hatte begriffen, dass sie unter all den Nummernmädchen auch nur eine Nummer war.

»Meine kleine Lek …«, sagte Brice und streichelte der schlafenden jungen Frau die Wange. Dann flüsterte er Lek Worte zu, die sie nicht hören konnte. Hector schaute es schweigend mit an. Er dachte an einen Satz, den Brice am Abend ihrer Begegnung im *Dolly Dolly* ausgesprochen hatte: »Sie sind schließlich auch nur Frauen, das darf man nie vergessen.«

Brice aber musste es ganz vergessen haben.

Hectors Kampf

Warum habe ich mich auf diese Begegnung eingelassen, dachte er, während der Bug des Bootes das schwarze Wasser durchschnitt und die fantastische, erleuchtete Silhouette der Großen Stupa vom Tempel der Morgendämmerung strahlend in den nächtlichen Himmel ragte – wie ein tausendjähriges Monument, das die Bewohner eines anderen Planeten dort errichtet hatten.

Natürlich war er gekommen, um etwas über Leutnant Ardanarinjas Absichten zu erfahren und über ihre eventuellen neuen Auftraggeber. Waren Édouard und er in Sicherheit? Und Clara und Petit Hector? Laut Jean-Marcel durfte er das bestenfalls hoffen. Und dann wollte er auch wissen, wie es mit Harald stand, über den Leutnant Ardanarinja vielleicht Informationen hatte.

Die Stahlseile einer Hängebrücke hoben sich wie goldene Strahlen gegen die Nacht ab. Es war spät, und die Sitzbänke auf dem Schiff, einer Art Wasserbus, der an jeder Anlegestelle am linken und rechten Ufer hielt, waren fast leer. Drei Mönche verharrten schweigend unter dem Neonlicht der Deckenleuchten, Büroangestellte in ihrer Dienstbekleidung plauderten miteinander – junge Leute, die in ihre Vorstädte hinausfuhren und sich Zärtlichkeiten zuflüsterten. Hector fragte sich, ob sie vor lauter Gewohnheit noch spürten, was für ein Vergnügen eine solche Flussfahrt war. Er jedenfalls war glücklich, wenn er die glanzvollen Zeugnisse aller Epochen an sich vorbeiziehen sah – Tempel, alte Wohnhäuser und Paläste, zinnenbewehrte Festungen aus früheren Jahrhunderten, mit Lichtgirlanden geschmückte chinesische Pagoden, Patrizierhäuser zwischen riesigen Bäumen, auf Pfählen ruhende Baracken, die zum Fluss hin offen waren und in denen man Familien beim Abendessen sah. Lauter romantische Ansichten, die in einem wunderbaren historischen und sozialen Sammelsurium vor der Kulisse der Tropennacht aufeinanderfolgten.

Beim nächsten Halt brauchte sich Hector nicht einmal umzudrehen; er wusste auch so, dass sie gerade über das Heck an Bord des Schiffes gekommen war. Profis handeln rational und halten ihre Verabredungen ein. Und da kam sie auch schon heran – in einem Hosenanzug, der ein bisschen aussah wie die Bürokleidung einer Bankangestellten. Er hätte ihr ein unauffälliges Aussehen verleihen können, aber ihr selbstsicherer Schritt und ihr hübscher Kopf, den sie stolz erhoben trug, verrieten doch, dass in dieser neuen Uniform keine gewöhnliche Angestellte steckte.

»Welche Freude, Sie zu sehen«, sagte Hector, der sich erhoben hatte und sie bat, sich neben ihn zu setzen.

Er hatte eine Holzbank gewählt, die am vorderen Rand genau hinter dem Platz des Kapitäns lag und von der aus man zum Heck hin schaute. So hatten sie alle anderen Passagiere im Blick, denn die schauten in Fahrtrichtung.

Zunächst saßen sie eine Weile da, ohne etwas zu sagen. Am Ufer tauchte über den Bäumen golden strahlend der Königspalast auf.

Zum zweiten Mal spürte Hector die ganz nahe körperliche Präsenz von Leutnant Ardanarinja. Sie strömte eine Energie aus, die ihm Unbehagen bereitete; er hatte den Eindruck, dass er vielleicht keinen kühlen Kopf bewahren könnte. Er rückte ein wenig von ihr ab, um sie besser anschauen zu können, ihr Profil eines Filmstars, ihre Lippen, die ganz leicht zu einem Lächeln verzogen waren, das ihm ironisch vorkam. Würde sie versuchen, ihn zu verführen? Aber zu welchem Zweck?

»Schade, dass ich Sie nicht in Ihrem Kampfanzug wiedersehe«, sagte er. »Auch Brice fand, dass Ihnen die Uniform sehr gut steht.«

Ihr Blick war überrascht und dann verärgert. »Ich habe es doch Ihnen zu verdanken, dass ich auf unbestimmte Zeit keine Uniform mehr tragen werde!«

»War das wirklich Ihre Traumrolle? Ich fand es schon immer absurd, Frauen in die kämpfende Truppe zu stecken.«

»Für einen Mann aus dem Westen sind Sie ziemlich reaktionär.«

»Aber nein, gar nicht, ich glaube nur, dass Männern und Frauen in bestimmten Situationen unterschiedliche Rollen zukommen.«

»Da stimme ich Ihnen zu«, sagte sie und schaute ihm fest in die Augen, »an was für Situationen denken Sie denn da so?«

»Oh, ich glaube, da muss ich Ihnen nichts beibringen …«

Leutnant Ardanarinja lächelte kaum merklich. »Lassen Sie uns über geschäftliche Dinge sprechen«, sagte sie.

»Der Geschäftsmann, das ist eher Brice.«

»Stimmt, ich habe ihm wirklich eine Menge Geld gegeben. Er hat es immer noch, und für mich war das Resultat gleich null. ›Sie verlangen von mir, dass ich einen Freund verrate‹, hat er gejammert, ›das hat aber einen hohen Preis.‹ Ich könnte mir vorstellen, mal bei ihm vorbeizuschauen und ihm die Fresse zu polieren.«

»Wenn Sie mir das sagen, heißt das, dass Sie es nicht tun werden. Hätten Sie ihm damals wirklich den Kopf abgeschlagen?«

Sie antwortete nicht, und weil das Schiff gerade unter einer Brücke hindurchfuhr, saßen sie beide in Dunkelheit gehüllt, und er konnte ihr Gesicht nicht sehen. »Das wird man nie wissen«, sagte sie.

Hector aber wollte mehr erfahren. »Da Ihre Mission schiefgegangen ist, können Sie sich letztendlich freuen, dass der General ausrangiert worden ist. So drohen Ihnen keine Sanktionen.«

»So kann man es natürlich auch sehen …«

»Glauben Sie, dass wir noch etwas zu befürchten haben – ich meine Édouard, ich selbst, Valérie, meine Familie und Brice?«

»Solange der General dort bleibt, wo er gerade ist, bestimmt nicht. Und er wird dort bis zum Ende seiner Tage bleiben, und dieses Ende könnte sehr bald kommen.«

»Ist er krank?«

»Er krankt daran, dass er zu viele Geheimnisse kennt«, sagte sie und lächelte wieder.

»Und der andere, dieser Harald?«

»Oh, Sie kennen seinen Vornamen?«

»Ja, und Ihren wirklichen Namen kenne ich auch.«

Sie seufzte. »Das ist nicht weiter schwierig. Ein Freund in Korea, nicht wahr?«

Hector lief ein kleiner Schauer den Rücken hinunter, als er merkte, dass das Bond-Girl im Wettbewerb *Wer weiß mehr über den anderen?* auf Augenhöhe mit ihm blieb. »Ja. Dieser Harald also?«

»Er ist abgeschaltet worden.«

»Wie meinen Sie das?«

»Sie haben jeden Kontakt zu ihm abgebrochen. Seine Auftraggeber werden wahrscheinlich vor einem Erschießungskommando landen, aber davon wird nichts in den Zeitungen stehen. Ihre Nachfolger haben keine Lust, sich an der ganzen Geschichte die Hände schmutzig zu machen. Sie haben genug damit zu tun, das ganze Geld zusammenzuraffen, das ihnen ihre neuen Ministerposten einbringen. Posten, die sie wahrscheinlich für einen sehr hohen Preis gekauft haben, sodass sie sich jetzt erst mal wieder sanieren müssen.«

»Sie haben eine ganz schön zynische Sicht auf die menschliche Natur.«

Leutnant Ardanarinja lächelte, und Hector fand, dass dieses Lächeln ein bisschen traurig war.

»Nein«, sagte sie, »ich weiß nur so einigermaßen, wie die Welt läuft. Das ist alles.«

Plötzlich stellte Hector überrascht fest, dass Leutnant Ardanarinja für ihn eine potenzielle Freundin war, und diese Einsicht brachte ihn ganz aus dem Konzept. Ja, er sah sie gerne. Ja, er hegte eine gewisse Bewunderung für ihren Mut und ihre Kompetenz als Kriegerin. Ja, sie hatten beide den gleichen Sinn für Humor. Aber würde er im Ernstfall auf sie zählen können? Und sie, könnte sie sich auf ihn verlassen?

»Dieser Harald, wie Sie ihn nennen, stellt jetzt übrigens

ein Problem dar. Er glaubt, dass man ihn hereingelegt hat, und ich habe gehört, dass er versucht, einen Teil des Geldes, das man ihm schuldet, einzutreiben. Und dass er ziemlich wütend ist.«

»Ist er denn kein rational handelnder Profi?«

»Er ist ein geborener Mörder und Folterknecht, der manchmal eine berufliche Schiene findet, auf der er sich ausleben kann. Und jetzt ist er vom Gleis gestoßen worden.«

Hectors Stimmung verdüsterte sich augenblicklich. Insgeheim hatte er gehofft, dass die Geschichte zu Ende war, aber von wegen … Er ärgerte sich wieder über sich selbst: Weshalb hatte er sich in ein Abenteuer gestürzt, das in einer Welt spielte, die nicht die seine war? Hatte ihn der Wunsch geleitet, einem Freund zu helfen, oder eher das geheime Frohlocken, in den Fußstapfen von James Bond zu wandeln? Wie lächerlich!

»Ich möchte Sie um einen Gefallen bitten«, sagte Leutnant Ardanarinja.

»Gern«, meinte Hector, »ich Sie übrigens auch.«

Das Schiff näherte sich der großen Anlegestelle beim Grand Mandarinal. Es war eine gute Idee, sich dort auf die Terrasse zu setzen und in Ruhe weiterzureden. Aber war es auch vorsichtig, zu so später Stunde mit der schönen Offizierin anzustoßen? Und das in einem Hotel, in dem er ein Zimmer gebucht hatte, um sich dafür zu belohnen, dass er noch am Leben war? Hector beschloss, das Wagnis einzugehen. Er wollte mit Leutnant Ardanarinja strategische Gespräche führen. Vielleicht konnte sie ihm helfen, seine Familie vor Haralds bedrohlicher Präsenz zu schützen?

Als sie in der Eingangshalle angekommen waren, fiel ihm die diskrete Aufmerksamkeit des Personals auf. Sicher fragten sich die Angestellten, wer diese junge Dame sein konnte, deren Bankangestelltenmontur so schlecht zu ihrem Erobererblick passte und die auch nicht wie eine Frau aussah, die sich einen reichen Kunden geangelt hatte, der sie gleich mit aufs Zimmer nehmen wird.

Hector und Leutnant Ardanarinja suchten sich einen Tisch

auf der Terrasse, wo sie der vom Fluss wehende frische Wind umspielte und wo sie das Defilee der Boote betrachten konnten, die genauso hell erleuchtet waren wie die Pagoden.

Aber da musste Hector etwas tun, was er gar nicht liebte – er musste eine Frau allein lassen, um auf die Toilette zu gehen. Er trabte also in die Eingangshalle zurück und fand am Ende eines Marmorflurs die unauffällige Tür. Als er fertig war und sich die Hände wusch, ging die Tür hinter ihm plötzlich auf, und Harald betrat den Raum – riesengroß wie eh und je und auch er in der Montur eines Geschäftsmanns. Hector sah, dass er den einzigen Ausgang versperrte.

»Guten Abend«, sagte Harald.

»Was wollen Sie von mir?«

»Geld.«

»Ich habe keines.«

»Aber so eine nette Familie …«

Hector spürte, wie ihn die Wut überkam, aber im gleichen Moment sagte er sich, dass eine Schlägerei mit einem Profikiller ein weiterer Schritt auf dem Pfad der Dämlichkeit wäre, auf dem er schon ein gutes Stück vorangeschritten war, als er sich für einen Schüler von James Bond gehalten hatte.

»Lassen Sie meine Familie aus dem Spiel«, sagte er.

Harald kam auf ihn zu. »Ich frage mich, ob Ihre Frau genauso schnell einknicken würde wie beim letzten Mal.«

Was bei diesen Worten in Hector aufstieg, war einfach stärker als er: Er rammte seine Stirn mit voller Wucht in Haralds Gesicht.

Der andere taumelte zurück, und in seinen Augen war Überraschung zu lesen, während er sich die große Hand an die Nase hielt, die anfing zu bluten. Hector dachte, dass ihm vielleicht eine Sekunde blieb, um noch etwas hinterherzuschicken, aber er wusste nicht, was, und leider war dann die Sekunde auch schon vorbei.

Harald lächelte ihm zu; Blut lief ihm über die Zähne, nun hatte er wirklich das Lächeln eines Killers. Hector suchte nach einem Gegenstand, der sich als Waffe einsetzen ließ, aber außer den Leinenhandtüchern und den Körben aus geflochtenen Weidenruten und der kleinen Schale mit frischen Jasminblüten war da nichts, womit er sich die Illusion eines leichten Vorteils hätte verschaffen können. Ah, doch – da stand eine fächerförmige Seifenschale aus Porzellan, in der eine Orchideenblüte lag und nach der Hector blitzschnell griff.

Harald näherte sich ihm mit einer Vorsicht, die Hector für schmeichelhaft hätte halten können, wenn ihm nicht klar gewesen wäre, dass er noch maximal zwei Sekunden auf seinen Beinen stehen würde. Während sie sich schweigend fixierten, drangen die Töne des Streichquartetts, das im Foyer spielte, bis zu ihnen, und Hector fragte sich, ob Schuberts Musik seinen Schmerz wohl lindern würde.

Da flog plötzlich die Tür auf, und Leutnant Ardanarinja betrat den Waschraum. Harald drehte sich verblüfft zu ihr um. Er spürte wohl, dass von einer Frau, die imstande war, mit einer derartigen Selbstsicherheit und ohne Wimpernzucken die Männertoilette zu betreten, durchaus eine Gefahr ausgehen konnte.

Leutnant Ardanarinja stieß ihren Fuß in Richtung von Haralds Knie, aber der zog sein Bein geschwind zurück und lächelte dabei ein wenig, als würde er sich über diese Kinderei amüsieren. Da täuschte er sich, denn ihr Ballerinaschuh setzte sofort wieder auf dem Marmor auf, während ihr Körper sich blitzschnell um sich selbst drehte und der andere Fuß eine perfekte Kurve durch die Luft zog, um mit der Ferse Haralds Schläfe zu treffen.

Er sackte zusammen, und sein Kopf knallte gegen das Waschbecken.

»Ich habe ihn gleich entdeckt, als ich ins Foyer kam«, sagte Leutnant Ardanarinja.

Hector schaute auf Harald hinab, der jetzt der Länge nach auf den Fliesen lag. Im Liegen wirkte er noch größer; er röchelte, und seine offenen Augen schienen nichts mehr zu sehen. Hector fragte sich, ob er vielleicht sterben würde, und alle seine Reflexe als Arzt drängten ihn dazu, Erste Hilfe zu leisten und einen Krankenwagen zu rufen.

Leutnant Ardanarinja spürte, was in ihm vorging. »Dafür

ist jetzt nicht der Moment«, sagte sie. Sie beugte sich zu Harald hinab, und Hector dachte, dass sie ihm vielleicht den Rest geben würde, aber nein – sie drehte ihn auf die Seite und schob ihm lediglich einen Briefumschlag aus braunem Papier in die Gesäßtasche. »Ein Souvenir aus dem Land der Varak Lao«, sagte sie.

Das Glück war ihnen hold, und niemand sonst betrat in diesen Sekunden die Herrentoilette. Sie schlichen sich im Abstand von einigen Sekunden durch den Flur, und im Foyer rief der Portier ihnen ein Taxi, weil sie gemeinsam in der Stadt essen gehen wollten. Zwar brauchten sie nur ein paar Augenblicke zu warten, aber Hector kam es wie eine Ewigkeit vor.

Vom Taxi aus rief Leutnant Ardanarinja die Polizei an.

Wenn Harald überlebte, würde er genügend Zeit haben, um Experte für Kakerlakenrennen zu werden.

Später bat Leutnant Ardanarinja Hector, ihr den Kontakt zu seinem Freund im Land der Morgenstille zu vermitteln, der ebenfalls zu wissen schien, wie die Welt lief. Hector versprach, ihn vorzuwarnen und die Kontaktaufnahme zwischen ihnen so zu erleichtern.

Denn einer Freundin verweigert man nie einen Dienst, vor allem nicht, wenn sie akzeptiert, dass Männern und Frauen in bestimmten Situationen unterschiedliche Rollen zukommen.

Hector stellt sich Fragen

> Man kann auch zweifeln, ob man die Beziehungen
> zu solchen Freunden, die nicht die Alten bleiben,
> abbrechen darf und soll oder nicht.
> *Aristoteles*

Im Flugzeug, das ihn nach Hause brachte, schlug Hector sein Notizbüchlein auf.

Um kein Geld zu verschwenden, reiste er in der *economy class*, aber trotzdem hatte er es geschafft, dass die Stewardess ihm mehrmals Rotwein brachte, und zwar einen sehr guten Shiraz. Daher fühlte er sich irgendwie inspiriert, und überhaupt war er glücklich, dass diese Reise ein gutes Ende genommen hatte und alle, die er liebte, in Sicherheit waren.

Er begann seine Lektionen zu lesen:

Beobachtung Nr. 1: Deine Freundschaften sind deine Gesundheit.
Beobachtung Nr. 2: Ein wahrer Freund ist bereit, Opfer für dich zu bringen oder sich deinetwegen sogar in Gefahr zu begeben.
Beobachtung Nr. 3: Ein Freund ist jemand, den du gerne siehst.
Beobachtung Nr. 4: Ein Freund ist jemand, bei dem dir wichtig ist, was er von dir hält.
Beobachtung Nr. 5: Ein Freund ist jemand, dessen Lebensweise du akzeptieren kannst.
Beobachtung Nr. 5 b: Ein Freund ist jemand, dessen Lebensweise du bewunderst.
Beobachtung Nr. 6: Alte Freunde sind so rar wie Baumriesen in einem Urwald.
Beobachtung Nr. 7: Ein Freund ist jemand, der sich Sorgen um dich macht.

Beobachtung Nr. 8: Ein Freund ist jemand, dem du dich anvertrauen kannst.

Beobachtung Nr. 9: Einen wahren Freund betrübt dein Unglück so, wie ihn dein Glück erfreut.

Beobachtung Nr. 10: Wahre Freundschaft setzt man nicht für die Liebe aufs Spiel.

Beobachtung Nr. 11: Ein Freund ist jemand, der dich trotz deiner Schwächen mag.

Beobachtung Nr. 12: Ein Freund ist jemand, der sich nicht von seinem Neid beherrschen lässt.

Beobachtung Nr. 13: Ein wahrer Freund wird nicht nur deinen Kummer teilen wollen, sondern auch deine Freuden.

Beobachtung Nr. 14: Wir Jungs unternehmen gern was zusammen, aber die Mädchen hocken immer nur rum und quatschen die ganze Zeit.

Beobachtung Nr. 15: Es ist gut für die Freundschaft, wenn man gemeinsam Abenteuer erlebt.

Beobachtung Nr. 16: Langjährige Freunde sind wie in den Gobelin unseres Lebens eingewoben.

Beobachtung Nr. 17: Ein Freund ist jemand, der dich daran hindert, zu weit zu gehen.

Beobachtung Nr. 18: Ein Freund ist jemand, der dich um Entschuldigung bitten kann.

Beobachtung Nr. 19: Ein(e) Freund(in) ist jemand, dem (der) du oft dankbar bist.

Beobachtung Nr. 20: Ein Freund ist jemand, der dich zu trösten versteht.

Beobachtung Nr. 21: Ein Freund ist jemand, mit dem du gerne und oft lachst.

Er las sie ein zweites Mal, und allmählich zeichneten sich vor seinen Augen drei Kategorien ab.

Manche seiner Beobachtungen hatten etwas mit dem Vergnügen zu tun, dass man zusammen war oder gemeinsam etwas unternahm. Bisweilen beschränkte sich die Freundschaft auch darauf, und die Freunde verstanden sich gut, wenn sie Tennis spielten, auf die Jagd gingen, angelten, über ihre Lieblingsthemen sprachen oder sogar Liebe machten – ohne ein anderes Band als das immerhin so kostbare Gut des gemeinsamen Vergnügens. Diese Dimension des Vergnügens (Aristoteles' berühmte »Lustfreundschaften«) war für eine vollkommene Freundschaft nicht ausreichend, aber Hector fand, dass sie trotzdem notwendig war. Außerdem schaffte es am Ende ja doch intensivere Bindungen, wenn man das Vergnügen und die amüsanten Stunden miteinander teilte, und viele vollkommene Freundschaften haben mit einem gemeinsamen Hobby begonnen. Dieses Band des Vergnügens war also nicht zu unterschätzen, selbst wenn es nicht immer hinreichte, um eine Freundschaft zu definieren.

Andere Beobachtungen hatten mit der Wertschätzung oder Bewunderung eines Freundes zu tun. Wenn Hector an Jean-Michel dachte, an Édouard, Jean-Marcel, Valérie, Leutnant Ardanarinja, Mademoiselle Jung-In Park und sogar an Brice, wie er früher einmal gewesen war, dann sagte er sich, dass er sie alle schätzte oder sogar bewunderte – oftmals gerade für die Eigenschaften, mit denen er selbst weniger reich ausgestattet war – egal, ob es das Mitgefühl war oder der Geschäftssinn, die Spannkraft oder die Beherrschung eines asiatischen Kampfsports.
Natürlich mussten alle diese Gaben für Dinge eingesetzt werden, die er gutheißen konnte. Aristoteles sprach vom Vergnügen, den Freund tugendhaft handeln zu sehen, und Hector hoffte, dass seine Freunde auch ein paar Tugenden an ihm fanden.

Eine dritte Kategorie schließlich hatte mit dem gegenseitigen Wohlwollen unter Freunden zu tun. Ein Freund ist jemand, auf den du dich verlassen kannst und der sich auf dich verlassen kann. Vertrauen (von einem Freund oder einer Freundin hat man nie etwas zu befürchten) und Gegenseitigkeit (man weiß, dass sich der Freund erkenntlich erweisen wird, wenn man ihm etwas Gutes getan hat) – das waren wirklich zwei wichtige Zutaten für eine vollkommene Freundschaft. Eine

Freundschaft zu verraten bedeutete oft, die Regeln des Vertrauens oder der Gegenseitigkeit zu verletzen. Natürlich kam es manchmal auch zu Missverständnissen: Was der eine als kleines Versäumnis ansah (ein abgesagtes Abendessen beispielsweise), konnte der andere als große Kränkung auffassen, und dann wurde es so wichtig, um Verzeihung zu bitten oder verzeihen zu können.

An dieser Stelle musste Hector wieder an Brice denken, während die Stewardess ihn fragte, ob er noch ein letztes Glas Wein wolle, und sich die Antwort schon ausmalen konnte.

Mit Brice teilte er keine Vergnügungen mehr, und überhaupt war die Wahrscheinlichkeit gering, dass sie sich noch oft sehen würden. Er hatte ihn für seine Energie bewundert, für seine witzige Art und seine präzisen Diagnosen, und er erinnerte sich daran, wie ihm Brice ganz uneigennützig geholfen hatte, Patienten für seine neu eröffnete Praxis zu finden. Aber wie konnte er heute sein Freund bleiben? Für einen Mann, der seinen Lebensinhalt darin sah, der König der Gogo-Bars zu sein, hätte Hector noch eine gewisse Nachsicht aufbringen können. Aber es war viel schlimmer gekommen: Brice hatte seine Freunde für Geld verraten – und womöglich auch aus Rachsucht gegenüber Édouard, was vielleicht noch weniger zu entschuldigen war, es sei denn, man hielt Groll für eine verzeihlichere Eigenschaft als Käuflichkeit. Warum also sollte man der Freund eines solchen Menschen bleiben?

Am Vorabend hatte er Clara eine Mail geschrieben, in der er ihr genau diese Frage gestellt hatte.

Mein Schatz,
auch das steht bei Aristoteles, aber er behandelt es in Form von
Fragen und gibt keine richtige Antwort darauf. Immerhin sagt er,
es sei normal, dass die Freundschaft vergeht, wenn in puncto
Tugendhaftigkeit der Abstand zwischen den beiden Freunden
zu groß wird. Andererseits fragt er sich aber auch, ob die Erinne-

rung an die einstige Nähe uns nicht dazu bringt, für den, der uns enttäuscht hat, weiterhin freundschaftliche Gefühle zu empfinden.

Warum also verspürte er für Brice trotz allem noch immer einen Rest von solchen freundschaftlichen Gefühlen? Fehlte seiner Sicht auf die Freundschaft noch eine Dimension? Die der Treue vielleicht? Aber war Treue um der Treue willen zu rechtfertigen?

Zunächst einmal musste er jedoch seine letzte Beobachtung notieren, die ein Resümee und eine Schlussfolgerung aus allen anderen war:

Beobachtung Nr. 22: Freundschaft speist sich aus einer Mischung aus gemeinsam geteiltem Vergnügen, gegenseitigem Wohlwollen, Wertschätzung und Bewunderung.

Dann fielen ihm die Augen zu, und er träumte von Elefanten.

Hector kehrt zurück

»Ich glaube, am Ende hat er verstanden, dass es nicht geht.«

Das war Karine mit ihrem etwas zu intelligenten Blick und ihrer leicht roboterhaften Stimme. Seit Hectors Abreise hatte sie den Kollegen, der sich für sie interessierte, regelmäßig getroffen, statt unverzüglich jeden Kontakt abzubrechen, wie es ihre Gewohnheit gewesen war – ein Verhalten, das Hector ihr mehr oder weniger direkt auszureden versucht hatte. Welch ein Vergnügen, wenn ein Patient die Ratschläge seines Arztes befolgte! Leider passierte das Hector nicht immer.

»Im Grunde glaube ich, dass wir Freunde bleiben werden. Ich unterhalte mich gern mit ihm.«

Karine hatte die Zahl ihrer nicht virtuellen Freunde also gerade verdoppelt, und Hector fragte sich, welche Veränderungen das in ihr auslösen würde. Er gab ihr auch das Facebook-Profil von Mademoiselle Jung-In Park, die er vorgewarnt hatte. Der Dialog zwischen Aristoteles und dem heiligen Thomas von Aquin bliebe also im Gange.

»Im Moment geht es mir besser, ich fühle mich nicht mehr so verletzlich.«

Das war Julie, und Hector musste einmal mehr feststellen, dass es manchen Patienten besser ging, wenn er eine Weile auf Reisen gewesen war. Wäre er depressiv gewesen, hätte das in ihm ernste Fragen über den Sinn seiner Arbeit ausgelöst.

Julie erzählte ihm, dass sie eines Abends ziemlich melancholisch von der Arbeit heimgekommen war, denn außer der Freundin, bei der sie gleich ein Glas Wein trinken würde, hatte ihr niemand zum Geburtstag gratuliert. Aber sie hatte kaum die dunkle Wohnung betreten, als die Lichter angingen und ein ganzer Trupp von Freunden und Freundinnen »Happy birthday, Julie« zu singen begann. Natürlich hatte diese Überraschung sie auch ein wenig erschreckt, und es hatte ihr ein bisschen Unbehagen bereitet, so im Mittelpunkt der Aufmerksamkeit zu stehen. Aber hinterher hatte die Vorstellung, dass alle es irgendwie arrangiert hatten, für sie da zu sein, bei ihr einen heilsamen und vielleicht sogar dauerhaften emotionalen Schock ausgelöst. Hector musste das für den Fortgang der Therapie natürlich ausnutzen.

Roger hatte sich nicht besonders verändert. Jedenfalls kam es Hector so vor, denn er bat ihn, die Dosis herabzusetzen, was zwischen ihnen ein häufiger Verhandlungsgegenstand war. Gewöhnlich endete es dann mit einem Versuch, und dieser Versuch schlug meistens fehl. Allerdings war Roger inzwischen bereit, die Basisbehandlung wiederaufzunehmen, sobald seine Gespräche mit Gott allzu zwanghaft wurden. Es war ein Paradoxon, das Hector immer in Erstaunen versetzte: Roger wusste, dass er eine geistige Störung hatte, die behandelt werden musste, aber das ließ ihn nicht um ein Jota von seiner Überzeugung abrücken, dass er tatsächlich Gottes Wort vernahm. Hector wusste auch noch, was Roger auf die Frage nach seinen Freunden geantwortet hatte. »Auf jeden Fall stehe ich voll und ganz in der Freundschaft Gottes, und die ist ohne Grenzen«, hatte er gesagt und: »Ich empfange mehr, als ich gebe.«

Hector fragte Roger, ob er schon etwas vom heiligen Thomas von Aquin gehört habe.

»Natürlich. Thomas, das ist übrigens mein zweiter Vorname, und damit haben meine Eltern genau diesen Thomas gemeint.«

Als Hector Rogers imposante Statur so betrachtete, musste er an den Spitznamen denken, den der ebenso imposante Thomas von Aquin als junger Student von seinen Kommilitonen verpasst bekommen hatte – den »stummen Ochsen« hatten sie ihn genannt. Roger freilich war keineswegs stumm, und sein Brüllen würde auch niemals die abendländische Philosophie umwälzen (das hatte sein Lehrer den spottlustigen Mitstudenten des Aquinaten nämlich prophezeit).

»Beim letzten Mal haben Sie mir gesagt, dass Sie außer Gott keine Freunde hätten …«

»Ja, aber wenn ich der Freund Gottes bin und Gott natürlich auch mein Freund ist, dann muss ich alle seine Geschöpfe lieben, denn auch sie sind von seiner Liebe umfangen. Also muss ich jeden Menschen wie meinen liebsten Freund lieben, um wenigstens ein Körnchen von der Liebe zurückzugeben, die Gott mir entgegenbringt.« Roger sagte das mit großer Befriedigung.

»Und gelingt Ihnen das?«

»Also, Doktor, glauben Sie wirklich …«

»Ich weiß nicht.«

»Wenn mir das gelingen würde, wäre ich der heilige Roger!«, sagte Roger, und zum ersten Mal in seinem Leben sah Hector seinen Patienten lachen.

Dann war da natürlich noch die Lady. Hector hatte beschlossen, die Hypothese von Brice zu überprüfen, wonach sie eher eine bipolare Störung mit schnell wechselnden Zyklen hatte als eine Borderline-Erkrankung. Bei seiner Rückkehr war es ihr eher gut gegangen, und er hatte sie davon überzeugen können, ein Medikament zu nehmen, das ihre Stimmung in beiden Richtungen regulieren, also die Höhen wie die Tiefen ein bisschen fortnehmen sollte. Seitdem dauerte die Besserung an. Natürlich blieb sie ein Star – mit all ihren Zornesaufwallungen, ihren Augenblicken des Zweifelns und ihrem leidenschaftlichen Wunsch nach Bewunderung. Und natürlich half ihr Maria-Lucias mütterliche Präsenz, die allzu heftigen Pendelausschläge in Grenzen zu halten. Jetzt hatte sie keine Lust mehr, aus dem Leben zu verschwinden; ihr Zeitplan war regelmäßiger geworden, und sie schluckte nicht mehr so viele Beruhigungsmittel. Das Medikament hatte angeschlagen.

»Ich habe den Eindruck, dass Sie zufrieden sind«, sagte die Lady zu Hector. »Sie denken, dass es mir besser geht.«

»Und was denken Sie selbst?«

»Ich weiß nicht, warum, aber mich regt es auf, dass Sie zufrieden sind.«

»Hervorragend«, sagte Hector. »Da haben wir etwas wirklich Interessantes. Erzählen Sie bitte weiter.«

Inzwischen konnten sie über die Probleme mit der Anhänglichkeit und der Zurückweisung sprechen, ohne dass die Lady gleich in die Luft ging.

Ihre Anwälte hatten ihr dringend davon abgeraten, zu Édouard, diesem flüchtigen Kriminellen, auch nur den lockersten Kontakt zu wahren. Aber sie hatte begonnen, direkt an Organisationen zu spenden, die auf einer Liste standen, deren Herkunft sie den Anwälten nicht verraten hatte. Außerdem war sie gerade gebeten worden, Sonderbotschafterin der UNICEF zu werden.

»Ich möchte, dass sich für die anderen etwas ändert«, sagte sie zu Hector. »Aber für mich, glaube ich, ändert sich dadurch nichts. Ich würde Ihnen ja gern sagen, dass ich mich besser fühle, wenn ich Gutes tue, aber es stimmt nicht.«

»Das macht Ihre guten Taten umso verdienstvoller.«

»Für wen – für Gott vielleicht? Oder für Buddha?«

»Ich weiß nicht. Darüber sollten Sie mit Pater Jean sprechen oder mit Idwa.«

»Schon wieder Ihre berühmte Rollentrennung, nicht wahr?«

»Ich sage es vor allem, weil ich mich in diesen Fragen nicht kompetent fühle.«

»Okay, dann sind Sie außer für fiese kleine Fragen eben noch kompetent in Bezug auf kleine Pillen und so.«

Hector hatte beschlossen, ihr nichts davon zu sagen, dass diese Pillen zuerst eine Idee von Brice gewesen waren; die Lady sollte ihren Psychiater ruhig auch weiter ein wenig idealisieren. Im Geiste aber entschuldigte er sich bei Brice dafür.

Nach seiner Rückkehr hatte Hector Kontakt mit der Ärztekammer aufgenommen, um herauszufinden, ob es möglich war, den Ausschluss rückgängig zu machen und Brice probeweise und unter Aufsicht eines Kollegen wieder praktizieren zu lassen. Brice konnte viel Schaden anrichten, das wusste er nur zu gut, aber er konnte auch Gutes bewirken.

Hector hatte weiter darüber nachgedacht, weshalb er noch immer freundschaftliche Gefühle für Brice empfand, obwohl das den Ansichten von Aristoteles zuwiderlief. Für den Philosophen hing die Freundschaft an der Tugend des Freundes. Aber hatte sich der alte Grieche nicht auch gefragt, ob uns die Erinnerung an frühere Nähe nicht dazu brachte, die Freundschaft zu bewahren?

Oder entsprach sein Rest von Zuneigung für Brice eher der Sichtweise des heiligen Thomas von Aquin? Stand Brice nicht selbst als Sünder in der Liebe Gottes? Aber Hector wusste auch, dass Idwa nicht unrecht hatte: Eine ausgeprägte spirituelle Dimension hatte er nicht – außer in schwierigen Momenten, und selbst da war er sich nicht so sicher.

Nein, er musste an einen Satz von Valérie denken: »Es ist schwer, einem Kind böse zu sein.« Und plötzlich verstand er, weshalb er Brice nicht wirklich böse sein konnte und weshalb er auch sonst niemandem lange etwas nachtrug. Für Hector waren wir alle Kinder – Produkte unserer Gene und unserer Erziehung, und nichts von beiden haben wir uns aussuchen können. Wie viele seiner Kollegen glaubte Hector kaum noch an den freien Willen: eine Position, die Aristoteles und der heilige Thomas von Aquin sehr missbilligt hätten! Selbst als Erwachsene bleiben wir Kinder. Und so haben wir ein Recht auf Mitgefühl, selbst wenn wir von Zeit zu Zeit bestraft werden müssen. Und eigentlich war das auch der Grund dafür, dass sich Hector in seinem Beruf so wohlfühlte.

Aber bevor er all diese Menschen getroffen und all diese Überlegungen angestellt hatte, war Hector zu Clara und zu Petit Hector zurückgekehrt, und das Wiedersehen bereitete ihm eine Freunde, wie er sie nie zuvor erlebt hatte, denn diesmal hatte er wirklich Angst gehabt, er könnte sie verlieren.

Hector war zwar klar, dass wir die Menschen, die wir lieben, von einer Sekunde zur nächsten verlieren können, aber wie wir bereits gesagt haben, liegt zwischen Wissen und Fühlen ein großer Unterschied, und was wirklich zählt, ist das Fühlen.

Clara blieb lange in seinen Armen, und Petit Hector spürte, dass etwas passiert sein musste. Er fragte besorgt: »Papa, hattest du eine schöne Reise?«

»Eine sehr schöne, mein Junge«, sagte Hector und schaute ihn über Claras Schulter hinweg an. »Hast du schon mal einen weißen Elefanten gesehen?«

»Einen weißen Elefanten? Gibt es so was wirklich?«

Und Hector freute sich, wenn er daran dachte, wie selig sein Sohn sein würde, wenn er die Fotos mit dem weißen oder vielmehr rosa Elefanten sah, auf dessen Nacken sein Papa saß.

ENDE

Wer die Arbeit jener Menschen unterstützen möchte, die sich darum bemühen, solche Kinder und jungen Frauen zu retten, wie sie in Kapitel 9 beschrieben sind, sollte einen Blick auf die Homepage der Somaly-Mam-Stiftung werfen: http://www.somaly.org

PIPER

François Lelord
Hector & Hector und die Geheimnisse des Lebens

Aus dem Französischen von Ralf Pannowitsch. 224 Seiten.
Gebunden

Petit Hector hatte schon als Junge Glück in seinem Leben. Sein
Vater, der auch Hector hieß, war Psychiater und riskierte
also nicht, arbeitslos zu werden. Auch Maman arbeitete viel,
und sie kochte köstliche Gerichte wie Brathähnchen oder
Schinken mit Kartoffelpüree. Von Zeit zu Zeit spielten Petit
Hector und Hector sonntags Fußball. Und dennoch war
Petit Hector nicht immer glücklich. Das Leben stellte so viele
komplizierte Fragen an ihn: Die einen sagten, man dürfe
niemals lügen, die Welt würde schrecklich, wenn alle es täten.
Die anderen behaupteten, ein bisschen Schlechtes schade
nicht, wenn man damit viel Gutes erreichte. Was ist richtig?
Was ist falsch? Was ist das Beste im Leben? Und der große
Hector, weiß auch er keinen Rat?

01/1841/01/R

François Lelord

**Hectors Reise oder die
Suche nach dem Glück**

Aus dem Französischen von Ralf
Pannowitsch. 208 Seiten.
Piper Taschenbuch

Es war einmal ein ziemlich guter Psychiater, sein Name war Hector, und er verstand es, den Menschen nachdenklich und mit echtem Interesse zuzuhören. Trotzdem war er mit sich nicht zufrieden, weil es ihm nicht gelang, die Leute glücklich zu machen. Also begibt sich Hector auf eine Reise durch die Welt, um dem Geheimnis des Glücks auf die Spur zu kommen.

»Wenn man dieses Buch gelesen hat – ich schwöre es Ihnen – ist man glücklich.«
Elke Heidenreich

François Lelord

**Hector und die
Geheimnisse der Liebe**

Aus dem Französischen von Ralf
Pannowitsch. 240 Seiten.
Piper Taschenbuch

Auf seiner Reise wird der junge Psychiater Hector zum Abenteurer des Herzens. Er spürt einem Professor nach, der das Geheimnis der Liebe entschlüsselt haben will. Dabei entdeckt er, wie kompliziert die Liebe sein kann: Kann man nicht für immer verliebt bleiben? Warum liebt manchmal der eine mehr als der andere? Und Hector entdeckt, daß allein die Liebe – für alle Zeit und wo immer wir leben – die Macht haben wird, unsere tiefsten Sehnsüchte zu stillen.

»Eine tiefsinnige Geschichte, die mit klugen Einsichten zum Thema Liebe überrascht.«
Gala

**François Lelord /
Christophe André**

*Die Macht
der Emotionen*

und wie sie unseren Alltag
bestimmen. Aus dem Französischen
von Ralf Pannowitsch. 400 Seiten.
Piper Taschenbuch

Sind Sie eifersüchtiger, als
Ihnen lieb ist? Schämen Sie sich
für Ihre Wutausbrüche? Oder
wären Sie Ihrem Chef gegenüber manchmal gern etwas mu-
tiger? Das erfahrene, seit Jahren erfolgreich praktizierende
Psychologenduo Lelord und
André erklärt die biologischen
und sozialen Wurzeln unserer
Emotionen, untersucht Kon-
flikte bei einem Zuviel oder Zu-
wenig an Gefühlen und gibt
dem Leser grundlegende Ratschläge zum Umgang mit Zorn,
Neid, Glück, Traurigkeit,
Scham, Eifersucht, Angst und
Liebe.

Vom Autor der Bestseller
»Hectors Reise oder die Suche
nach dem Glück«, »Hector und
die Geheimnisse der Liebe«
und »Hector und die Entdeckung der Zeit«.

François Lelord

*Hector und die Ent-
deckung der Zeit*

Aus dem Französischen von
Ralf Pannowitsch. 224 Seiten.
Piper Taschenbuch

Es war einmal ein junger Psychiater, der Hector hieß ... Natürlich wollten alle, die zu ihm
kamen, das Rezept zum Glücklichsein, und Hector hatte genügend Erfahrung, um dem
einen oder anderen helfen zu
können. Aber es beschäftigte
ihn noch etwas anderes, und er
verbrachte mehr und mehr Zeit
damit, über die Zeit nachzudenken. Über ihren steten Fluß,
die Jahre, die verfliegen, und
die Frage, warum alle immer zu
wenig Zeit haben, obwohl sie
ständig in Eile sind. Existiert
die Zeit überhaupt, wenn das
Vergangene vergangen ist, die
Gegenwart augenblicklich Vergangenheit wird und das Zu-
künftige sich noch nicht ereig-
net hat? Hector beginnt die Suche nach der verlorenen Zeit
und versucht herauszufinden,
wie das Unmögliche möglich
und ein flüchtiger Moment des
Glücks Ewigkeit werden kann.

3sat